Gallmeister

NEUF VIES

DU MÊME AUTEUR

*Chaque serment que tu brises*, 2022 ; totem n°247
*Huit Crimes parfaits*, 2021 ; totem n°205
*Vis-à-vis*, 2020 ; totem n°177

Peter Swanson

# *neuf vies*

Roman

*Traduit de l'américain*
*par Christophe Cuq*

Gallmeister

FICTION

Ouvrage publié sous la direction de François Guérif
*Titre original :* NINE LIVES



ISBN 978-2-35178-300-9
ISBN 1956-0982

Photo de l'auteur © Charlene Sawyer
Illustration de couverture © Emmanuel Polanco
Conception graphique : Aurélie Bert

*Pour John Merrill Swanson*

Recroquevillés, endoloris, sans lampe de poche dans les ténèbres :
quatre-vingt-trois

tôt ou tard,
justes :
pas mal, au moins trente-cinq.

Mais ajoutez à cela l'effort de comprendre :
trois,

dignes de compassion :
quatre-vingt-dix-neuf,

mortels :
cent pour cent.

Chiffre qui, pour l'heure, n'a pu être modifié.

WISLAWA SZYMBORSKA, *Contribution à la statistique**

* *Je ne sais quelles gens*, Fayard, 1997 ; traduction de Piotr Kaminski. (Toutes les notes sont du traducteur.)

Matthew Beaumont : père et mari sans histoires, stressé par les aléas de la vie de famille ; réside à Dartford, dans le Massachusetts.

Jay Coates : aspirant acteur ; vit à Los Angeles.

Ethan Dart : auteur-compositeur habitant Austin, Texas.

Caroline Geddes : professeur de littérature à l'université du Michigan ; vit à Ann Arbor, avec ses deux chats.

Frank Hopkins : propriétaire de l'hôtel Windward à Kennewick, dans le Maine, où il a toujours habité.

Alison Horne : vit actuellement à New York aux crochets d'un homme marié.

Arthur Kruse : infirmier en oncologie endeuillé par la perte de son mari. Habite Northampton, dans le Massachusetts.

Jack Radebaugh : homme d'affaires à la retraite fraîchement divorcé, il est retourné vivre dans la maison de son enfance à West Hartford, dans le Connecticut.

Jessica Winslow : agente du FBI en poste à l'antenne d'Albany, État de New York.

NEUF

Matthew Beaumont
Jay Coates
Ethan Dart
Caroline Geddes
Frank Hopkins
Alison Horne
Arthur Kruse
Jack Radebaugh
Jessica Winslow

# I

*Mercredi 14 septembre, 17 h 13*

À MOINS d'un empêchement, dont il ne manquait jamais de l'avertir, Jonathan Grant lui rendait visite chaque mercredi. Ce jour-là, sa femme retrouvait ses amies pour une soirée entre filles – quelquefois à Manhattan, mais le plus souvent dans le New Jersey. Jonathan quittait son bureau à cinq heures, et une demi-heure plus tard il était au studio d'Alison à Gramercy Park.

Elle était déjà prête lorsque le concierge lui signala l'arrivée de Jonathan par l'interphone.

Elle l'accueillit sur le seuil et il lui offrit une bouteille de sancerre ainsi qu'un foulard Bulgari, qu'elle ne porterait sans doute jamais ; il lui tendit aussi le courrier du jour que le concierge venait de lui remettre. Avant qu'elle puisse le trier, il le lui reprit des mains et la conduisit dans la chambre. Elle portait un peignoir en satin blanc – il aimait la trouver dans cette tenue – et elle s'allongea sur le lit tandis qu'il se déshabillait. Il était encore pas mal pour un septuagénaire : la chevelure drue, le corps affûté, même si les muscles de son torse et de ses bras commençaient à pendiller. Il s'étendit près d'elle, déjà en érection, les plaques rouges sur son visage et dans son cou trahissant le recours à un stimulant sexuel qu'il avait probablement avalé en quittant le bureau. Il prenait parfois le comprimé en arrivant, auquel cas ils buvaient la bouteille de vin en attendant qu'il fasse effet.

Quand ils eurent fini, Alison prit sa seconde douche de la journée pendant que Jonathan s'assoupissait, puis s'habilla pour sortir dîner, même s'il n'avait rien confirmé à ce sujet. Elle déboucha la bouteille de vin et s'en servit un verre, puis passa en revue son courrier. Deux catalogues, une facture d'American Express et une enveloppe sans adresse d'expéditeur. Elle l'ouvrit par curiosité, en retira une feuille de papier pliée et découvrit une liste de noms.

Matthew Beaumont
Jay Coates
Ethan Dart
Caroline Geddes
Frank Hopkins
Alison Horne
Arthur Kruse
Jack Radebaugh
Jessica Winslow

Perplexe, Alison posa la feuille à plat sur la table basse, dans l'intention de la montrer à Jonathan. Un frisson courut sur sa peau et elle secoua ses membres pour le chasser. Il y avait quelque chose de vaguement inquiétant à recevoir une liste de noms inconnus, sans la moindre explication. Elle songea alors qu'il y avait peut-être un lien avec Jonathan. Elle en savait assez peu sur lui, en proportion du temps qu'ils passaient ensemble, mais une chose était sûre : il était riche. Et les gens riches ont souvent des ennemis. Elle se demanda si l'un des noms qui côtoyaient le sien sur la liste lui serait familier. Jonathan apparut justement sur le seuil de la chambre ; il accepta un verre de vin, puis jeta un regard à la feuille de papier qu'elle lui tendait.

— Tu as une idée de ce que ça peut être ? l'interrogea-t-elle.

Il secoua la tête.

— D'où ça sort ?

— C'était dans le courrier.

— Il n'y avait rien d'autre ?

— Non. Bizarre, tu ne trouves pas ?

— En effet.

Il lui rendit la liste et elle demanda :

— On va dîner ?

— Ç'aurait été avec plaisir, mais j'ai un dîner de travail dans un restaurant chic avec des gestionnaires de fonds spéculatifs. Désolé, Ali.

Elle haussa les épaules. Dans les premiers temps de leur relation, qui datait d'un peu plus d'un an, elle montait sur ses grands chevaux chaque fois qu'il l'abandonnait. Mais c'était surtout pour flatter son ego, jusqu'à ce qu'elle se rende compte que ce n'était pas nécessaire. Il la voyait pour le sexe et la compagnie, et elle pour l'argent – et peut-être aussi le sexe. Avant de partir, il lui remit une carte Visa prépayée, un cadeau d'anniversaire au cas où le foulard ne lui aurait pas plu.

— Combien il y a dessus ?

Encore une question qu'elle ne se serait pas permise au début de leur relation.

— Je te laisse la surprise, répondit-il. Mais n'essaie pas de t'acheter une voiture.

Après son départ, Alison Horne appela son meilleur ami Doug et lui proposa de sortir dîner. L'addition serait pour elle.

# 2

*Jeudi 15 septembre, 10 h 05*

CE fut le courrier le plus intéressant qu'Arthur Kruse reçut ce matin-là à son retour de chez le kiné.

Il ouvrit l'enveloppe d'un geste machinal et découvrit avec une certaine surprise une courte liste de noms, où figurait le sien. Il ne reconnaissait aucun des autres.

Sa garde d'infirmier dans le service d'oncologie de l'hôpital Cooley Dickinson de Northampton commençait dans trois heures et il venait d'attaquer la lecture d'un nouveau livre d'histoire médiévale. Depuis qu'il avait terminé *Un lointain miroir* durant l'été, Arthur avait du mal à quitter le Moyen-Âge. Quelque chose dans le récit de ces vies passées, cette souffrance permanente, cette quête de Dieu, agissait comme un baume, le seul à même d'apaiser son esprit depuis l'accident de voiture qui, presque un an plus tôt, avait coûté la vie à son mari Richard et à leur cocker anglais Misty, et l'avait privé en partie, lui, de l'usage de sa jambe gauche. Un an déjà. Joan, une femme pasteur qui était aussi sa plus proche amie, l'avait averti qu'il ne pourrait pas espérer retrouver un semblant de bonheur et de normalité, retourner à sa vie d'autrefois, avant au moins deux ans. Mais Arthur avait du mal à y croire. L'année interminable qui venait de s'écouler paraissait vouloir se répéter à l'infini. Rien ne soulageait sa peine. Enfin si. Les ouvrages sur le Moyen-Âge l'aidaient. Il s'installa doucement dans son fauteuil de lecture et reprit le livre de William Manchester – bien moins captivant que celui de Barbara Tuchman. Il s'endormit au bout de deux pages et se réveilla une heure avant le début de sa garde.

Sa jambe était toujours au plus mal après sa sieste de midi, et il dut boiter jusqu'à la cuisine pour mettre l'eau du thé à bouillir. Tandis qu'elle chauffait, il jeta un coup d'œil par la fenêtre au-dessus de l'évier et vit le renard qui longeait la lisière du jardin. Reynard – c'est ainsi qu'il l'avait baptisé – se déplaçait vite. Juste avant de disparaître entre les arbres, il regarda vers la maison et Arthur crut distinguer quelque chose dans sa gueule – peut-être un petit rongeur. Il s'en réjouit, sans trop savoir pourquoi. La dernière fois qu'il avait aperçu Reynard, sa maigreur et son air dépenaillé l'avaient préoccupé.

Le temps était couvert et le saule près du ruisseau arborait ses premières couleurs jaunâtres. Il but son thé devant son ordinateur et réfléchit à la liste qu'il venait de recevoir. De quoi s'agissait-il ? D'un envoi publicitaire automatique ? Un ordinateur à l'autre bout du pays avait-il bugué et expédié des listes de noms au hasard ? Possible. Depuis le décès de Richard, Arthur donnait régulièrement de petites sommes à une flopée d'associations caritatives, si bien que son nom figurait sans doute dans une centaine de bases de données, accolé à la mention "pigeon". Et puis après ? Ce n'était pas la fin du monde, et à dire vrai, il aimait bien recevoir du courrier. Arthur faisait partie de ces enfants qui commandaient des catalogues pour le seul plaisir de guetter le passage du facteur, jusqu'à ce que son père s'en aperçoive, et qu'il y mette fin.

Il termina son thé, confirma par e-mail à Joan qu'il serait disponible le dimanche suivant pour fleurir l'église, puis se prépara pour partir au travail.

# 3

*Jeudi 15 septembre, 11 heures*

ETHAN Dart entendit le courrier glisser par la fente de la porte d'entrée. Il remarqua immédiatement l'intrigante enveloppe et l'ouvrit sur-le-champ, espérant qu'il s'agirait de la réponse d'un agent. Il venait de connaître un pic de productivité sans précédent et avait envoyé des démos à une douzaine d'agents artistiques. C'était une goutte d'eau dans l'océan, évidemment, mais il n'avait rien à perdre. L'enveloppe portait le cachet de New York (c'était de bon augure) et contenait une simple feuille de papier avec une liste de noms – neuf, dont le sien. Se pouvait-il qu'un agent l'ait présélectionné avec d'autres artistes en vue de les représenter, et qu'on lui ait transmis cette liste par erreur ?

Il prit la feuille, sa tasse de café, et retourna dans sa chambre où il alluma son ordinateur portable. Il tapa le premier nom, MATTHEW BEAUMONT, et AUTEUR-COMPOSITEUR afin de cibler sa recherche. Cela ne donna rien, du moins rien laissant penser que Matthew Beaumont fût lui aussi un musicien en quête d'agent. Il essaya encore quelques noms, sans conviction, avant d'en conclure que la liste n'avait aucun rapport avec le milieu artistique. Elle lui inspira en revanche une idée de chanson, dont le refrain pourrait donner quelque chose comme : "S'il n'en reste qu'un sur ta liste, je serai celui-là". Ethan attrapa un crayon, retourna la feuille et se mit à griffonner au dos les paroles d'une chanson country. "Liste" était un mot très pratique dans le sens où il offrait un tas de rimes possibles, mais en même temps merdique, car la plupart des mots n'étaient ni très mélodieux ni très poétiques : "finaliste", "spécialiste", "psychanalyste"… Il pondit tout de même trois couplets et un début de mélodie s'échafauda dans sa tête. Il se versa un autre café, prit sa guitare, et, après avoir fumé sa première pipe d'herbe de la journée, décida de travailler le morceau.

Puis il ne repensa plus à la liste de noms, jusqu'à beaucoup plus tard dans la soirée, alors qu'il buvait un verre avec Hannah Scharfenberg au casino El Camino sur la 6e Rue d'Austin. Après une heure à échanger des banalités, il essayait de trouver un truc intelligent à dire.

— J'ai reçu une liste aujourd'hui dans mon courrier. Huit noms d'inconnus, et le mien au milieu.

— Comment ça ?

Ethan but une gorgée mousseuse de Lone Star à la bouteille qu'il venait de décapsuler.

— Eh bien, il y avait une enveloppe à mon attention, et dedans, une feuille de papier avec neuf noms tapés dans l'ordre alphabétique. Dont le mien.

— Tapés à la machine ?

— Non, mais en tout cas elle n'a pas été écrite à la main. Imprimée par ordinateur sans doute.

— Bizarre.

— Ouais. En tout cas ça m'a inspiré un nouveau morceau : "Le dernier sur ta liste". Je l'ai écrit en moins d'une heure. Un truc à la Eric Church.

Hannah, pharmacienne et supportrice acharnée des Longhorns du Texas, nourrissait peu d'intérêt pour les rêves et ambitions artistiques d'Ethan ; il vit son regard se perdre dans le vide à la seule évocation de sa chanson. Il commanda deux shots de George Dickel – pour lui et pour elle – puis la convainquit de le laisser la raccompagner. Sa colocataire Ashley étant chez ses parents à Dallas, Hannah lui proposa d'entrer. Ils fumèrent un joint, regardèrent le début de *La Famille Tenenbaum* avant de faire l'amour sur le futon.

— Il faut vraiment qu'on arrête, dit Hannah en revenant de la salle de bains, vêtue seulement d'un de ses vieux maillots de softball.

— Pourquoi ?

— Parce que tu sors avec Ashley. Et que c'est ma coloc.

— On est un couple libre. C'est ce qu'elle m'a dit en tout cas.

— Oui, mais c'est ma *coloc*. Si elle découvre qu'on couche ensemble, ça va créer un malaise.

— Tu sais, je crois que je me sens mieux quand je suis avec toi.

— On s'en fiche.

— Pas moi.

— Encore une fois, Ethan, tu attaches de l'importance à des détails dont les gens se fichent éperdument. Tu ne t'es toujours pas mis ça dans le crâne ?

Hannah accepta finalement qu'il reste – mais seulement après qu'il leur eut préparé une omelette au fromage qu'ils mangèrent sur la petite table en formica de la cuisine. Ils s'étaient ensuite pelotés dans le lit d'Hannah – un simple matelas à même le sol – jusqu'à ce qu'elle lui dise que son somnifère commençait à faire effet et qu'elle devait dormir. Elle se tourna sur le côté et ramena ses jambes contre elle ; Ethan laissa sa main posée sur sa hanche et repensa à sa journée. Hannah avait peut-être raison quand elle disait qu'il s'attachait à des détails sans importance pour la plupart des gens. Ça pouvait expliquer bien des choses dans sa vie.

Juste avant de sombrer, il accorda une dernière pensée à la liste, récita dans sa tête sept des neuf noms – il avait une mémoire photographique – mais fut incapable de se souvenir du dernier, sans doute parce qu'il n'y avait pas prêté assez attention. Puis il se répéta mentalement les paroles de sa nouvelle chanson, estima qu'elles étaient nases, et s'endormit.

# 4

*Jeudi 15 septembre, 13 h 44*

Le nom qui avait échappé à Ethan Dart était celui de Jessica Winslow. Elle reçut la liste le jeudi matin, sous un pli adressé à l'agente spéciale Winslow, antenne du FBI d'Albany. L'enveloppe portait un timbre permanent – un seul – dans le coin supérieur droit, et le cachet indiquait qu'elle avait été postée à New York deux jours plus tôt.

Jessica n'avait pas l'habitude de recevoir du courrier personnel sur son lieu de travail, et encore moins aussi énigmatique. Une simple liste de noms. Déformation professionnelle oblige, elle saisit la lettre par les bords pour la poser sur son bureau. Puis elle appela son supérieur direct, Aaron Berlin.

— Tu connais un de ces noms ? s'enquit-il cinq minutes plus tard en scrutant la liste par-dessus l'épaule de sa collègue.

Elle les relut une énième fois, en silence.

— Le seul qui me soit familier, c'est Arthur Kruse, mais c'est juste parce que mon père nous parlait souvent d'un ami à lui qui s'appelait Art Kruse ; il me semble du moins. Par contre, j'avais toujours supposé que ça s'écrivait "Cruise", comme Tom Cruise.

— Tu ne l'as jamais rencontré ?

— Non, il l'évoquait seulement. Chaque fois qu'il était question d'une maison en bord de lac dans une conversation, mon père ne pouvait pas s'empêcher d'en parler : "Quand j'étais étudiant, j'ai passé un été dans la maison d'Art Kruse, au bord d'un lac." On n'arrêtait pas de le chambrer, je crois que c'est pour ça que je m'en souviens.

— C'est un nom peu courant.

— Quoi, Kruse ? Je dirais pas ça. Il est assez répandu chez les Allemands. J'ai cherché sur Google et j'ai trouvé plusieurs Arthur Kruse ; ils étaient tous allemands. Des Allemands d'Allemagne.

— Hmm.

Jessica pivota dans son fauteuil et leva les yeux vers Aaron. Elle avait rarement eu l'occasion de l'observer sous cet angle et remarqua la quantité de poils sombres dans ses narines.

— Qu'est-ce que tu en penses ?

Il haussa les épaules.

— Envoie-la pour analyse si tu veux. C'est peut-être rien : un simple bug informatique dans une société de routage publicitaire…

— Possible.

Une fois Aaron parti, Jessica glissa la lettre et l'enveloppe dans deux sachets en plastique qu'elle déposa dans la bannette à destination du labo. Elle se replongea ensuite dans le dossier du procès de William Brundy, une affaire de meurtre dans laquelle elle était citée à témoigner par le ministère public la semaine suivante. Elle continuait d'espérer qu'une négociation l'en dispenserait, mais il paraissait de plus en plus évident qu'elle n'y couperait pas. William Brundy était un agent de police de Stark, une bourgade de l'État de New York, qui avait tué son ex-femme chez elle en simulant un cambriolage. Le Bureau avait reçu les échantillons de sang et les photos de la scène de crime et Jessica avait été chargée de l'enquête. En règle générale, témoigner au tribunal ne lui posait aucun problème particulier, seulement Brundy avait choisi pour avocat Elliot Skenderian, un connard qui avait le don de lui taper sur les nerfs. Si Jessica avait eu un jeu de fléchettes, elle aurait volontiers collé le visage de Skenderian sur la cible.

Avant de quitter son bureau, peu après cinq heures, elle jeta un nouveau coup d'œil à la liste de noms sibylline et les recopia sur son téléphone. Peut-être poursuivrait-elle ses recherches sur Google ce soir, en regardant quelques épisodes de *The Good Wife*. S'il y avait un lien entre elle et ces gens, elle le trouverait. Internet n'avait pas de secrets pour elle.

Elle ne fut guère surprise de voir Aaron Berlin au Club Room après le travail, en revanche elle fut très étonnée qu'il ne soit pas seul dans le box. Roger Johnson, un agent sur le départ, était assis en face de lui. En apercevant Jessica, Johnson l'invita à leur table.

— Merci, mais je mange au bar avec Anthony, répondit-elle.

Un verre de pinot noir l'attendait sur le comptoir quand elle prit place sur le tabouret en cuir. Elle se demanda un instant ce que ses collègues penseraient en la voyant dîner seule. *Merde après tout.* Johnson allait être muté au bureau de Schenectady; quant à Berlin, qu'il aille se faire foutre.

Elle but lentement son vin en remplissant les mots croisés du *Times*, Anthony, le barman, l'aidant entre deux tâches, puis commanda un second verre ainsi qu'une demi-portion de penne à la puttanesca avec une salade composée. Sa grille terminée – avec seulement un doute sur un mot –, elle replia le journal, le rangea dans son sac à main puis régla sa note et se leva pour partir.

— Deux Belvedere, s'il te plaît, Anthony, dit Aaron en s'asseyant sur le tabouret à côté du sien. On the rocks.

— Hmm… non merci, Aaron. J'étais sur le point d'y aller.

Par-dessus l'épaule de son collègue, elle vit Roger Johnson se diriger vers la sortie.

— Juste un verre, Jess. S'il te plaît.

Elle accepta, et à sa surprise, elle eut droit à quelques questions sur son emploi du temps des derniers jours avant qu'il en vienne à son sujet de prédilection : leur liaison et les raisons de leur rupture.

— Tu es marié, lui rappela-t-elle.

— Si on veut. Pas vraiment. Ma femme me trompe. Je le sais.

— C'est pas ça, le problème.

— Alors c'est quoi ?

— Franchement, je suis même pas certaine d'avoir envie d'une relation, mais même si c'était le cas, ce serait avec un mec de mon âge, sans femme ni gamins, qui ne travaille pas avec moi et qui ne soit pas narcissique…

— Ton mec là m'inspire pas confiance.

Jessica sourit, même si sa tentative d'humour était le genre de comportement qu'elle ne supportait plus chez lui. Au commencement de leur relation, les choses étaient vraiment intenses. Bien sûr Aaron était un peu un connard, elle l'avait toujours su, mais il prenait son travail au sérieux, il avait de l'empathie et dans les premiers temps – pendant une semaine –, elle avait cru à la possibilité qu'ils soient en train de tomber amoureux. Elle prit une petite gorgée de vodka et sentit ses lèvres légèrement engourdies ; elle avait vraiment eu tort d'accepter ce dernier verre. Elle décida de changer de sujet.

— Alors tu ne la trouves pas bizarre, cette liste que j'ai reçue par courrier ?

Aaron essayait de capter le regard d'Anthony pour qu'il leur resserve la même chose.

— Quoi ? Ta liste de noms ? Elle t'inquiète ?

— "Inquiète", non. Disons qu'elle m'intrigue. C'est tout de même inhabituel.

— C'est sûr. Si tu veux, je demanderai à Rick de recouper les noms avec le fichier. Il dégagera peut-être un lien. Si ça se trouve, vous avez tous décroché un week-end de trois jours dans une villa en Floride aux frais de la princesse.

— Non, tu as raison. Ça doit être un logiciel de publipostage qui a bugué…

Les deux autres vodkas arrivèrent et Jessica avisa le verre, consciente que sa décision de le boire ou pas déterminerait la suite de sa soirée : passer une bonne nuit ou finir au lit avec Aaron.

Elle enfila son manteau.

— Désolé, Aaron. J'ai besoin de me coucher tôt.

Il esquissa une moue et répondit :

— OK. Alors on déjeune ensemble bientôt ?

— Sans problème.

Anthony lui coula un regard dans lequel elle crut percevoir une pointe d'approbation. Même s'il ne le lui avait jamais avoué, Anthony ne portait pas Aaron dans son cœur.

— Tu pars déjà ? demanda-t-il avec un sourire narquois.

— Oui, Anthony. Encore merci, et dis à Maria que les penne étaient délicieuses.

Anthony tendit le bras pour reprendre la vodka de Jessica mais Aaron l'arrêta.

— Laisse, Tony. On la garde.

Il transféra le contenu du verre dans le sien tandis que Jessica nouait son écharpe autour de son cou. Puis elle se retourna et fila avant de changer d'avis. Elle avait vraiment besoin de se coucher tôt.

# 5

*Jeudi 15 septembre, 14 heures*

Le jeudi était le jour où Caroline Geddes tenait sa permanence, deux heures qu'elle avait pris l'habitude de consacrer à écrire au calme, en raison du faible nombre d'étudiants qui franchissaient la porte de son bureau. Ce jeudi-là il n'y en eut qu'une, Elaine Cheong ; elle se présenta sans rendez-vous, alors que deux autres élèves venaient de lui faire faux bond. Caroline enseignait depuis assez longtemps maintenant – une douzaine d'années – pour savoir que l'essor des messages électroniques avait profondément transformé la relation étudiant-professeur. Aujourd'hui, les élèves faisaient tout ce qu'ils pouvaient pour s'acquitter de leurs obligations par e-mail – ou par le biais du site wiki qu'elle avait mis en place pour accompagner ses cours principaux. Ils envoyaient tout par courrier électronique : devoirs en retard, mots d'excuse, et même leurs compliments pour grappiller quelques points de moyenne. L'an dernier, un de ses étudiants était allé jusqu'à lui faire des avances, lui semblait-il, même si après vingt années passées à analyser des textes, elle n'était toujours pas sûre de savoir ce qu'il avait entendu par : "Dommage que vous ne soyez pas ma prof particulière, si vous voyez ce que je veux dire… jdc ?" Il lui avait fallu une matinée pour saisir que "jdc" signifiait "je déconne".

Le visage baigné de larmes, Elaine tentait de lui expliquer qu'elle était arrivée en retard le jour de l'interrogation surprise en début de semestre à cause d'un problème de réveil défectueux.

— J'ai quand même droit de la repasser, répéta-t-elle pour la seconde fois. Ce n'est pas juste.

— C'était une interrogation surprise, Elaine. Elle n'aura qu'un tout petit coefficient dans ta note finale.

— Mais il me faut un A dans cette matière.

— Dans ce cas, voilà ce qu'on va faire. Je vais te donner une nouvelle interrogation surprise là maintenant.

Caroline arracha une feuille de papier de son bloc et griffonna trois nouvelles questions sur un poème de Wordsworth qui n'avait pas été étudié en classe, mais que ses élèves étaient censés avoir travaillé à la maison. Elle fit glisser la feuille vers son étudiante et lui annonça qu'elle disposait de dix minutes.

— Ce ne sont pas les mêmes questions, fit remarquer Elaine, deux plis se dessinant sur son front parfaitement lisse.

— Non, c'est une nouvelle interrogation.

Caroline sortit un livre et fit mine de le lire, tout en regardant la jeune fille se mordiller la lèvre inférieure, si fort qu'elle y laissait des petites marques de dents.

— Je ne savais pas qu'on était censés connaître toutes les dates par cœur.

— Fais de ton mieux et au moins tu éviteras un zéro.

Elaine se pencha au-dessus de la feuille et gribouilla quelques réponses. Juste avant que Caroline lui annonce que le temps était écoulé, elle poussa la feuille en travers du bureau.

— Quand même ce n'est pas juste, marmonna-t-elle, si bas que Caroline l'entendit à peine.

— On se revoit la semaine prochaine, *en classe*, lança Caroline, et Elaine se leva et partit comme une furie, son portable en main.

Elle était probablement déjà en train de rédiger un texto pour se plaindre que sa prof de littérature était une connasse. Peu importe, songea Caroline. Sa permanence se terminait dans vingt minutes. Elle vérifia ses e-mails ; constatant qu'aucun d'eux n'était urgent, elle ouvrit celui de David Latour, un collègue de l'université McGill, dont elle avait fait la connaissance deux semaines auparavant lorsqu'elle avait fait sa présentation sur Joanna Baillie* à la Conférence des théories académiques de Toronto.

Il écrivait pour lui dire combien il avait apprécié son intervention, mais aussi pour partager un texte dont il pensait qu'il pourrait lui plaire. Il s'agissait d'un poème de Louis MacNeice** intitulé "*Wolves*". Il commençait par ce vers : "Je ne veux plus être un homme réfléchi…" Depuis qu'elle l'avait lu, Caroline n'arrivait plus à se le sortir de la tête. Elle relut le poème et faillit écrire à David pour lui redire qu'il lui plaisait mais s'arrêta. Elle l'avait déjà contacté une fois et savait qu'elle le reverrait sans doute et pourrait alors le lui dire en personne.

Sa permanence terminée, elle traversa le campus jusqu'à sa Prius, puis regagna sa petite maison dans le quartier de

* Poétesse écossaise du XIX^e^ siècle.

** Poète irlandais du XX^e^ siècle.

Water Hill, à Ann Arbor. Elle était partie ce matin-là en laissant Fabuleux – son aventurier de chat – dehors et fut soulagée de l'apercevoir sous la véranda ; soulagée aussi qu'il n'ait pas déposé la dépouille d'un oiseau sur le paillasson. Il la suivit à l'intérieur, ses oreilles grises rabattues vers l'arrière, et fonça vers sa gamelle dans la cuisine. Estrella, sa timide chatte rousse tigrée, sauta sur la table de la salle à manger pour venir la saluer. Triant son courrier, Caroline mit de côté une enveloppe blanche portant son adresse imprimée sur une étiquette dans une police Courier. Dans le coin droit était collé un timbre permanent représentant le drapeau américain. Il n'y avait pas d'adresse d'expéditeur.

Malgré son aspect officiel, le pli avait quelque chose de personnel. Elle posa sa facture d'assurance et les lettres de sollicitation de diverses associations pour le bien-être animal – Pet Smart avait de toute évidence revendu ses coordonnées – et glissa un ongle non verni sous le rabat.

À l'intérieur il n'y avait qu'une simple feuille de papier imprimée par ordinateur. Même police de caractères que pour l'adresse.

```
Matthew Beaumont
Jay Coates
Ethan Dart
Caroline Geddes
Frank Hopkins
Alison Horne
Arthur Kruse
Jack Radebaugh
Jessica Winslow
```

Caroline vérifia si l'enveloppe contenait autre chose ; mais non, rien de plus que cette liste de noms, dont aucun ne lui était familier, à part le sien.

Estrella essayait de frotter son nez contre le bord de la feuille, tandis que Fabuleux miaulait bruyamment dans la cuisine pour réclamer sa pitance. Une pensée horrible traversa l'esprit de Caroline : *C'est une liste de condamnés. Quelqu'un nous a marqués du sceau de la mort.* Cela lui vint de manière automatique, tout comme elle pensait automatiquement, chaque fois que le téléphone sonnait, qu'on l'appelait pour lui annoncer une indicible tragédie. Elle relut la liste, puis rit intérieurement de sa propre morbidité. Évidemment, s'il s'agissait d'une liste de personnes vivantes, alors tous ces gens étaient condamnés à mourir, tôt ou tard. Il n'empêche que cette lettre avait quelque chose d'inhabituel et d'angoissant ; elle lui rappelait un roman de Muriel Spark : *Memento Mori.* Sans doute décortiquait-elle trop ce qui n'était sûrement qu'une banale suite de noms. Mais c'était à cela qu'elle occupait sa vie, et en cela que consistait son métier… décortiquer.

“Je ne veux plus être un homme réfléchi, récita-t-elle dans sa tête, envier et mépriser les choses irréfléchies.”

MacNeice soulevait là un point intéressant, même s'il faisait certainement plus allusion au contexte politique en Allemagne dans les années précédant la Seconde Guerre mondiale qu'à la tendance de certaines personnes à la suranalyse. En dehors de ses cours, Caroline s'autorisait parfois à interpréter une œuvre littéraire dans un cadre personnel. Quel était le vers suivant ? Peut-être bien : “Je ne veux pas être un chœur tragique ou philosophique”, un autre vers puis : “Et après cela laisser la mer nous recouvrir” ? Elle se dit que ce soir, elle apprendrait peut-être le poème dans son intégralité. C'était la seule bonne chose que sa mère lui avait enseignée : mémoriser et réciter de la poésie.

Caroline gratouilla le cou d'Estrella et sentit les vibrations de ses ronrons sous ses doigts. Elle regagna la cuisine pour nourrir Fabuleux.

# 6

*Jeudi 15 septembre, 12 h 33*

IL parcourut la liste, la jugea sans intérêt, et la balança dans la poubelle de la cuisine. Ce jour-là, Jay Coates avait un *call back* pour une publicité et se sentait moyennement confiant quant à ses chances d'être sélectionné. C'était un spot pour du riz express, et il jouait le rôle d'un chef étoilé conquis par cette merde instantanée. Il avait rendez-vous à Burbank à trois heures, ce qui lui laissait deux heures avant de prendre le volant de sa BM.

Bien qu'il fût déjà sorti courir au saut du lit, il s'installa sur son rameur et fit une bonne heure d'exercice ; il en profita pour regarder l'épisode de *NCIS* dans lequel son amie Madison avait décroché un rôle. Ça traînait depuis des semaines sur son disque dur, et elle n'arrêtait pas de lui demander ce qu'il en avait pensé. *Ce qu'il en avait pensé ? On parlait de* NCIS, *bordel.* Elle avait deux misérables scènes et trois répliques en tout et pour tout. Elle campait une coach personnelle dans une salle de sport, et le réal s'était assuré que ses seins soient cadrés bien serré dans chaque scène – à tous les coups il les croyait vrais. Après avoir visionné l'épisode en entier, Jay fut soulagé à deux titres : d'abord, c'était un rôle minable ; ensuite Madison jouait comme une merde. La seule raison qui l'avait poussé à différer le visionnage de cet épisode potentiellement clé dans la carrière de son amie était la crainte qu'elle ait crevé l'écran et qu'elle puisse décrocher d'autres rôles : dans l'état actuel des choses, il ne l'aurait pas supporté.

Après avoir garé sa voiture sur une place visiteurs devant le bâtiment qui abritait les bureaux de l'agence Buchman Creative, Jay sniffa rapidement deux lignes de la coke qu'il avait gardée pour l'occasion, puis traversa l'asphalte qui collait aux pieds sous les 30 °C, priant qu'il ne se mette pas à transpirer avant son essai. La fille à l'accueil – une mollassonne à l'accent provincial – l'installa aussitôt dans la salle d'attente ; elle lui proposa de l'eau, en bouteille, qu'il refusa, demandant à la place de l'eau du robinet. C'était une idée de Madison – ça montrait selon elle qu'on avait la tête sur les épaules. Il débita son texte devant les deux rédacs, des connards peut-être bien plus jeunes que lui (quoique ?) et Amy Buchman, la directrice de l'agence, qui avait trouvé cinq minutes dans son emploi du temps pour passer en coup de vent. En ressortant, Jay croisa Dan Sweden dans la salle d'attente. Ils s'ignorèrent avec brio.

Une heure plus tard, Jay reçut un appel de son agent : il n'était pas pris – mais Amy avait été impressionnée par son jeu et si quelque chose d'autre se présentait, et cetera, et cetera. Jay était en train de se balader dans le centre commercial de Brentwood Country, avec l'intention de se payer une nouvelle paire de baskets chez James Perse. Il mit le cap vers Barney's Burgers où il commanda des *onion rings*, s'assit à une table et, bouillant dans sa frustration, se chercha une proie. Il finit par la repérer vingt-cinq minutes plus tard, alors qu'il terminait ses oignons frits. La candidate idéale : à peine trente ans, blonde, pantalon de yoga, pas vraiment aussi jolie qu'elle se l'entendait répéter, et surtout seule. Il se mit à la suivre, se fondant habilement dans la masse sans jamais la laisser sortir de son champ de vision. Elle entra chez Louboutin, où elle se fit passer pour une femme qui avait les moyens de s'offrir une paire de chaussures ; il entra à son tour et demanda à la vendeuse derrière la caisse si Tracy travaillait toujours là. D'abord perplexe, elle finit par lui répondre :

— Vous voulez dire, Theresa ?

— Voilà, c'est ça.

— Elle travaille seulement les week-ends.

Jay la remercia, et ressortit du magasin en même temps que la blonde.

Il la talonna jusqu'au parking et la regarda monter à bord d'une Honda Civic bleu métallisé – sans doute un cadeau de son papounet pour ses vingt-cinq ans. "C'est une voiture très fiable, ma puce", avait-il dû ajouter, et elle de l'embrasser sur la joue en lui disant combien elle l'aimait.

La blonde démarra et se dirigea vers la sortie du parking. Jay trottina jusqu'à sa BM et retrouva la fille sur San Vicente, roulant vers l'est. Il la pista jusqu'à Koreatown et mémorisa sa plaque. Bientôt, elle se gara devant un petit immeuble en stuc, dont elle franchit les portes vitrées une minute plus tard à l'aide d'une clé accrochée au même anneau que celle de sa voiture. C'était ici qu'elle habitait. Jay s'arrêta sur le parking du supermarché d'en face afin de pouvoir surveiller l'immeuble. Il s'alluma l'une des deux

Parliament qu'il s'autorisait à fumer quotidiennement puis prit son téléphone et se rendit sur Instagram où il tapa #brentwoodcountrycentrecommercial, sans conviction. Mais il ne fut pas complètement étonné lorsqu'il vit s'afficher la photo la plus récente : un gros plan d'un *latte* dont la mousse tournoyait pour former un cœur ; posté par une certaine abbybritell. La plupart de ses publications étaient des selfies et ils confirmaient qu'il s'agissait bien de la blonde qu'il avait suivie. Elle se présentait comme actrice, écrivaine et professeur de tai-chi.

L'affaire était dans la poche. Il la tenait. Il avait son nom, ses photos, il connaissait son adresse et sa voiture. Jay savait désormais, sans l'ombre d'un doute, qu'il pourrait la tuer dans les prochaines vingt-quatre heures et que jamais personne ne le soupçonnerait. Il y avait zéro lien entre Jay Coates, résident de West Hollywood, et Abby Britell, de Koreatown. Il voyait d'ici les gros titres. UNE JOLIE JEUNE FEMME BLANCHE ASSASSINÉE À HOLLYWOOD. L'info serait partout. Il se mit à imaginer comment les choses pourraient se goupiller, mais il s'arrêta. Il aurait tout le temps d'y penser ; pour l'heure, le seul fait d'avoir découvert son nom et son adresse avait déclenché en lui une montée d'adrénaline. Il se sentait littéralement euphorique quand il sortit du parking pour rentrer chez lui. Il avait espéré que la sensation durerait tout au long du trajet, mais ce ne fut pas vraiment le cas. Pister cette fille avait été un jeu d'enfant. Il était peut-être temps de passer à la vitesse supérieure et de s'en prendre physiquement à ces pétasses prétentieuses. Juste pour voir.

Ce soir-là, après avoir fait une série de cent pompes puis effectué ses soins du visage quotidiens, il appela Madison pour lui dire qu'il avait regardé son épisode de *NCIS*.

— Ah, enfin. Alors ?

— J'ai trouvé ça vraiment, vraiment bon. Tes seins…

— Je sais. Ils rendent super bien. Et j'ai eu trois répliques, tu te rends compte ?

— Techniquement, tu n'en as que deux.

— Ah oui, peut-être. C'est vrai.

— Mais tu t'es très bien débrouillée. Ça va peser lourd sur ton CV, Madi, tu peux être contente.

— Trop bien. Merci, Jay.

Il ne lui dit rien sur son propre casting, mais avant de raccrocher, il glissa tout de même :

— Les maquilleuses sur *NCIS* sont vraiment des pros, hein ?

— Pourquoi ?

— Rappelle-toi, tu te faisais du souci à cause de cette poussée d'acné. Mais ça se voit à peine. Enfin, moi je l'ai vu, mais seulement parce que je le savais. Le maquillage a vraiment bien camouflé.

— C'est vrai, admit-elle avec une pointe de dépit. Les maquilleuses ont assuré.

Jay perçut le léger changement dans la voix de son amie ; il se hâta de raccrocher et se coucha. Il s'endormit en essayant d'imaginer ce qu'il ressentirait s'il trouvait le courage de rendre visite à Abby Britell, ou à une autre de ces actrices manquées, et de leur infliger les choses qu'il avait en tête. Histoire de leur montrer qui commandait. Il laissa sa main descendre sous les draps et empoigna sa verge, maintenant dure comme une barre de fer, mais ne s'autorisa pas à aller plus loin. Il repensa encore une fois à Abby Britell, et tout à coup Abby céda la place à Amy Buchman ("Amy n'a pas voulu de toi, Jay, mais tu lui as fait une bonne impression”) : il rêvait de l’attacher et de lui enfoncer une vraie barre de fer dans la gorge pour qu’elle s’étouffe. Cette pensée suffit à le calmer pour qu’il parvienne à s’endormir.

# 7

*Jeudi 15 septembre, 17 h 15*

Chaque jour sur la route du retour après le travail – quarante minutes de solitude qui passaient beaucoup trop vite –, Matthew Beaumont faisait l'inventaire de sa vie. C'était un rituel, un moyen de faire le point sur ce qui allait et ce qu'il devait améliorer.

Ce soir-là, il examina d'abord le cas d'Emma, sa fille aînée. C'était une adorable élève de cinquième qui, à l'image de sa mère, commençait à montrer des signes d'anxiété et d'insécurité. Mais sa gentillesse compulsive et sa nature accommodante la rendaient presque invisible dans le chaos du quotidien. *Fais attention à elle*, s'admonesta-t-il, *rappelle-lui qu'au bout du compte, tout finit par s'arranger.* Alex, bientôt huit ans, avait enfin reçu un diagnostic officiel : il souffrait non seulement d'un trouble du déficit de l'attention avec hyperactivité, mais aussi d'un trouble oppositionnel avec provocation, ce qui expliquait la plupart de ses problèmes de comportement. La plupart mais pas *tous*, comme Nancy le lui rappelait. La pose du diagnostic était cependant une première étape primordiale qui permettrait au système scolaire de mettre en place un projet éducatif adapté. Quant à Joshua, son petit dernier, il n'avait pas de problème particulier, à l'exception d'infections des sinus récurrentes. Il fallait qu'il reparle des médecines alternatives avec Nancy, prompte à le gaver d'antibiotiques. Mais ce n'était sans doute pas le bon soir. On verrait ce week-end – tout dépendrait de son humeur.

Il arriva dans Trail Ridge Way, longue route aux demeures espacées qui se terminait en un cul-de-sac délimité par trois maisons flambant neuves, bâties chacune dans un style propre. La sienne était italianisante – l'extérieur du moins, car l'intérieur relevait très nettement du modèle palladien (était-ce le bon terme ?). Songer à sa maison le fit penser à Nancy. Comment allait-elle en ce moment ? Mieux ou moins bien ? Il ne savait plus trop car ces dernières semaines, les pensées obsessionnelles de sa femme avaient plus été tournées vers Alex et les examens visant à déterminer sa pathologie que vers la supposée liaison de Matthew avec sa nouvelle secrétaire. Évidemment, Nancy se fourvoyait au sujet de la liaison. En dehors d'un fantasme occasionnel, impliquant en général Ellen Matthiessen, la directrice du service juridique, Matthew avait toujours été fidèle en quinze années de mariage. Il était bien allé boire quelques verres avec son équipe en juillet dernier, et avait effectivement raccompagné Jada Washington à pied jusqu'à son appartement dans le South End, avant de retourner chercher sa voiture dans le Back Bay. Mais ce soir-là, Matthew avait davantage vu en Jada, qui avait surtout parlé de son obsession pour la série de romans fantastiques *The Mortal Instruments*, un reflet de sa propre fille qu'un potentiel objet de désir. L'erreur qu'il avait commise avait été de raconter sa soirée à Nancy. Il pensait qu'elle serait amusée d'apprendre que "l'assistante de direction" de son mari avait autant de points communs avec leur ado de douze ans. Mais Nancy n'avait pas été amusée et l'avait accusé d'infidélité toute la nuit. Elle s'était finalement résignée à croire qu'il ne s'était rien passé, mais Matthew avait encore dû la convaincre que ça ne lui avait même pas effleuré l'esprit. Cela faisait plus d'une semaine qu'elle n'avait pas abordé le sujet. Peut-être l'avait-elle enterré pour de bon, avec un peu de chance…

Il rangea sa Lexus dans le garage quatre places et resta assis un moment à écouter sa compilation des Foo Fighters avant de rejoindre Nancy qui l'attendait dans la cuisine, adossée à l'îlot, brandissant une feuille de papier.

— Qu'est-ce qu'il y a ? demanda-t-il.

— À toi de me le dire.

Il s'avança avec précaution quand Alex fit irruption dans la pièce, vêtu de la panoplie de ninja complète, avec un sabre de samouraï en plastique, qu'il s'était d'ores et déjà choisie pour Halloween. Tout en déjouant les attaques répétées du garçon, Matthew se saisit du papier que lui tendait Nancy. Il s'agissait d'une liste d'une dizaine de noms, dont le sien. Aucun des autres ne lui était familier.

— Qu'est-ce que c'est ? demanda-t-il, avant de se tourner vers son fils et de hurler : Ça suffit, Alex !

— J'en sais rien. C'est arrivé pour toi dans le courrier d'aujourd'hui. De toute évidence je n'étais pas censée la voir – et j'aurais préféré d'ailleurs. Mais maintenant, j'aimerais savoir ce que c'est. Une sorte de code sans doute ?

— Je n'en ai pas la moindre idée… Alex, ça suffit maintenant ! Va voir Joshie et demande-lui s'il veut jouer avec toi. Pourquoi fais-tu cette tête, Nancy ? À quel genre de code est-ce que tu penses ?

— Je ne comprends pas ce que c'est.

— Moi non plus. Il s'agit sûrement d'une erreur. Qu'y avait-il sur l'enveloppe ?

Nancy se retourna vers le comptoir en granit et récupéra l'enveloppe dans la pile de courrier. Emma entra à cet instant et embrassa son père, tandis qu'Alex sortait en trombe pour aller chercher son jeune frère, sans doute planqué quelque part. Joshua était le seul enfant de six ans dans tout le pays à ne pas aimer jouer à la bagarre.

— Rien justement, répondit Nancy. C'est ce qui m'a mis la puce à l'oreille.

Emma prit la feuille de papier des mains de son père et la lut.

— Je t'assure, Nancy, je n'ai aucune idée de ce que c'est.

— Il y a une Abby Horne dans mon école, dit Emma, mais je ne crois pas qu'il y ait d'Alison.

— Laisse tomber, répondit Nancy en se versant un verre de vin blanc. J'ai trouvé ça louche… mais je me suis fait des films.

— Tu t'imaginais quoi, maman ? s'enquit Emma, d'une voix presque dédaigneuse.

Matthew avait constaté qu'en grandissant, Emma était de plus en plus critique envers sa mère, comme si elle commençait à reconnaître certains des aspects les plus instables de sa personnalité. Cette idée n'avait rien de rassurant.

Joshua arriva dans la cuisine en pleurant, une longue marque rouge zébrant sa joue. Matthew s'en alla trouver Alex. Le sabre de samouraï avait été une très grosse erreur.

# 8

*Vendredi 16 septembre, 7 heures*

Début septembre était de loin la meilleure période de l'année. C'était encore l'été ; l'Atlantique, habituellement froid, atteignait ses plus douces températures ; et les touristes – du moins ceux avec des gamins – avaient vidé les lieux pour de bon. Alors que Frank Hopkins effectuait sa promenade matinale, une demi-heure après l'aube, la longue plage de sable qui s'étirait du Windward Resort jusqu'à la jetée était pratiquement déserte – à l'exception d'une silhouette solitaire accroupie du côté des flaques de marée. Le ciel affichait la couleur maladive d'une chaudrée de poissons et de la brume planait au-dessus du sable. Frank Hopkins portait un short et des chaussures bateau mais avait enfilé un vieux pull en coton par-dessus son polo. Les matins lui semblaient s'être quelque peu rafraîchis dernièrement. Ou était-ce lui qui n'était plus de la première fraîcheur ? *Le temps se rafraîchit, et je me défraîchis*, psalmodia-t-il pour lui-même.

Pris d'une quinte de toux, il s'arrêta un instant, puis faillit marcher sur une carcasse de mouette à demi enlisée dans le sable. On distinguait un bout d'aile, quelques vertèbres, et ce qui ressemblait à un bec, légèrement entrouvert dans un ultime cri. Il eut un haut-le-cœur, causé plus probablement par le verre de brandy qu'il s'était envoyé la nuit dernière dans sa chambre, après la fermeture. Il savait qu'il n'aurait pas dû, mais il n'avait pas pu s'en empêcher alors qu'il gisait sur son lit, calé contre quatre ou cinq gros oreillers, s'efforçant de se rappeler ce que Shelly lui avait dit au bar de l'hôtel; quelque chose au sujet de son mari qui voulait déménager en Floride. Il avait compris qu'elle n'était pas très emballée par l'idée, mais la sono du bar braillait si fort ces derniers temps qu'il n'avait pas saisi tout le reste. Il espérait que Shelly, qui tenait le bar du Windward depuis plus de dix ans, ne partirait pas, mais il sentait que c'était inéluctable. Les barmen et les barmaids, c'est comme les femmes et les années, ça arrive et ça s'en va. Il n'empêche que perdre Shelly lui mettrait un coup. Le meilleur moment de sa journée était celui qu'il partageait chaque soir en sa compagnie – malgré le comptoir qui les séparait.

Il leva les yeux pour vérifier s'il était encore loin de la jetée; une fois là-bas, il ferait demi-tour. En dépit d'un voile de nuages brumeux qui masquait le soleil, la lumière du jour lui fit plisser les yeux. Il manqua trébucher. À quoi pensait-il? Au départ de Shelly? Ou peut-être à Gloria, sa seconde femme, qui était tout simplement partie un matin au volant de sa voiture pour ne jamais revenir? Depuis quelque temps, ses souvenirs s'entremêlaient de plus en plus; des événements survenus dans son enfance resurgissaient dans son esprit, comme s'ils s'étaient produits la veille, tandis que des problèmes actuels – tels que les travaux de rénovation de la véranda, toujours au point mort – semblaient appartenir à un passé vague et confus.

Comment diable avait-il fait pour vieillir si vite ? Il devait vraiment lever le pied sur la bouteille. Ce soir, il promettrait à Gloria que pour chaque verre qu'il s'enverrait – chaque verre d'alcool fort –, il boirait un verre d'eau gazeuse. Oui, c'était une bonne idée. Peut-être cesserait-il de se réveiller au milieu de la nuit, la langue si pâteuse qu'il avait l'impression d'avoir une éponge dans la bouche. C'était décidé, à compter de ce soir il se mettrait à l'eau gazeuse. Fini les brandys au lit. Et il commanderait désormais le poisson du jour au lieu du cheeseburger. Gloria n'en reviendrait pas. Non… pas Gloria. Shelly ! Peut-être qu'elle renoncerait à le quitter. Il aimait bien quand elle baissait la voix pour lui confier des choses. Ça faisait très intime, même s'il ne saisissait pas toujours ce qu'elle lui disait.

Il avait presque atteint la jetée quand le disque solaire apparut dans le ciel, derrière la brume qui s'évaporait. Le regard de Frank se porta sur le rocher couvert de bernacles qu'il ne manquait jamais de toucher, par superstition, avant de faire demi-tour. Sa forme rappelait la silhouette d'une petite fille recroquevillée sur elle-même, la tête calée entre les cuisses, les algues brunâtres collées à la ligne de marée haute comme une chevelure. Ce rocher, à l'instar de la plage elle-même, n'avait pratiquement pas changé tout au long de la vie de Frank. Un détail le surprit cependant ce matin-là : une enveloppe blanche trônait au sommet du rocher, maintenue en place par un galet tout rond gris cerclé de blanc. Frank la prit et l'éloigna à une distance suffisante de ses yeux usés pour pouvoir déchiffrer l'étiquette. Elle portait son nom et son adresse. Un sentiment d'irréalité le traversa. Que faisait une enveloppe à son nom ici, tout près de la jetée ? S'agissait-il d'un rêve ? Si c'était le cas, alors tout s'expliquait. Il était sans cesse sujet aux mêmes rêves, et ces rêves avaient souvent pour décor cette plage, et cette jetée. Il cligna rapidement des yeux, comme pour vérifier qu'il se trouvait toujours dans le monde réel, puis regarda l'enveloppe humide. D'une main tremblante, il l'ouvrit et en sortit une feuille de papier qu'il déplia. Il ne savait pas vraiment à quoi s'attendre, mais sûrement pas à une simple liste de noms. Il les parcourut rapidement, remarqua la présence du sien, mais n'identifia pas immédiatement les autres.

Il s'apprêtait à se retourner pour voir qui aurait pu la déposer là lorsqu'il sentit des mains lui agripper les chevilles. L'instant d'après, elles le tirèrent brusquement vers l'arrière, si bien qu'il bascula en avant et atterrit tête la première dans le sable mouillé. En tombant, sa tempe heurta un coin de son rocher fétiche et ses yeux se mirent à larmoyer tandis qu'une douleur humide lui vrillait le crâne. Son agresseur le souleva alors par la ceinture et le traîna jusqu'à une cuvette de sable remplie d'eau. Il voulut se relever, mais ses bras l'abandonnèrent ; alors il appela à l'aide. Le type assis sur son dos lui poussa violemment la tête en avant, son nez s'écrasant douloureusement contre le sol tandis que sa bouche s'emplissait d'un mélange de sable et d'eau.

— Est-ce que tu sais pourquoi tu vas mourir ? demanda une voix près de son oreille.

Frank toussa ; il sentait maintenant le goût chaud et salé du sang se mêlant au sable qui lui obstruait la bouche.

— Non, répondit-il, même si une partie de lui le savait pertinemment : c'était en lien avec la jetée évidemment ; et avec ses rêves récurrents.

Et de nouveau, la voix. Il sentit un souffle lui parcourir la peau, et les paroles de son meurtrier lui confirmèrent qu'il avait vu juste. Ses rêves non plus ne l'avaient pas trompé. Pendant un moment, il ressentit un semblant de quiétude tandis que le monde réel et celui du rêve se mêlaient pour n'en faire plus qu'un : celui de son existence, qui touchait à sa fin. Les mains puissantes lui maintenaient le visage dans le sable et il sentait l'eau lui lécher l'arrière du crâne. Dans l'obscurité rouge de ses paupières, des cercles concentriques grossissaient et rapetissaient telles des flaques de marée. Il revit sa mère dans leur ancienne cuisine, un tablier par-dessus sa robe. Elle lui tournait le dos, occupée à une tâche quelconque devant la cuisinière, et lui pleurait à chaudes larmes, implorant son pardon, s'excusant à n'en plus finir. *Je suis désolé, maman. Je suis désolé. Pardonne-moi.* Mais elle refusait de se retourner. À présent, l'obscurité elle-même commençait à se réduire, jusqu'à ce qu'il ne reste plus que des flaques de marée, et sa mère, qui refusait toujours de se retourner, le monde toujours plus petit, et l'eau remplaçant peu à peu l'air.

# HUIT

Matthew Beaumont
Jay Coates
Ethan Dart
Caroline Geddes
Frank Hopkins
Alison Horne
Arthur Kruse
Jack Radebaugh
Jessica Winslow

# I

*Vendredi 16 septembre, 8 h 45*

POSTÉ à deux mètres cinquante du corps, l'inspecteur Sam Hamilton essayait de mémoriser la scène de crime dans les moindres détails. L'homme était couché sur le ventre, une jambe légèrement repliée, comme s'il dormait. Son visage était enfoncé dans le sable humide, si bien qu'on ne voyait de sa tête qu'une touffe hirsute de cheveux gris et une nuque brûlée par le soleil.

— On est certain qu'il s'agit de Frank Hopkins ? demanda à côté de lui Lisa Banks, agente de la police municipale de Kennewick.

— Jim pense que c'est lui. Et moi aussi… Ce sont ses habits, non ? A-t-on vraiment besoin de voir son visage ?

Frank Hopkins dirigeait le Windward Resort, un complexe hôtelier qu'il avait hérité de ses parents et dont il était un des habitués du bar. Tous les habitants de Kennewick le connaissaient.

— Ouais. Ça m'a tout l'air d'être lui.

Quatre ou cinq autres membres de la police municipale étaient présents, mais personne, à l'exception de Jim Robichaud, le premier à être arrivé sur les lieux, ne s'était approché du corps. On avait alerté la police d'État du Maine, qui avait dépêché ses équipes technique et scientifique.

— Qu'est-ce que c'est que ça ? demanda Lisa.

Le regard de Sam suivit la direction qu'elle indiquait. Frank avait la main gauche recroquevillée sur une feuille de papier blanc, ou peut-être une enveloppe froissée.

— Je me posais justement la question, dit Sam.

— Vous croyez qu'on peut la prendre ?

— Personnellement, j'y toucherais pas. Ça va pas s'envoler, et c'est peut-être une preuve.

— Une preuve de quoi ? Vous croyez vraiment qu'on a affaire à un crime ?

— On dirait bien que quelqu'un lui a enfoncé la tête dans le sable.

— Il a peut-être eu une crise cardiaque ? La marée aura fait le reste. Je sais que vous n'êtes pas du coin, mais vous êtes déjà allé à la plage, non ? Quand on se tient debout au bord de l'eau, on a les pieds qui s'enlisent.

— C'est vrai. Mais j'ai quand même l'impression qu'il s'est passé autre chose.

Sitôt qu'il eut prononcé ces paroles, Sam se demanda s'il n'était pas en train de voir un crime là où il n'y en avait pas. Frank Hopkins n'était plus un jeune homme. Et pas en très bonne santé non plus, à force de vider les bouteilles de son propre bar. Que son cœur ait lâché lors de sa promenade matinale était sans doute l'explication la plus plausible. Sam avait souvent tendance à voir des activités criminelles là où il n'y en avait pas, il en était conscient.

Après un haussement d'épaules, Lisa se retourna pour jeter un nouveau coup d'œil vers Micmac Road. Elle pensait bien avoir entendu un bruit de moteurs. Trois SUV bleu métallisé vinrent s'arrêter le long de la plage tandis que la camionnette d'une chaîne d'informations locale arrivait d'une autre direction.

— Ils sont là, dit-elle, en étirant le dernier mot, comme la petite fille de *Poltergeist*.

Cela fit rire Sam. Il alla d'un pas déterminé à la rencontre des policiers.

Ce n'est que bien plus tard dans la journée, au commissariat, que Sam apprit ce qu'on avait retrouvé dans la main de Frank : il s'agissait d'une enveloppe déchirée adressée à son nom, ainsi qu'une feuille de papier, détrempée par l'eau de mer mais encore lisible, et vraisemblablement sortie de l'enveloppe. Sur la feuille figurait une liste de neuf noms, dont celui de Frank. Elle avait été transmise directement au quartier général de la police d'État, mais Sam en avait vu une photo. Il avait lu les noms à deux reprises, mais aucun d'eux ne lui avait parlé. Il y avait également une photo du recto de l'enveloppe : aucune trace de timbre ni de cachet postal, rien qu'une adresse. À n'y rien comprendre, tout cela était un vrai mystère. Mais pas seulement à cause de l'enveloppe : dans son premier rapport non officiel, le coroner faisait état d'hématomes sur la nuque de Frank Hopkins, laissant penser que quelqu'un lui avait maintenu la tête sous l'eau jusqu'à ce qu'il se noie. Qui aurait pu vouloir tuer Frank Hopkins lors de sa promenade matinale ? Un voleur ? Une petite amie éconduite ? Aucune des deux hypothèses ne semblait plausible.

Sam, inspecteur de police à Kennewick depuis maintenant quinze ans, connaissait plutôt bien Frank Hopkins.

C'était l'une des premières personnes que Sam avait rencontrées en 1999, lorsqu'il avait quitté Houma en Louisiane pour venir s'installer dans le Maine. Après une première visite à Kennewick pour son entretien, par un week-end d'octobre ensoleillé, il avait pris son poste cinq semaines plus tard, début décembre, alors qu'une chape de neige grisâtre recouvrait la ville. Ses nouveaux collègues lui avaient expliqué qu'il était un peu tôt pour que l'on se croie en Sibérie : le sud du Maine avait simplement été surpris par une tempête du nordet précoce et une longue vague de froid avait suivi. Les blagues n'avaient pas manqué : "Bienvenue au paradis" ; "J'espère que vous avez pas laissé vos caleçons longs en Louisiane"... Mais au fond de lui, Sam avait apprécié d'être accueilli par la splendeur neigeuse de la Nouvelle-Angleterre. Il avait passé ses trente-cinq premières années entre la Louisiane et la Jamaïque, pays d'origine de sa famille, et ne se sentait chez lui dans aucun des deux endroits. Pour des raisons qui lui échappaient, il avait toujours aspiré à un ailleurs. Avec son ciel bas et gris et ses maisons battues par les vents, Kennewick avait semblé convenir.

Sa première enquête officielle, en tant qu'unique inspecteur de police de la ville, l'avait conduit au Windward Resort pour une affaire de vol présumé. Il y avait été accueilli par Frank Hopkins, un homme à l'accent local si prononcé qu'il avait presque paru factice à l'oreille non exercée de Sam. La caisse du bar avait été dévalisée – pas plus de deux cents dollars, selon Frank – et ses soupçons se portaient sur Ben Gagnon, un employé limogé depuis peu qui avait travaillé comme serveur au restaurant. Ben, un gamin du coin, avait été remercié pour s'être fait porter pâle trop souvent.

— Je l'ai viré hier, avait expliqué Frank. Mais Barbara, une des femmes de ménage, m'a dit qu'elle l'avait vu ce matin. Soi-disant qu'il venait chercher sa dernière paie, mais il mentait parce qu'on envoie les chèques de paie par la poste, et Barbara – une autre, qui travaille au bar – m'a dit qu'il ne restait plus un seul billet dans la caisse.

— Était-elle fermée à clé ?

— La caisse ? Ben ouais. Sauf que la clé est pendue à un crochet juste sous le comptoir, alors pas besoin d'être un génie pour réussir son coup. Écoutez, la mère de Ben est une amie, et je ne suis même pas sûr de vouloir porter plainte. La seule chose qui me chagrine, ça serait qu'il s'imagine pouvoir recommencer quand ça lui chante. Vous comprenez ?

— Tout à fait, avait répondu Sam. À votre avis, où se trouve-t-il à l'heure qu'il est ?

— Probablement au Cooley's. C'est un bar à l'autre bout de la plage. Il doit être en train de me casser du sucre sur le dos tout en dépensant mon argent.

Sam s'était fait décrire Ben Gagnon de façon assez précise, puis s'était rendu dans le bar en question et avait ramené le garçon au commissariat afin de l'interroger. Le jeune avait livré des aveux complets et éplorés. Frank n'avait pas porté plainte, et Ben avait rendu l'argent. La première enquête de Sam à Kennewick s'était soldée ainsi, et c'était sans doute la seule raison qu'il avait de s'en souvenir. Depuis, il avait pris l'habitude de passer au Windward le vendredi soir pour boire un scotch soda. Il lui était aussi arrivé, à quelques occasions, de franchir les portes du Cooley's pour prendre une bière, en dépit du fait, ou peut-être précisément parce que c'était le seul endroit dans sa nouvelle ville de résidence où il avait été confronté au racisme. Au cours de son premier hiver à Kennewick, un promoteur immobilier de Wells, la ville voisine, très alcoolisé, lui avait lancé :

— On vous a jamais dit que vous aviez pas la couleur locale ?

— C'est quoi votre nom, mon vieux ? avait demandé Sam, en glissant délibérément dans la question une pointe d'accent jamaïcain.

— Je suis pas obligé de vous le dire.

— Non, c'est vrai. Mais je me souviendrai de votre visage. Un de ces jours je vous arrêterai, sûrement pour ivresse et trouble à l'ordre public, et sachez pour votre gouverne que j'aurai oublié ce que je viens d'entendre.

L'homme avait paru déconcerté. Il le fut tout autant quand Sam l'arrêta deux ans plus tard pour avoir semé le désordre en état d'ivresse, à l'hôtel du port cette fois. L'homme s'était penché par-dessus le comptoir en teck et avait attrapé la poitrine de l'étudiante qui officiait derrière le bar. Fidèle à sa promesse, l'inspecteur Sam Hamilton s'était comporté comme s'il rencontrait le dénommé Harvey Beach pour la première fois. Ce fut la seule fois que Sam avait essuyé une remarque raciste dans le Maine. En fait, la plupart des gens de Nouvelle-Angleterre qu'il avait rencontrés s'étaient montrés en tous points amicaux, malgré leur prétendue froideur. Et ça incluait Frank Hopkins, l'indéboulonnable patron du Windward Resort, qui venait d'être tué durant sa promenade matinale.

Maintenant qu'il y réfléchissait, Sam était presque certain que Frank était marié à l'époque de leur première rencontre. À une brune employée au bureau de poste. Sheila ou un nom comme ça. Un beau jour, elle avait quitté Kennewick pour aller habiter en Floride, sans lui proposer de l'accompagner. Mais c'était il y a des années. Frank était devenu un célibataire endurci, un homme gouverné par ses habitudes. Chaque matin, il sortait marcher sur la plage, sauf quand le vent soufflait trop, puis il consacrait une bonne moitié de sa journée à la difficile tâche de maintenir l'hôtel à flot et en état, et passait ses longues soirées au bar de l'hôtel, à s'enfiler des Bud Light. A priori, un tel emploi du temps laissait peu de place pour les relations amoureuses. Et puis, Frank n'était pas du genre à se faire des ennemis. C'était un patron accommodant, amical avec tout le monde. Il avait forcément été victime d'autre chose ce matin sur la plage, un acte que Sam pouvait seulement qualifier d'inhabituel, faute de meilleur terme. S'il n'y avait pas eu cette lettre, Sam aurait conclu à une mort accidentelle, un vol ayant mal tourné peut-être ? À moins qu'un type ait juste voulu savoir ce que cela faisait de tuer un homme en lui enfonçant la tête dans le sable ? Mais comment expliquer cette liste ?

Sam fit une recherche sur Internet pour vérifier si l'un des noms apparaissait dans une affaire de meurtre. Sans résultat. Certes, il s'était contenté d'aller sur Google. La police d'État consulterait sa propre base de données. Ils trouveraient forcément quelque chose. Un lien entre les noms.

# 2

*Vendredi 16 septembre, 12 h 30*

JESSICA Winslow déjeunait presque tous les vendredis chez Cece, avec Mary de la comptabilité. Cette semaine, comme Mary était en vacances, Jessica décida d'essayer le nouveau snack sur Congress Street, celui avec les poulets rôtis en vitrine.

Toutes les tables étaient occupées, mais il restait une place au comptoir du fond. Elle commanda un thé glacé, une cuisse de poulet fumée accompagnée de riz, haricots et bananes plantain frites. Le vieux Latino derrière le comptoir examina Jessica puis lui posa l'une des questions qui l'agaçait le plus.

— D'où tu es, *chica* ?

Il y avait longtemps qu'on ne la lui avait pas posée, mais elle l'avait entendue plus souvent qu'à son tour. Tout comme : “Vous êtes quoi au juste ?” ou la phrase cliché, moins insultante mais tout aussi condescendante : “Vous êtes drôlement mignonne.”

— Du Maryland, répondit-elle.

— Non, mais avant…

— J'ai toujours connu que le Maryland.

L'homme arqua un sourcil, avant de rendre les armes, et partit prendre une autre commande. Jessica avait été adoptée et tout ce que ses parents savaient, c'était qu'elle était originaire du Vietnam. Il y avait à l'évidence du sang vietnamien dans ses veines, mais aussi du sang noir ainsi que blanc. Elle supposait, sans en avoir la certitude, qu'elle était le produit d'une Vietnamienne et d'un soldat afro-américain. Si c'était le cas, alors il y avait des chances que sa mère ait été une prostituée. En vérité, elle n'en avait pas grand-chose à faire. La question revenait seulement sur le tapis chaque fois qu'un inconnu venait foutre son nez dans ses affaires et développait une passion pour sa généalogie. Elle sentit une montée de colère et s'obligea à se calmer. Le vieux type ne pensait sans doute pas à mal et cherchait juste à savoir si elle parlait espagnol. C'est ce qu'un tas de gens supposaient au premier coup d'œil.

Le vieux lui apporta son poulet, qui s'avéra bien meilleur que ce qu'on lui avait dit. Son téléphone vibra deux fois sur le comptoir au cours du déjeuner, mais elle l'ignora, en partie parce qu'elle avait les doigts couverts de graisse, mais surtout parce qu'elle voulait terminer son plat tranquillement. La troisième fois cependant, elle posa sa cuisse de poulet, s'essuya les doigts sur sa serviette et jeta un coup d'œil à l'écran. Deux appels manqués d'Aaron et un de Stephanie, la réceptionniste.

Aaron lui avait également envoyé un texto :

Où es-tu ?

Elle s'apprêtait à lui répondre par écrit mais décida finalement de l'appeler. Il décrocha dans la seconde.

— Où tu es ? demanda-t-il avec une pointe de contrariété.

— C'est l'heure du déjeuner, alors je déjeune.

— Tu sais, ta liste.

— Celle que j'ai reçue hier par courrier ?

— Oui. Un des noms dessus est Frank Hopkins.

— Exact.

— Eh bien, un Frank Hopkins a été tué ce matin à Kennewick dans le Maine.

— Sérieux ?

— Oui. Ramène-toi au bureau, dès que possible.

— OK. J'arrive.

Elle envisagea de faire emballer le reste de son repas, puis se ravisa, paya et partit.

Aaron l'intercepta à mi-chemin entre la réception et son bureau. Il avait une mine de déterré ; elle se demanda combien de temps il était resté au Club Room la nuit dernière après son départ.

— Raconte, dit-elle.

— J'ai envoyé la liste aux analystes, et apparemment l'un d'eux venait de voir passer l'info sur le meurtre d'un dénommé Frank Hopkins aujourd'hui dans le Maine. Ils auraient fini par faire le lien, mais bon.

— Qu'est-ce qui lui est arrivé ?

— À notre analyste ?

— Non, à ce Frank Hopkins. Comment ça va aujourd'hui, Aaron ?

— Désolé, j'ai tenu compagnie à Anthony un peu trop longtemps hier soir.

— Pas de souci. Alors comment est mort ce type dans le Maine ?

— Il se promenait sur une plage près de chez lui et on l'a noyé en lui maintenant la tête dans une flaque de marée.

— C'était qui ?

— Aucune idée. Un monsieur tout le monde. Je sais que son nom ne t'a rien dit hier quand tu l'as lu sur la liste, mais est-ce que tu as pu réfléchir aux autres ? Et est-ce que tu vois un lien entre toi et cet homme ?

— Non.

— Écoute la suite.

— Non mais attends, y a des flopées de Frank Hopkins.

— Quoi ?

— C'est un nom vachement répandu...

— Écoute la suite : on a retrouvé une enveloppe sur la scène de crime, adressée à la victime.

— Il avait reçu la liste ?

— La même liste. Celle avec ton nom.

— Merde.

— Ouais.

## 3

*Vendredi 16 septembre, 13 h 33*

ETHAN entrait dans son appartement quand le trille du téléphone retentit. Il vérifia sur l'écran du combiné qu'il ne s'agissait pas de sa mère – la seule personne en dehors des démarcheurs qui l'appelait encore sur le fixe. C'était un indicatif d'Albany, dans l'État de New York ; il choisit de ne pas répondre.

Il voulut se préparer un café, mais, constatant qu'il en restait de la veille (ou de l'avant-veille ?), il le versa sur de la glace, attrapa sa guitare et retourna dans le salon. Assis dans un rai de lumière pâle entrant par la fenêtre, il contempla les particules de poussière s'élevant du canapé, qu'il possédait depuis aussi longtemps que cet appartement. Il était épuisé.

Après une longue rasade de café glacé, Ethan cala sa guitare sèche sur son genou et joua une paire d'accords, puis tenta de se souvenir des paroles qu'il avait écrites la veille. Elles lui revinrent immédiatement. Tandis qu'il les chantonnait, il se rappela les avoir trouvées nases. À présent il n'en était plus si sûr. "Le dernier sur ta liste". Pas mal comme titre. Encore que… peut-être… la chanson parlait d'Hannah, dont il venait de quitter l'appartement. D'après ce qu'il savait, la liste de ses conquêtes était plutôt longue. Mais la sienne ne l'était pas moins. Était-il en train de tomber amoureux ? Ne valait-il pas mieux commencer la chanson par "J'aimerais me réveiller dans tes rêves, Hannah" ? Il pourrait alors intituler la chanson "Hannah". Plus percutant que "Le dernier sur ta liste". Il essaya, puis farfouilla dans le cendrier en verre dans l'espoir d'y trouver assez d'herbe pour remplir une pipe, mais ce qu'il voulait, c'était une putain de clope.

Ethan fit quelques sauts sur place pour se détendre, puis il vérifia son répondeur pour voir si Albany avait laissé un message. C'était le cas. Au lieu de la voix robotisée à laquelle il s'attendait, il entendit une véritable voix : une femme disant s'appeler Jessica Winslow lui demandait de la contacter au plus vite. Le nom fit immédiatement tilt dans son esprit. Il l'avait lu sur cette liste bizarre qu'il avait reçue la veille. En fait, c'était celui dont il n'avait pas réussi à se souvenir en s'endormant. Peut-être cette liste avait-elle bel et bien quelque chose à voir avec les agents à qui il avait envoyé ses démos. Mais la femme appelait d'Albany… ça ne collait pas.

— Bonjour… Jessica ? dit-il dès qu'elle décrocha.

Il n'avait même pas eu le temps d'entendre une sonnerie.

— Vous êtes Ethan Dart ?

— C'est moi.

— Mon nom est Jessica Winslow. Je suis agente spéciale au FBI et j'aurais souhaité vous poser quelques questions.

— OK, dit-il en se rasseyant sur le canapé.

— Auriez-vous reçu une lettre récemment contenant une liste de noms ?

— Oui, hier. Votre nom en faisait partie.

Court silence.

— C'est exact, admit-elle. Vous vous en êtes souvenu ?

— Bien sûr… enfin, ça ne date que d'hier.

— Avez-vous une idée de qui vous a envoyé cette liste ? De l'identité de l'expéditeur ? Connaissez-vous certains des autres noms ?

— Non, je ne sais pas. J'ai pensé que ça devait être une erreur.

— Et le nom de Frank Hopkins ? Ça ne vous dit rien ?

— Non, je ne connais aucun de ces noms.

Ethan entendit une voix masculine en fond, mais ne saisit pas ce qu'elle disait.

— Est-ce qu'il s'est produit quelque chose d'inhabituel dans votre vie récemment ? demanda Jessica. Avez-vous reçu des menaces ? Vous êtes-vous fait des ennemis ?

— Euh, rien de tout ça.

— D'accord. Simple vérification. Qu'avez-vous fait de cette lettre ? L'avez-vous conservée ?

— Oui, je l'ai toujours. Vous voulez que j'aille…

— Non, n'y touchez plus. Laissez-la où elle est. Vous êtes chez vous là, n'est-ce pas ?

— Oui.

— Je vais envoyer un agent de terrain à votre domicile pour la récupérer. Pouvez-vous me confirmer votre adresse ?

— Qu'est-ce qu'il se passe ? Est-ce que je dois m'inquiéter ?

— On vous envoie un agent, d'accord ? Non, il n'y a pas lieu de vous inquiéter, pas pour le moment en tout cas. On cherche encore à comprendre à quoi on a affaire.

— Ce n'est pas très rassurant, répondit Ethan.

Jessica émit un rire.

— C'est vrai que présenté comme ça… Écoutez, ne touchez plus à cette lettre jusqu'à l'arrivée de notre agent, vous voulez bien ?

— Pas de problème.

Après avoir raccroché, Ethan retourna jeter un coup d'œil à la liste, toujours posée près de son ordinateur portable. Il avait oublié qu'il s'était servi du verso pour griffonner les paroles de sa nouvelle chanson. Ça l'ennuyait un peu de devoir la remettre à des agents fédéraux. Même si les paroles de sa chanson seraient sûrement le cadet de leurs soucis… ou pas ? Qui sait, peut-être que quelqu'un au FBI les lirait, les trouverait géniales, et le mettrait en contact avec un cousin producteur… Ethan éclata de rire dans l'appartement vide. Juste pour la postérité, il reprit son téléphone et photographia le dos de la liste.

# 4

*Vendredi 16 septembre, 15 h 50*

La deuxième personne de la liste que Jessica parvint à contacter fut Arthur Kruse. Il se trouvait à l'hôpital, sur son lieu de travail. Lorsqu'elle l'interrogea à propos d'une liste, il lui fallut un moment pour comprendre de quoi il était question.

— Ah, oui, dit-il alors.

— Donc vous avez bien reçu une liste hier dans votre courrier ?

Il répondit par l'affirmative.

Jessica lui posa les mêmes questions qu'à Ethan et obtint des réponses sensiblement similaires. Il ne connaissait personne sur la liste. Il ne s'était rien passé d'inhabituel dernièrement dans sa vie. Il ne se connaissait aucun ennemi.

— Je vais avoir besoin de la lettre, ainsi que de l'enveloppe si vous l'avez toujours, ajouta Jessica. Pouvez-vous être chez vous d'ici une demi-heure ?

— Ça va être difficile. Je suis en plein milieu de ma garde et…

— C'est important.

— Bon, d'accord, dit-il finalement.

Après tout, entre Gina et Maggie, le service pourrait bien se passer de lui pendant l'heure à venir. Il n'habitait pas loin de l'hôpital et serait de retour en un rien de temps.

— Une dernière chose, reprit Jessica. Je sais que les chances sont minces mais je vous pose tout de même la question : connaîtriez-vous un dénommé Gary Winslow ?

Arthur réfléchit.

— Ça ne me dit rien.

— Quel âge avez-vous ?

— Quarante-cinq ans.

— Votre père ne se prénommerait pas lui aussi Arthur, par hasard ? Arthur, ou Art Kruse.

— Si, répondit Arthur. C'est ainsi qu'il s'appelait.

— Oh, je suis désolée. Il est décédé ?

— En fait, non. Je n'aurais pas dû utiliser le passé, mais il y a plus de dix ans que nous ne nous sommes pas vus ou parlé.

— Ah. Et donc il se prénomme Art ?

— Arthur. Mais il se fait appeler Art.

— J'imagine que vous ne vous souvenez pas s'il connaissait un Gary Winslow ?

— Je serais bien incapable de vous citer le nom d'un seul des amis de mon père. Mais vous vous appelez Winslow, n'est-ce pas ?

— C'est exact. Gary Winslow est mon père, et je me souviens qu'il avait un ami nommé Art Kruse. Enfin je crois. Le nom m'est resté en mémoire. Un copain de fac, il me semble.

— Mon père est allé à Princeton, dit Arthur.

— D'accord. Donc ils n'ont pas pu se connaître à la fac.

— Où le vôtre est-il allé ?

— À l'université du Vermont, mais je suis certaine qu'il connaissait un Art Kruse. Votre père possède-t-il une maison en bord de lac ?

— Non. Mais ses parents en avaient une, j'ai vu des photos. Du côté de Squam Lake dans le New Hampshire. Excusez-moi, je suis perdu. En quoi le fait que nos pères se connaissent a-t-il un rapport avec la liste ?

— Désolée. Je comprends votre confusion. Je suis agente du FBI, mais il se trouve que j'ai moi aussi reçu une liste par courrier, sans doute la même que vous.

— D'accord. C'est pour ça que votre nom m'a paru familier. Et donc ? Savez-vous pourquoi on a reçu cette liste ?

— Aucune idée. C'est ce qu'on essaie de comprendre. On vérifie les liens qui pourraient exister entre les personnes qui l'ont reçue. Vous pensez que vous pourriez appeler votre père et lui demander s'il avait un ami nommé Gary Winslow, et si oui, où ils se sont connus ?

— Honnêtement, je ne sais même pas comment entrer en contact avec lui, répondit Arthur. Et quand bien même, je crois que je n'en aurais pas la force.

— Je comprends. Cela dit, si jamais vous pensez à un moyen pour que je puisse le joindre, j'apprécierais beaucoup…

— Sans problème.

Arthur prit le chemin de son domicile au volant de la Subaru de Richard. Un décor de fermes en ruine et de champs stériles défilait des deux côtés de la vallée. Une masse sombre et gonflée apparut bientôt dans un coin du ciel de brume ; le temps était menaçant. Arthur pensa un court instant à son père. À quoi pouvait ressembler sa vie aujourd'hui ? Il recevait parfois de ses nouvelles par sa sœur Samantha, qui avait gardé le contact, bien qu'elle le vît très rarement. Art Kruse vivait dans une résidence pour les plus de cinquante-cinq ans à West Palm Beach en Floride. D'après Samantha, il s'était vanté un jour d'avoir une petite amie dans la même résidence, mais il avait un peu trop tardé à répondre lorsque Samantha avait voulu connaître son prénom. En dehors de cette éventuelle petite amie, il ne faisait aucun doute pour Arthur et Samantha que leur père vivait complètement seul. Cette idée attristait quelque peu Samantha ; en revanche elle laissait Arthur de marbre.

Art avait totalement rayé son fils de sa vie après qu'il lui avait avoué être gay, mais Arthur se demandait parfois s'ils seraient restés en contact s'il ne l'avait pas fait. Art Kruse était un fervent républicain, accro à Fox News et fier de s'élever contre le politiquement correct – il proférait haut et fort ses convictions racistes, sexistes et homophobes, persuadé qu'il se démarquait de la masse. Quand Arthur lui avait parlé de son homosexualité, deux ans après le divorce de ses parents, Art lui avait rétorqué avec un sourire mauvais : "C'est quoi la suite ? Tu vas m'annoncer que tu te maries ? Eh bien si tu t'imagines que je vais venir, ne compte pas sur moi." À bien des égards, la décision d'Art avait facilité les choses. Quand Richard et lui avaient décidé de concrétiser leur union, Arthur avait envoyé une invitation à son père, certain de sa réponse. Art n'avait même pas daigné répondre, pas même pour dire qu'il ne viendrait pas, et Arthur avait définitivement coupé les ponts. Richard lui avait demandé un jour s'il lui arrivait de penser à son père, et s'il y avait une chance qu'ils renouent. Arthur avait répondu le plus sincèrement du monde qu'il pensait très peu, voire jamais à lui.

Il n'était pas rentré depuis cinq minutes qu'une Lincoln Navigator se gara devant chez lui. Deux hommes en costume gris en sortirent.

— Arthur Kruse ? demanda l'un d'eux en brandissant un écusson.

Un fin liseré de barbe blanche courait le long de sa mâchoire. En dessous, la peau boursouflée de son cou était rose et rasée de près.

Arthur leur montra la lettre et l'enveloppe, qui se trouvaient déjà dans sa poubelle de recyclage. Après avoir enfilé des gants, l'autre agent, un homme plus jeune, soigné, et très séduisant, récupéra les deux morceaux de papier entre les prospectus et les emballages de surgelés.

— Que se passe-t-il ? demanda Arthur, espérant que ces agents accepteraient de divulguer un peu plus d'informations que Jessica Winslow.

— J'en sais trop rien, mon pote, répondit l'homme au collier, et Arthur marqua un léger temps d'arrêt en s'entendant appeler “mon pote”.

Le plus jeune des deux agents – celui qui avait des faux airs de Jimmy Smits, période *NYPD Blue* – glissa l'enveloppe et la liste dans deux sachets plastiques distincts.

— Merci monsieur, on a ce qu'on voulait, dit-il.

Arthur les raccompagna à la porte, complexé par son handicap, comme chaque fois qu'il se trouvait en présence de gens qu'il ne connaissait pas.

Il regarda leur voiture s'éloigner par la vitre dépolie de la porte d'entrée, puis regagna l'intérieur de la maison d'un pas hésitant. On entendit un léger craquement de tonnerre au loin et Arthur songea qu'il devait repartir au travail. Au lieu de cela, il s'assit sur une des chaises de la salle à manger et se mit à réfléchir à la liste. Pourquoi suscitait-elle l'intérêt du FBI ? L'agente Winslow lui avait-elle caché certaines informations ? C'était très probable.

Arthur massa les muscles affaiblis de sa cuisse gauche. Sa jambe lui semblait toujours au plus mal par mauvais temps. Peut-être se faisait-il des idées ? Tout à coup le ciel s'assombrit et il guetta le bruit des premières gouttes de pluie sur le toit. Il aurait dû repartir travailler, mais il n'arrêtait pas de penser à Richard, combien il aurait aimé lui raconter les derniers événements de sa vie : cette liste qu'il avait reçue, le coup de fil du FBI, et maintenant, ces deux agents fédéraux venus récupérer la lettre. Exceptionnellement, il s'autorisa à imaginer la conversation. Richard aurait réclamé des détails – il voulait toujours des détails. À qui les agents ressemblaient-ils par exemple ? Arthur lui aurait parlé de Jimmy Smits, et de l'homme au collier. *À la George Lucas ?* aurait plaisanté Richard. Et lui de rétorquer : *Exactement. Je n'y avais pas pensé.*

Il se laissa aller quelques minutes à sa rêverie, convoquant même Misty ; cette manière, par exemple, qu'elle avait de se pencher contre leur jambe pendant qu'ils discutaient, toujours en quête d'affection. Il se détourna de ces pensées quand il sentit sa gorge se serrer. Il fallait vraiment qu'il reparte au travail. La pluie tombait à présent, mais il rejoignit sa voiture de son pas lent habituel sans s'en préoccuper.

# 5

*Vendredi 16 septembre, 18 heures*

JESSICA était parvenue à identifier avec certitude quatre destinataires de la liste, sans compter Frank Hopkins. Ethan Dart et Arthur Kruse ne lui avaient pas donné trop de mal, sûrement parce que leurs noms étaient peu courants. Jessica avait contacté plusieurs Caroline Geddes, qui étaient toutes tombées des nues quand elle leur avait parlé d'une liste inhabituelle, jusqu'à ce qu'elle tire le bon numéro avec une professeur de l'université du Michigan. Comme pour Ethan et Arthur, Jessica avait contacté les antennes locales pour récupérer la lettre et l'enveloppe. Elle avait également identifié Matthew Beaumont, en dépit de la fréquence du nom, après seulement quatre ou cinq fausses pistes : il était le vice-président d'une société financière à Boston. Bizarrement, elle avait su qu'il s'agissait de la bonne personne dès qu'elle avait entendu le son de sa voix. Il était sur le point de partir quand elle l'avait joint à son bureau et il avait accepté de rencontrer un agent. Elle lui avait posé les questions de routine – aucun des noms ne lui évoquait quoi que ce soit – et avait alors voulu connaître son âge, en partie parce qu'il semblait jeune pour être vice-président.

— J'ai trente-neuf ans, répondit-il.

— Ah, on a le même âge, s'exclama Jessica, avant de se reprendre.

Après avoir raccroché, elle se demanda quel âge pouvaient avoir Ethan Dart et Caroline Geddes. Arthur Kruse lui avait dit avoir quarante-cinq ans. À leurs voix, elle leur donnait également autour de la quarantaine. Frank Hopkins en revanche avait soixante-douze ans.

Elle relut les noms pour la énième fois, en essayant de voir si les prénoms des personnes qu'elle n'avait pas encore réussi à identifier pouvaient lui fournir une indication sur leur âge. Jay Coates pouvait tout aussi bien avoir trente-cinq ans que soixante-dix. Jay était un prénom intemporel. Jack Radebaugh semblait être un nom d'homme âgé, mais peut-être avait-elle cette impression à cause du Jack Radebaugh, gourou des affaires septuagénaire. Elle l'avait justement contacté mais il n'avait pas reçu la fameuse lettre.

La dernière personne qu'elle n'avait pas réussi à identifier était Alison Horne, un autre prénom intemporel et qui plus est si répandu que trouver la bonne Alison promettait d'être ardu.

Afin d'en apprendre un peu plus sur Frank Hopkins, Jessica décida d'appeler la police de Kennewick.

Après s'être présentée comme agente du FBI, elle demanda à s'entretenir avec la personne en charge du meurtre de Frank Hopkins.

— La police d'État a pris la main, répondit la réceptionniste. Mais l'inspecteur Hamilton est encore là. Il est allé sur la scène de crime. Je vous le passe ?

— S'il vous plaît, merci.

Une trentaine de secondes plus tard, l'homme se présentait.

— Bonsoir inspecteur, je suis l'agente Winslow du bureau fédéral d'investigation d'Albany. Vous avez une minute à m'accorder ?

— Vous ne vous appelez pas Jessica, par hasard ?

— Si. J'en conclus que vous avez vu la liste.

— Oh, en fait je disais ça pour plaisanter. En partie. C'est vraiment vous sur la liste ?

— Oui. J'ai reçu une lettre identique à celle qui a été retrouvée près du corps de Frank Hopkins ce matin. Mais l'information est pour l'instant confidentielle.

— Quelle information au juste ?

— L'existence de cette lettre et de la liste.

— Ah, oui, c'est ce que j'ai cru comprendre, répondit l'inspecteur. Alors de quoi s'agit-il ? Connaissez-vous les autres personnes qui y figurent ?

— Non. Et nous avons réussi à en localiser certaines, mais il n'y a aucun lien entre elles. Aucun lien évident du moins.

— Cette histoire de liste est très étrange, dit-il.

— Encore plus étrange quand votre nom est dessus.

— J'imagine.

— Et donc, que pouvez-vous me dire au sujet de Frank Hopkins ?

— Eh bien, il a passé toute sa vie ici à Kennewick. Marié deux fois. Pas d'enfant. Il avait repris l'affaire familiale, un complexe hôtelier ouvert par ses parents : le Windward Resort.

— À Kennewick même ? demanda Jessica.

Le nom lui disait vaguement quelque chose.

— Sur la plage, oui. C'était plutôt chic à une époque. Le genre d'établissement dans lequel les familles descendaient pour un mois. Pension complète, tournois de shuffleboard*, martinis sous la véranda… mais l'endroit a très mal vieilli. Je pense que si Frank n'avait pas encore mis la clé sous la porte, c'était pour pouvoir continuer de passer boire un verre au bar chaque fois que l'envie lui en prenait.

— Frank Hopkins était alcoolique ?

— Je crois, oui. Mais il donnait le change, comme la moitié de ceux que je connais. Il n'a jamais fait de vagues, cela dit. La plupart des gens semblaient l'apprécier.

— Vous y compris ?

— Moi y compris, oui. Il m'arrive d'aller boire un verre au Windward le vendredi soir et Frank s'est toujours montré amical.

— Vous vous êtes rendu sur la scène de crime ?

— Oui. Je ne me suis pas trop approché, mais c'est un crime, ça sautait aux yeux. Enfin, sans aller jusque-là, ça n'avait pas l'air d'une mort naturelle. Quelqu'un lui a manifestement enfoncé la tête dans le sable.

— Je croyais qu'on l'avait retrouvé dans une flaque de marée.

— L'endroit était rempli d'eau quand il est mort mais la mer s'était retirée.

— D'accord. Et il avait la liste et l'enveloppe sur lui ?

— Il les tenait froissées au creux de sa main. L'enveloppe n'était pas timbrée.

* Jeu de palets d'origine britannique pratiqué dès la fin du XIX$^{e}$ siècle sur les ponts des paquebots de ligne.

— Ah. J'ignorais ce détail.

— Vous en saurez plus si vous parlez avec la police d'État. L'inspectrice en charge de l'enquête se nomme Mary Parkinson. Elle pourra sans doute vous aider.

— Je l'appellerai.

— Alors, combien des personnes de la liste avez-vous trouvées ? demanda l'inspecteur.

— Toutes, excepté Jack Radebaugh, Alison Horne, et Jay Coates.

— Ah oui ? Vous avez été rapides. L'une d'elles sait quelque chose ?

— Comme je vous le disais, aucun de nous ne se connaît. Nous n'avons aucun élément en commun a priori, à part cette liste.

— Ça en fait déjà un.

— Oui. Ce n'est pas faux, répondit Jessica.

— Il y a un Jay Coates qui est acteur à Hollywood. Il a un site Internet.

— Vous avez fait vos recherches vous aussi ?

— Un peu. J'avais du temps à tuer aujourd'hui alors j'en ai profité pour taper les noms sur Google et voir ce que ça donnait.

— J'ai laissé un message à ce Jay Coates. Mais je n'ai pas encore eu de réponse. Remarquez, il est encore tôt en Californie. Il est peut-être au travail.

— Vous pensez que c'est lui ?

— Oui. Mais je ne sais pas pourquoi. L'âge peut-être. Pour l'instant toutes les personnes que j'ai pu identifier ont autour de la quarantaine.

— Excepté Frank Hopkins.

— Excepté Frank Hopkins.

— Et pour Jack Radebaugh ? Ça n'a rien donné, alors ?

— Non. Vous l'avez cherché sur Google aussi ?

— Oui. Ils ne sont pas nombreux. Celui qui ressort le plus souvent est une espèce d'écrivain.

— Je lui ai parlé, en effet. Il n'a pas reçu la lettre et il ne connaît aucun des noms sur la liste.

— Quel âge a-t-il ?

— Soixante-dix ans. (Après un court silence, Jessica reprit :) Si vous pensez à autre chose à propos d'Hopkins, appelez-moi.

— Bien sûr, oui. Laissez-moi votre téléphone.

Ils s'échangèrent leurs numéros de portable et de bureau et raccrochèrent. Jessica resta assise un moment en silence. Le nom de l'hôtel avait réveillé en elle un très, très lointain souvenir. Elle s'efforça de l'exhumer de sa mémoire.

Jessica était allée sur la côte sud du Maine au moins deux fois dans sa vie, mais de mémoire, elle n'avait jamais mis les pieds à Kennewick. Elle se rappelait un week-end du Memorial Day très pluvieux à Camden, avec Justin, son ex-petit ami. Ça remontait à trois ans. Avant cela, elle y avait passé des vacances d'été en famille lorsqu'elle avait treize ans – ces vacances l'avaient marquée car c'étaient les premières qu'elle avait voulu abréger pour rentrer retrouver ses amis. Une autre fois, sa mère avait loué une maisonnette à Kennebunkport. Un fiasco. La plage voisine était rocailleuse et l'eau glacée, alors qu'on était en août. Ils avaient fait le tour de tous les magasins et glaciers des villes de la côte. Son père avait été d'une humeur massacrante tout au long de leur séjour. Elle s'en souvenait parce qu'un soir, sa mère avait craqué au cours du dîner et dit qu'elle en avait assez de vivre avec deux ados égoïstes. Avaient-ils visité Kennewick cette année-là ? Aucune idée.

— Rentre chez toi, lança Aaron du pas de la porte.

Elle tourna vers lui un visage hébété.

— Un dernier coup de téléphone et j'y vais.

— Très bien. Je te raccompagne. Il te faut une escorte.

— Tu plaisantes, j'espère !

— Pas du tout. Si tu ne veux pas que ce soit moi, je mettrai quelqu'un d'autre, mais tant qu'on n'aura pas tiré cette histoire au clair, je refuse de prendre des risques.

— Bon, d'accord. J'arrive dans cinq minutes.

Jessica tenta encore une fois de joindre Jay Coates – celui de Californie. Comme personne ne répondait, elle décida de laisser un message un peu plus insistant que le précédent, avant d'y renoncer. De toute façon, ce n'était probablement pas lui : à quoi bon l'effrayer inutilement ?

# 6

*Vendredi 16 septembre, 18 h 14*

MATTHEW Beaumont avait oublié le dîner prévu avec les Robinson, mais lorsqu'il entra dans la cuisine et vit sa femme vêtue de sa robe verte préférée, la mémoire lui revint.

— On sort ? demanda-t-il.

— Tu as oublié.

— Ça m'était sorti de la tête.

— J'ai eu Michelle au téléphone. On a convenu de se retrouver au restaurant. La réservation est pour six heures et demie et Michaela sera là d'un moment à l'autre. Ça nous laisse juste quelques minutes pour la briefer. Dépêche-toi de t'habiller. Je ne pense pas que tu aies le temps de prendre une douche.

En arrivant dans la chambre, Matthew constata que Nancy lui avait déjà préparé sa tenue : un chino fauve et une chemise qui se portait avec les pans en dehors l'attendaient sur le lit. Il ôta son costume, s'appliqua du déodorant, puis tout en s'habillant, il se projeta dans la soirée à venir. Devait-il parler aux Robinson de la lettre qu'il avait reçue la veille, et de l'agent du FBI qui était passé au bureau aujourd'hui pour la récupérer ? L'employé fédéral lui avait conseillé de garder pour lui l'existence de cette liste – ou plus précisément des noms qui y figuraient –, mais s'était contenté de hausser les épaules quand Matthew avait avoué l'avoir déjà montrée à sa femme. Cette histoire de lettre n'était pas banale, et s'il s'était juste agi de prendre un verre avec Pete Robinson, ou même avec Michelle après tout, il n'aurait pas manqué de la raconter. Mais il repensa à l'air suspicieux de Nancy la veille, quand elle avait découvert la liste ; il ignorait comment elle réagirait s'il abordait le sujet pendant le dîner. Et s'il expliquait qu'une femme du FBI l'avait appelé au bureau puis avait envoyé un autre agent récupérer la lettre, comme s'il s'agissait d'une preuve compromettante ? En fait si, il savait très bien comment elle réagirait. D'une, elle serait convaincue qu'il s'agissait d'une sorte de chantage sexuel. De deux, elle piquerait une crise en apprenant qu'il avait emporté la lettre au bureau au lieu de la jeter, y verrait une preuve de sa culpabilité. Alors qu'il avait justement emporté la liste avec lui pour ne pas qu'elle tombe à nouveau dessus et se fasse du souci.

Lorsqu'il redescendit dans sa nouvelle tenue, il croisa le chemin d'Alex, déboulant à toute allure dans le vestibule avec une seule chaussette, glissant sur un pied et poussant sur l'autre.

— Attention à ne pas te prendre une écharde, lui dit-il, mais Alex avait déjà franchi l'angle du mur du grand salon.

Matthew rejoignit Nancy dans la cuisine ; elle donnait ses consignes à Michaela, une des ados du voisinage qui officiait comme leur principale baby-sitter depuis maintenant deux ans.

Ils adoraient Michaela, car c'était la seule qui arrivait à gérer Alex – en tout cas elle leur rapportait toujours qu'il avait été sage. Nancy et Michaela se tenaient de part et d'autre de l'îlot central et Matthew s'évertuait à maintenir son regard exclusivement sur le front de Michaela. La brindille s'était depuis peu transformée et sa tenue révélait les courbes d'une jeune femme ; comme beaucoup de filles de son âge, elle portait un pantalon de yoga qui tenait plus du sous-vêtement, et son T-shirt à rayures ne couvrait pas complètement son ventre.

— Emma peut s'occuper à sa guise, comme d'habitude. Tu n'as pas à t'en faire pour elle. Si Alex est agité après le dîner, il peut regarder une de ses séries sur Netflix, mais uniquement sur *son* compte. Ne le laisse pas se connecter aux nôtres.

— Il ignore le code, intervint Matthew.

— Ça m'étonnerait, rétorqua Nancy tandis que Michaela hochait la tête en souriant.

Ne portait-elle pas des bagues d'habitude ? Il n'arrivait pas à s'en souvenir, mais si c'était le cas, elle se les était fait enlever.

— Bon, peut-être qu'il le connaît.

— Il est sage, répondit Michaela. La dernière fois il m'a appris à jouer à un de ses jeux préférés. On peut continuer ce soir ?

— Bien sûr, répondit Matthew, mais il vaut mieux le laisser gagner si tu ne veux pas qu'il pique une crise.

— Le but du jeu n'est pas de gagner, expliqua Michaela. Plutôt de construire des mondes.

Sur la route du restaurant, Nancy resta silencieuse durant une trentaine de secondes. Matthew s'apprêtait à lui parler du FBI quand elle lança :

— Je crois qu'il est préférable que nous changions de baby-sitter. Ta façon de draguer Michaela relève de la perversion.

Matthew laissa échapper le plus discret des soupirs.

— Nancy, je t'assure que je n'ai pas essayé de draguer Michaela. Je n'éprouve aucune attirance pour elle. Ce n'est qu'une enfant.

— Je te dis juste…

— J'entends parfaitement ce que tu me dis, mais tu te trompes. On en reparlera plus tard, si tu veux bien ? Tâchons de passer une soirée agréable avec nos amis.

Deux heures après, alors que les desserts arrivaient, Matthew était stupéfait de constater à quel point le dîner avec les Robinson avait été agréable. Malgré sa mauvaise humeur, Nancy avait semblé se détendre au fil de la soirée. Le Glasshouses était un restaurant gastronomique "de la ferme à l'assiette", doté depuis peu d'une terrasse équipée de lampes chauffantes, et c'est là, sous le ciel étoilé, qu'était leur table. La fumée de bois du barbecue parfumait l'air frais. Le magret de canard que Matthew avait choisi était succulent et il s'autorisa à prendre une part de tarte Tatin à la crème glacée caramel salé, en se promettant d'aller courir le lendemain matin.

Il était assis en face de Michelle, et à côté de Pete, de sorte que les hommes pouvaient parler football pendant que les femmes discutaient de leurs enfants. Mais après le dessert, ils s'étaient tous accordé un dernier verre, et Matthew se retrouvait maintenant en train de discuter avec Michelle, sirotant un porto tandis qu'elle lui racontait son voyage à New York pour voir *Hamilton* à Broadway. Entre ses jambes courtes, ses hanches lourdes et son visage rond où le nez, la bouche et les yeux prenaient trop de place, on pouvait difficilement décrire Michelle comme un canon de beauté, mais Matthew avait toujours eu un petit béguin pour elle. Il s'était renforcé l'été dernier lors d'un barbecue donné par les Cartwright, amis communs des deux couples. Un orage avait éclaté en fin d'après-midi et Michelle et Matthew s'étaient retrouvés coincés dans le poolhouse avec un groupe d'enfants grelottants sortis de la piscine en panique. Alors qu'ils contemplaient des jouets entassés sur une étagère, la plupart cassés ou abandonnés, Michelle avait déclaré :

— J'entre dans une période de ma vie où tout me remplit de tristesse.

— Ah oui ? avait répliqué Matthew, déconcerté par cet aveu inattendu.

— Désolée, avait-elle dit en éclatant de rire. J'ai parlé à voix haute ? Je fais mon mélo, comme dirait Pete. C'est juste que j'ai l'impression que les moments excitants et mystérieux de ma vie sont derrière moi, et maintenant tout m'emplit de nostalgie. En vérité, je pleurniche parce que j'ai peur de vieillir.

— Je crois que je comprends ce que tu veux dire, avait répondu Matthew. La jeunesse était une période terrifiante, mais c'était aussi une période pleine de surprises.

À nouveau elle avait ri, et du fait de leur proximité physique, Matthew avait senti le vin dans son haleine.

— Je crois que c'est ce qui me manque. Le temps où la vie me surprenait.

— Maintenant ce sont nos enfants qui nous surprennent.

— Les tiens sont un peu plus jeunes que les miens. Oui, c'est vrai, ils te surprennent, mais bientôt *toi* tu ne pourras plus les surprendre. Ah, voilà que je recommence à pleurnicher. (Elle s'était penchée vers lui et lui avait serré la main.) Ne va pas répéter cette conversation à Nancy. Elle ne comprendrait pas.

— Promis.

Une des enfants – une fillette maigrichonne portant un gilet de natation – tirait sur la jupe de Michelle en gémissant.

— J'ai froid.

Michelle l'avait prise dans ses bras et serrée contre elle.

— Rappelle-moi qui tu es ?

La fillette nichait sa tête dans le cou de Michelle en grelottant.

Matthew lui avait frictionné le dos. La petite avait murmuré son prénom contre le pull de Michelle, mais ni lui ni elle ne l'avaient saisi.

Matthew avait repensé des dizaines de fois à ce moment, et ce souvenir parvenait encore à lui crever le cœur. Quelle ironie. Il bavardait maintenant avec Michelle à la lueur des chandelles, juste à côté de sa femme qui n'était pas le moins du monde jalouse. Pourquoi d'ailleurs ? Était-ce simplement parce que Michelle avait quelques kilos en trop ? Quelques années de plus qu'eux ? Nancy n'avait probablement jamais remarqué les jolis yeux marron clair de Michelle.

Ils étaient rentrés depuis cinq minutes, et Nancy avait payé et renvoyé chez elle la baby-sitter (que Matthew s'était soigneusement abstenu de regarder), lorsque Matthew avait reçu un appel de Pete Robinson.

— Michelle ne retrouve pas son téléphone. Vous ne l'auriez pas pris sur la table par erreur ?

Le téléphone de Michelle, le même modèle que celui de sa femme, était bien dans le sac à main de Nancy, à côté de son propre téléphone. Pete déclara qu'il viendrait le chercher.

— Je suis vraiment confuse, répétait Nancy en balbutiant. J'espère que tu me pardonnes.

Matthew se rendit compte qu'elle était un brin éméchée, ce qui ne lui arrivait pas souvent.

— C'est rien, lui répondit Matthew. Ce n'est pas comme si tu avais essayé de le lui voler… Tu n'as pas essayé de le lui voler, n'est-ce pas ?

Elle sourit et lui demanda s'il voulait bien attendre Pete sur le perron.

— Je veux juste monter me coucher.

Matthew enfila son pull le plus chaud, puis sortit avec le téléphone. La Volvo des Robinson ne tarda pas à arriver, mais à sa surprise, c'est Michelle qui descendit du côté conducteur. Il emprunta le sentier dallé pour aller à sa rencontre.

— Je pensais voir Pete, dit-il.

— Tu es déçu ?

— Non, répondit-il en lui tendant le téléphone.

— Pete voulait regarder le résumé du match. Du reste, il n'est sans doute pas en état de conduire. Moi non plus probablement, mais disons que je suis officiellement accro à mon téléphone.

— On l'est tous.

Ils restèrent un instant sans parler dans le silence de la nuit, et Michelle lâcha à brûle-pourpoint :

— Comment ça va toi, en ce moment ?

La question le désarçonna et il répondit spontanément :

— J'ai connu mieux. Je me fais du souci pour les enfants. Et Nancy n'arrête pas de… Je crois que je m'inquiète aussi pour elle.

— Ce ne sont pas mes affaires, mais je la trouve dure avec toi.

En entendant ces mots, il sentit que quelque chose se serrait dans sa poitrine.

— Elle est fâchée contre moi en permanence, sans que je sache pourquoi, et je ne sais pas comment arrêter ça.

— Je ne suis pas conseillère matrimoniale, répondit Michelle, mais si je l'étais, je dirais que tu n'es pas fautif. Ce n'est pas à toi de trouver une solution à cette situation.

— J'en suis conscient, mais ce n'est pas facile à vivre.

— Bien sûr.

— Et toi, ça va avec Pete ? demanda Matthew.

Michelle répondit après un silence d'hésitation :

— Avec les enfants, il a toujours été un bon père… mais ça fait des années qu'il ne me regarde plus. Il ne s'intéresse qu'à son sport.

— Vous avez abordé le sujet ?

— Oui. Il m'a promis qu'il allait faire des efforts, mais rien ne change. Et le seul fait de réclamer un peu plus d'attention me donne l'impression d'être une égoïste. Vous discutez, Nancy et toi ?

— Je crois qu'elle ne se voit pas comme je la vois, ni comme les gens la voient. Je ne sais pas… je ne sais plus quoi faire. Mais non, en fait on ne discute pas vraiment.

La lampe à détecteur de mouvement s'éteignit, et ils restèrent debout dans l'obscurité. Matthew savait que s'il faisait ne serait-ce qu'un demi-pas vers elle, ils s'embrasseraient et ne pourraient jamais revenir en arrière. Mais

Nancy s'imaginait déjà qu'il la trompait avec quantité de femmes. Peut-être devait-il se laisser aller ?

Il s'avança en même temps que Michelle, et ils s'embrassèrent.

# 7

*Vendredi 16 septembre, 21 h 25*

ETHAN n'avait pas répondu au texto d'Ashley, qui était rentrée de chez ses parents et lui proposait d'aller prendre un verre. Il avait préféré envoyer un message à Hannah, la suppliant de passer le voir. Mais pas de réponse.

Pendant que son burrito chauffait dans le micro-ondes, Ethan se décapsula une Shiner Bock. Pour autant qu'il sache, Ashley et Hannah, bien que colocataires, n'étaient pas particulièrement proches. Ça ne signifiait pas pour autant qu'Ashley accepterait que son ex se tape maintenant exclusivement la fille avec laquelle elle partageait son appartement. Ou peut-être que ça ne la gênerait pas plus que ça. Il envisagea d'appeler son vieil ami Marcus pour savoir si, d'après lui, un échange de colocs avait des chances de réussite. Mais il entendait déjà son rire moqueur.

En attendant des nouvelles d'Hannah (bon sang ce qu'il aimait son attitude hautaine), il poursuivit ses recherches sur les autres noms de la liste qu'il avait remise au FBI plus tôt dans la journée, à commencer par Caroline Geddes. S'agissait-il de la prof qui enseignait la littérature à l'université du Michigan ? Il était tombé sur une photo d'elle, cheveux bruns tirés en arrière dévoilant un front large, avec un sourire discret qui lui donnait l'air – quel était le mot… ? – secrète, peut-être. Son visage lui avait semblé familier. Non pas qu'il l'eût nécessairement rencontrée auparavant, mais il avait le sentiment qu'il la connaissait déjà, d'une certaine manière.

La page de présentation des professeurs indiquait une adresse e-mail. Il envoya le message suivant :

> Caroline, auriez-vous reçu une liste étrange avec votre nom parmi d'autres ? Si la réponse est non, désolé, ne tenez pas compte de ce message. Mais si c'est oui, sachez que c'est aussi mon cas et que je n'y comprends rien. J'attends votre réponse. Ethan Dart.

Il referma son ordinateur en attendant qu'elle lui réponde et s'accroupit devant sa collection de vinyles. *Qui vais-je écouter ?* se dit-il. Il sortit Joni Mitchell et mit la face B de *The Hissing of Summer Lawns*. Lorsqu'il revérifia ses e-mails, il découvrit que Caroline avait déjà répondu.

> Oui, c'est bien moi. Un agent du FBI est passé récupérer la liste sans me donner d'explication. Il n'a pas voulu me dire quoi que ce soit. Et vous ?

Il répondit :

Moi pareil. Ça cache quelque chose. Doit-on s'inquiéter ? Perso je suis plutôt curieux.

Caroline :

Je suis curieuse moi aussi. Et un peu inquiète. Connaissiez-vous certains des noms de la liste ?

Ethan :

Non. Je les ai tous cherchés sur le net et aucun n'a fait tilt. Par contre, quand j'ai vu votre page sur le site de la fac… je ne sais pas pourquoi mais vous m'avez semblé familière.

Caroline :

Vous pensez qu'on se connaît ? Moi, votre nom ne me dit rien.

Ethan :

Vraiment ? Pourtant je suis un musicien célèbre.

Caroline :

Vous êtes sérieux ?

Ethan :

Non, mais j'aimerais bien. Disons que j'y aspire. Ça y est, j'ai honte d'avoir fait cette blague idiote. Parlons d'autre chose… Où avez-vous grandi ?

Ils échangèrent ainsi une heure durant, comparant leur parcours, tâchant de vérifier s'ils étaient liés d'une façon ou d'une autre. À part leur âge – ils avaient tous les deux autour de trente-cinq ans –, ils n'avaient rien en commun ou presque. Tout ce qu'ils avaient trouvé, c'était que leurs grands-parents respectifs avaient habité la région de Boston, dans le Massachusetts.

Ethan écrivit :

Peut-être que ce qui nous lie, c'est l'absence de lien. C'est tout de même bizarre de n'avoir aucun point commun.

Caroline :

Vous écrivez des chansons, et j'apprécie les chansons… Bon, j'imagine que ça ne compte pas.

Ethan :

Eh bien, je pense pas que vous aimeriez mes chansons. Par contre vous, vous écrivez des critiques de poésie. J'aime beaucoup la poésie.

Caroline :

Il est vrai que les amateurs de poésie sont bien plus rares que les amateurs de chansons. Qui sont vos poètes préférés ?

Ethan réfléchit : il voulait une liste où il y ait du lourd. Mais au fond, pourquoi cherchait-il à l'impressionner ? Finalement, il opta pour l'honnêteté.

> De but en blanc, je dirais : John Berryman, Frank O'Hara, Weldon Kees, Robert Lowell. Et un tas d'autres que vous ne considérez sans doute pas comme des poètes : Joni Mitchell, Dylan, Leonard Cohen, James McMurtry, Willy Vlautin.

Ethan n'eut pas de réponse à ce dernier message. Se pouvait-il que sa liste de poètes l'ait choquée ? Il retourna à ses disques, chercha un moment, puis sortit *Songs of Love and Hate* et posa l'aiguille sur la première piste.

# 8

*Vendredi 16 septembre, 21 h 48*

ALLONGÉE dans son lit mais bien réveillée, Caroline était en train d'échanger des e-mails avec un inconnu. Estrella, sa chatte rousse, dormait roulée en boule à ses pieds, comme à son habitude. Quant à Fabuleux, il pouvait être n'importe où.

Ethan Dart, l'homme qui l'avait contactée par e-mail de manière inopinée pour discuter de l'étrange courrier, venait de lui envoyer la liste de ses poètes préférés. Elle chercha sur Google le nom de l'un d'eux, Weldon Kees, dans l'espoir de retrouver l'un de ses poèmes qu'elle aimait mais dont le titre lui avait échappé. Elle le trouva au bout de quelques minutes et le relut en silence. Le poème s'intitulait "Pour ma fille" et c'était le vers final qui lui était resté en tête : "Je n'ai pas de fille. Je n'en désire pas."

Elle s'apprêtait à répondre à Ethan lorsqu'elle reçut un nouveau message.

> `Je me suis grillé en classant Dylan parmi les poètes… c'est ça ?`

Elle sourit et écrivit :

`Non. Vous ne vous êtes pas grillé, mais ce n'est pas un poète. Il écrit des chansons. En fait, je cherchais un poème de Weldon Kees que j'aime bien, intitulé "Pour ma fille". On ne parle plus beaucoup de lui aujourd'hui.`

Ethan :

`Ouf. Vous êtes toujours là. Je commençais déjà à me languir de vous. J'adore Kees, et parfois je me dis que je l'idéalise parce qu'il a disparu dans la nature et que plus personne ne l'a revu. Vous connaissez son poème "Crime Club" ?`

Caroline :

`Non, mais je le chercherai.`

Ethan :

`OK. Je vais attendre patiemment que vous l'ayez lu alors. J'essaierai de ne plus paniquer à l'idée que vous m'avez faussé compagnie.`

Ils poursuivirent leurs échanges jusqu'à peu avant l'aube. Ce ne fut pas la lueur grise derrière les rideaux qui renseigna Caroline sur l'heure tardive, mais l'apparition de Fabuleux qui venait comme chaque matin la réveiller pour demander la porte et aller effectuer son tour de reconnaissance.

`C'est presque le matin`, écrivit-elle, et il répondit dans la foulée :

```
Le moment de la journée que j'aime
le moins. Peut-on continuer cette
conversation ce soir? Ou peut-être qu'on
devrait se dire adieu sur ces bons mots?
```

Elle écrivit :

```
Je suis d'accord pour continuer, mais
il faut d'abord que je dorme un peu.
```

Elle referma son ordinateur et l'emporta dans le bureau afin de le mettre en charge. La lumière du matin embrasait presque les rideaux maintenant. Elle se glissa tout de même sous les couvertures et réfléchit aux événements très étranges des deux derniers jours. D'abord la lettre, puis le coup de téléphone du FBI, et maintenant cette longue conversation par e-mails interposés avec un chanteur de country d'Austin, grand amateur de Weldon Kees. Elle repensa à la photo qu'il s'était choisie pour son site Internet et lui trouva une ressemblance avec les portraits d'Edmund Spenser qu'elle avait pu voir. Le même nez étroit et pointu, les mêmes yeux sombres. Elle tira les couvertures au-dessus de sa tête, et resta allongée là un moment, fixant l'obscurité.

# 9

*Samedi 17 septembre, 7 h 16*

ALLONGÉE dans son lit, Jessica Winslow ne dormait pas ; c'est tout juste si elle avait pu cumuler trois heures de sommeil. Aaron l'avait raccompagnée la nuit dernière et elle l'avait laissé franchir le seuil, et même fouiner un moment. Elle ne lui avait pas proposé de verre cependant, et il n'avait pas rechigné quand elle l'avait reconduit à la porte.

— Demain matin, avait-il dit, viens directement au bureau. Ne t'arrête dans aucun lieu public.

— D'accord, avait-elle répondu en se penchant pour ramasser le catalogue qui constituait son seul courrier du jour.

— Tu prends enfin la chose au sérieux ?

L'inquiétude d'Aaron semblait sincère, mais dans le même temps, elle avait senti le dentifrice dans son haleine : il s'était brossé les dents avant de quitter le bureau pour la raccompagner, espérant qu'elle lui proposerait de rester.

— Oui, oui, avait-elle dit. Entendu, je me rendrai directement au travail demain matin, sans m'arrêter en route. Mais tu dois me promettre que je trouverai un café et un palmier de chez Mia sur mon bureau.

— Mia, c'est la boutique sur Clinton Avenue ?

— C'est ça.

— OK. Alors à demain.

Jessica avait passé une partie de la nuit à compiler des informations sur les noms qu'on n'avait pas encore réussi à identifier, mais n'avait pas envoyé d'autre e-mail ni appelé personne. Elle avait fini par se coucher avec le nouveau roman de Lisa Gardner, dans l'espoir de sombrer dans le sommeil. Elle n'y était pas parvenue immédiatement, toutefois, car son esprit s'obstinait à chercher un lien entre les noms, à déterminer le dénominateur commun possible. Elle avait fini par s'endormir, puis avait dû rêver car elle se rappelait s'être réveillée, persuadée qu'elle venait de trouver dans son rêve les réponses à toutes ses interrogations. Elle avait attrapé le carnet qu'elle gardait sur sa table de chevet, mais à peine l'avait-elle ouvert que toutes les explications s'étaient volatilisées. Son rêve s'était évaporé.

Aaron lui avait promis un café quand elle arriverait au bureau, mais elle s'en prépara un premier chez elle. La matinée s'annonçait mal. Après avoir enfilé sa tenue la plus confortable, elle sortit dans la brume matinale, balayant du regard les fenêtres vides des maisons voisines. Comme la plupart des gens de sa résidence, elle se garait dans la rue, à moins qu'une tempête de neige soit prévue et que les chasse-neige soient attendus. Il y avait un parking auquel tous les résidents avaient accès mais il était situé de l'autre côté de la piscine.

Elle tenta d'écouter la station généraliste NPR* sur le chemin du bureau pour se changer les idées, mais ses pensées vagabondaient, alors elle coupa la radio et se récita les noms de la liste. Frank Hopkins. Jack Radebaugh. Arthur Kruse. Alison Horne. Jay Coates. Ethan Dart. Caroline Geddes. Matthew Beaumont. Ça faisait huit. Il en manquait un pour arriver à neuf. Jessica se rappela alors que c'était elle, la neuvième. D'ailleurs, pourquoi neuf? On faisait généralement des listes de dix éléments, non? Elle se gara sur sa place attitrée en arrivant à l'agence. C'était la première question qu'elle poserait à Aaron: pourquoi neuf?

* National Public Radio.

# 10

*Samedi 17 septembre, 8 heures*

MATTHEW avait atteint la pinède qui bordait les vastes marécages de Dartford et constituait la plus grande partie des terres protégées. Il ralentit sa course, se laissant bercer par le chuchotis du vent dans les cimes, tentant de s'ancrer dans l'instant présent.

Il s'arrêta complètement, immobile, les sens en éveil, mais il n'entendit rien d'autre que le son de sa propre respiration. Il n'arrivait toujours pas à croire ce qui s'était passé la veille : lui et Michelle Robinson flirtant dans l'obscurité tels deux ados ayant la permission de minuit. Il n'avait quasiment pas fermé l'œil de la nuit, repensant à la fermeté de son dos sous sa main, la souplesse de ses lèvres contre les siennes. Combien de temps cela avait-il duré ? Cinq minutes, peut-être. Michelle avait alors dit en riant :

— Eh bien, c'était… surprenant.

— On ne devrait probablement pas…

— Non, on ne devrait *clairement* pas.

La main de Michelle autour de sa taille avait rapproché leurs corps l'un de l'autre.

— Et je devrais sans doute retourner à l'intérieur avant que Nancy…

— Oui, ça ne fait aucun doute. (Elle l'avait laissé partir, puis, après l'avoir libéré, s'était adossée contre sa voiture.) Peut-être qu'on devrait simplement voir ça comme un très agréable interlude dans nos vies.

— Ça me semble plus sage, oui. C'était très agréable.

Ils s'étaient embrassés une dernière fois, rapidement, et s'étaient souhaité bonne nuit.

Michelle avait eu des mots rassurants. Sans cela, Matthew aurait sûrement paniqué à l'idée qu'elle puisse être en train d'annoncer à Pete, son mari, qu'elle était amoureuse de quelqu'un d'autre et souhaitait divorcer. Mais non, il n'y avait aucun risque. Ce n'était rien de plus qu'un baiser échangé entre deux amis mariés, dans un moment d'ivresse. Rien de plus. Et avec le temps ils finiraient par oublier. D'ailleurs quelle alternative y avait-il ? À la seule pensée de s'embarquer dans une liaison – des étreintes passionnées dans une voiture, des rendez-vous dans des chambres d'hôtel bon marché, des mensonges à leurs conjoints –, Matthew se sentait fébrile et nauséeux. Ce serait une très mauvaise idée, et des gens en souffriraient.

Il se demanda à quoi Michelle pensait à cet instant même. Devait-il lui envoyer un texto pour lui proposer de se voir et d'en discuter ? Mais cela créerait un historique dans la messagerie de son téléphone. Il y aurait des traces, même s'il pouvait les effacer. Et puis cela ouvrirait la porte à d'autres interludes comme celui de la nuit précédente. Non, le mieux était de faire comme si rien ne s'était passé.

Il se fit cependant une dernière réflexion : il avait beau être soucieux, Matthew était heureux. Ce baiser l'aiderait au moins à traverser une série de problèmes familiaux longue comme un hiver. Il demeurerait là, un souvenir accessible à tout moment. Il devrait s'en contenter. Si Michelle et lui avaient une liaison, tôt ou tard cela finirait par se savoir. Les choses se passaient toujours ainsi. Puis Nancy et lui divorceraient, il ne reverrait sans doute jamais ses enfants. Elle obtiendrait leur garde et lui vouerait une haine éternelle pour ce qu'il aurait fait, une haine qu'elle transmettrait à leurs enfants. Et non seulement sa haine mais aussi toutes ses névroses, et ses enfants deviendraient des versions miniatures de leur mère. Ou pas. Peut-être en sortiraient-ils indemnes ? Comme lui après tout. Durant toute l'enfance de Matthew, sa mère avait été une épave. Et aujourd'hui, elle n'avait pas mis un pied dehors depuis plus de quinze ans, depuis le départ de Matthew pour l'université. Elle vivait exclusivement de soupes de légumes et de téléfilms gentillets. Bon sang, pourquoi songeait-il à sa mère tout d'un coup ? Il repensa à Michelle et à ce qu'il avait éprouvé pendant qu'il la tenait dans ses bras.

Matthew était toujours penché en avant, mains sur les genoux, bien que sa respiration eût retrouvé un rythme régulier. Il se redressa et fit quelques étirements. Aujourd'hui, il avait décidé de courir la boucle complète, ce qui représentait quatre kilomètres de plus. Un peu plus de temps pour penser à Michelle. Mais avant qu'il ait pu reprendre sa course, il entendit un craquement de brindille derrière lui et fut projeté au sol par la puissance formidable d'une balle de calibre 44 pénétrant entre ses omoplates, sectionnant sa colonne vertébrale de sorte qu'il était déjà en état de mort cérébrale quand son corps s'écroula sur le tapis moelleux.

## SEPT

Matthew Beaumont
Jay Coates
Ethan Dart
Caroline Geddes
Frank Hopkins
Alison Horne
Arthur Kruse
Jack Radebaugh
Jessica Winslow

# I

*Samedi 17 septembre, 8 h 04*

À L'INSTANT précis où une balle mettait fin à la vie de Matthew Beaumont, Alison Horne, qui s'était levée de très bonne heure ce samedi, terminait son verre d'eau alcaline avant de dérouler son tapis de yoga.

Elle cherchait à se détendre, mais un flot de pensées agitait son esprit. Ça n'avait pas cessé depuis qu'elle s'était réveillée deux heures plus tôt. C'était un problème qui revenait par périodes, une panique soudaine l'envahissait à l'idée qu'elle menait une existence dénuée de tout but ou finalité. Elle avait déjà éprouvé ce sentiment à plusieurs étapes de sa vie, tandis qu'elle avançait dans la vingtaine, puis dans la trentaine, mais aujourd'hui le temps commençait à compter. Elle allait avoir quarante et un ans en décembre ; cette pensée la glaça d'effroi, lui serra le ventre. Elle avait débarqué du Connecticut dix-neuf ans plus tôt, son diplôme des Beaux-Arts en poche, pour s'installer à New York et enchaîner une suite de jobs prometteurs, mais qui dans les faits n'avaient débouché sur rien. Elle avait été nounou pour un couple fortuné de l'Upper East Side, enseigné le yoga, puis travaillé comme photographe portraitiste, spécialisée dans les portfolios d'acteur, et aussi comme stagiaire non rémunérée dans une galerie photo de Greenwich Village. Alison avait toujours pratiqué la photographie, choisissant en général pour sujets ses amis, ou les rues de New York. Aujourd'hui, la vue de certaines de ses œuvres l'emplissait d'un sentiment d'échec presque douloureux. Elles lui faisaient l'effet de pâles copies de photos mieux réussies, prises par de meilleurs photographes. Certaines étaient regardables, mais aucune ne sortait du lot. Elles lui rappelaient sa propre banalité, la renvoyaient à ses vingt ans et à cette décennie d'insouciance qui ne reviendrait pas. La plupart de ses amis sur ces images avaient entre-temps quitté New York pour fonder une famille ou poursuivre des carrières prometteuses. Contrairement à elle.

Depuis un an, grâce au temps libre que sa relation avec Jonathan Grant lui laissait, Alison s'était lancée dans le collage, combinant d'anciens clichés à des e-mails ou textos imprimés sur papier et réagençant le tout sur des toiles qu'elle peignait ensuite au bâton à l'huile.

Jonathan aimait beaucoup, à l'en croire ; il s'était même proposé d'essayer de lui décrocher une expo dans une galerie. Mais lorsqu'elle regardait la douzaine de collages qu'elle avait réalisés, elle avait l'impression de lire un script écrit en langue étrangère. Ils lui étaient indéchiffrables. Elle ignorait complètement s'ils valaient quoi que ce soit. Pour le moment, ils prenaient la poussière au fond de son dressing.

Dans les bons jours, elle se disait que tout bien considéré, elle menait une vie heureuse et confortable et comptait parmi les chanceuses. Elle logeait dans un spacieux deux-pièces en plein Manhattan, dégagée de tout souci financier, disposait de temps pour créer, lire, faire de l'exercice, voir ses amis. La seule personne à qui elle rendait des comptes était Jonathan, qui lui payait ses factures en échange d'une partie de jambes en l'air par semaine (voire moins) et d'un dîner de temps en temps dans un grand restaurant.

Il y avait maintenant un an qu'elle était la maîtresse tarifée de Jonathan. (Elle essayait parfois de se persuader qu'elle était sa petite amie, mais au fond elle n'était pas dupe.) Il l'avait abordée à l'époque où elle travaillait comme hôtesse dans un grill souterrain du quartier chic de Midtown. Elle traversait alors une sale période, à la fois sur le plan financier et émotionnel. Après cinq ans de vie commune, elle et son petit ami venaient de se séparer, en bonne entente ; il n'avait pas perdu de temps pour se mettre en couple avec une femme plus jeune – une collègue avocate du même cabinet. Un an plus tard, ils étaient mariés, propriétaires d'une maison dans le New Jersey et avaient un bébé en route. Alison venait aussi de perdre le meilleur travail qu'elle avait eu à New York – éditrice photo pour un magazine littéraire en ligne financé par un entrepreneur 2.0 nommé Bruce Lamb. Apparemment, le jeune magazine avait perdu beaucoup d'argent durant les deux premières années. C'était son amie Lucy qui lui avait trouvé le travail d'hôtesse au Lodge. Elle devait porter un dos nu et une mini-jupe, mais le poste n'était pas trop fatigant et les hôtesses étaient incluses dans le partage des pourboires, de sorte que chaque semaine, elle se faisait plus d'argent qu'elle n'en avait jamais gagné depuis qu'elle habitait New York.

Jonathan Grant était un client plus ou moins régulier du Lodge. Il arrivait seul vers neuf heures et s'asseyait au bar.

Il portait de beaux costumes et rappelait à Alison, par sa voix grave et sa posture rigide, un acteur que sa mère aimait – James Mason. Il commandait invariablement la spécialité du chef : filet mignon et crabe nappé de sauce béarnaise. Les jours calmes, il leur arrivait de bavarder, le plus souvent du vin qu'il avait commandé. Un soir qu'il était resté particulièrement tard, il avait proposé à Alison de l'accompagner dans un endroit qu'il connaissait à deux rues du Lodge, un restaurant de tapas espagnol qui servait les meilleurs vins au verre de tout Manhattan. Percevant sans doute son hésitation, il avait aussitôt levé les mains en lançant :

— Je comprends. Ne vous gênez pas pour refuser. C'est juste que j'apprécie beaucoup de parler vins avec vous, et ce serait encore plus agréable que vous puissiez vous aussi les goûter.

— Je vous dirai comment je me sens à la fermeture, avait-elle répondu en regagnant son poste.

Elle avait eu très envie de l'accompagner. Même s'il avait l'âge d'être son père, il semblait parfaitement inoffensif, et il était attirant. Pourtant, dès qu'il avait lancé son invitation, Alison avait senti un étrange frisson courir sur sa peau, presque une prémonition. Toute sa vie durant elle avait eu ce genre d'éclairs de prescience. Comme cette fois où elle discutait avec sa grand-mère au téléphone et qu'elle avait soudain eu si froid qu'elle avait dû courir chercher un pull juste après avoir raccroché. Lorsqu'elle avait revu sa grand-mère, elle était allongée dans un cercueil ouvert, et on aurait dit que quelqu'un avait remplacé son corps par une réplique inanimée horrible et grossière. Ses frissons prémonitoires ne se rapportaient pas toujours à la mort cependant. La première fois qu'elle avait rencontré Mme Talbot, leur nouvelle voisine à Greenwich, l'année de ses treize ans, elle avait eu la chair de poule. Quelques mois plus tard, son père quittait sa famille pour partir habiter dans une maison en grès brun à Philadelphie avec Marianne Talbot. Il avait toujours été un père distant et insatisfait, mais après qu'il eut abandonné sa famille, il était devenu un étranger. Cela faisait bien dix ans qu'elle ne lui avait pas parlé.

La théorie d'Alison était que ses frissons annonçaient la plupart du temps un changement, mais toujours pour le pire. Et la mort n'était rien d'autre que cela en somme : un changement en pire.

Malgré le frisson qu'elle avait ressenti ce soir-là quand Jonathan Grant l'avait invitée après son service, elle avait pourtant accepté. Et ils avaient passé un bon moment. Il avait parlé de son travail et de ses enfants, lui avait posé des questions sur sa vie. Il n'avait même pas essayé de l'embrasser, bien qu'elle eût déjà décidé qu'elle le laisserait probablement faire. Lors de leur troisième rendez-vous en revanche, il lui avait fait une proposition :

— Je crois au franc-parler. C'est grâce à cela que j'ai bâti ma fortune. J'aimerais donc te faire une offre.

Alison avait deviné en quoi elle consisterait avant même qu'il entre dans les détails, mais c'étaient les détails qui l'avaient finalement convaincue. Il possédait un appartement à Gramercy Park où elle pourrait loger gratuitement. En échange, il la retrouverait une fois par semaine, pour un "rapport physique" – selon ses propres termes indélicats. Il s'assurerait également qu'elle reçoive des cadeaux et de l'argent de poche en quantité suffisante.

— On n'a même pas encore couché ensemble, avait-elle répondu. Comment tu sais que ça te plaira ?

— Parce que je t'apprécie. Je ne suis pas un fétichiste. Je me fiche de savoir à quoi ressemblent tes seins ou quelles pratiques tu acceptes. Tout ça je m'en moque. Je veux juste partager une relation intime avec toi. Cela dit, je comprendrais parfaitement que tu veuilles attendre qu'on l'ait fait pour prendre ta décision.

Alors cette nuit-là, ils l'avaient fait, dans une chambre du Greenwich Hotel. Ainsi qu'il le lui avait assuré, il n'y avait rien eu d'étrange ni de tordu dans son comportement sexuel. Il avait pris une pilule en expliquant qu'elle maximiserait ses chances d'obtenir une bonne érection, puis l'avait emmenée sur le lit, où il s'était d'abord montré tendre – voire ennuyeux. Mais bientôt, avant qu'elle s'en rende compte, il avait pris les rênes, changeant de position jusqu'à trouver celle qui leur convenait le mieux, et elle avait atteint l'orgasme sans difficulté. Allongée confortablement sur le grand lit, épuisée mais détendue, elle lui avait lancé comme ça, tandis qu'il commandait une bouteille de vin blanc frais au service d'étage :

— En somme, je serai ta prostituée ?

— Je crois que le terme approprié est “maîtresse”, mais libre à toi de te donner un autre nom. Je comprendrai si tu refuses.

— Et si je rencontre quelqu'un ? Imagine que je tombe amoureuse ?

— Alors je serai content pour toi.

Cela faisait quatorze mois. En dépit du frisson qu'elle avait ressenti ce soir-là au Lodge, il lui semblait que le changement apporté à sa vie par Jonathan avait été plutôt bénéfique, dans l'ensemble. Son quotidien était rempli de plaisirs. L'argent n'était plus un problème. En revanche, elle s'inquiétait du sens qu'elle donnait à son existence et craignait de s'être piégée elle-même en acceptant cette relation avec un homme marié plus âgé. Tout cela ne durerait pas éternellement. Que ferait-elle quand il ne serait plus là ? Comment se réadapterait-elle à la vie le jour où elle ne percevrait plus ce revenu régulier ?

Une nouvelle journée commençait. Elle envoya un texto à Doug pour lui proposer un déjeuner, juste avant de se souvenir qu'il était parti dans le nord de l'État avec son petit ami pour le week-end.

Elle tourna en rond dans l'appartement en cherchant à comprendre pourquoi elle tremblait comme une feuille ; ses membres fourmillaient. Cela faisait deux jours qu'elle n'était pas dans son assiette, et elle réalisa soudain que tout était parti de la liste. Jusque-là, il y avait longtemps qu'elle n'avait pas été prise d'un de ses frissons. C'était le signe qu'un changement se préparait, et il n'augurait rien de bon.

Elle faillit fouiller sa poubelle de cuisine pour jeter un nouveau coup d'œil à la liste. Mais à quoi bon ? Au lieu de cela, elle appela son spa préféré pour tenter de décrocher un rendez-vous dans la matinée pour une pédicure.

# 2

*Samedi 17 septembre, 8 h 21*

Il avait laissé la fenêtre de sa chambre ouverte et le froid régnait dans la pièce quand il se réveilla, mais Arthur était bien au chaud sous son épaisse couette. Il s'attarda un peu au lit, le temps d'émerger, appréciant l'air frais, la chaleur de son propre corps sous les couvertures, le rideau flottant dans le courant d'air, captivé par la lumière qui tremblotait sur le haut plafond. Puis, comme chaque matin, les pensées affluèrent : le décès de Richard, l'étrange lettre, les agents du FBI. Il était parfaitement réveillé.

Sous la douche, il repensa à ces quelques minutes de béatitude précieuses, plus fréquentes ces derniers jours, entre son réveil et le moment où il se souvenait qu'il avait perdu Richard, que plus jamais il ne le verrait ni ne lui parlerait. Arthur était partagé. Il appréciait ces instants où il pouvait savourer le simple fait d'être en vie, mais il était terrifié à l'idée que le souvenir de Richard lui échappe et qu'il devienne un fantôme du passé à demi effacé.

Il s'obligea à ne plus y penser en planifiant sa journée. Le samedi était le jour le plus pénible de la semaine. Il n'avait ni son travail ni l'église, et les heures s'étiraient devant lui tel un long couloir vide. Il fallait qu'il passe un coup de râteau, ça l'occuperait, et il avait projeté d'aller voir une exposition au Mead Art Museum : "Collection d'objets de dévotion médiévaux". Tout à fait son truc. Entre ces deux activités, plus évidemment les repas, et peut-être un film après le dîner, il réussirait bien à aller au bout de ce samedi.

# 3

*Samedi 17 septembre, 11 h 13*

— POURQUOI neuf? demanda Jessica.

Aaron s'approcha de son bureau.

— Quoi?

— Pourquoi une liste de neuf personnes et pas dix? On fait plutôt des listes de dix éléments, non? Pourquoi neuf?

Aaron ne l'écoutait pas vraiment, il semblait guetter le moment pour parler. Elle pivota sur son fauteuil pour lui faire face.

— Une autre personne est morte, annonça-t-il, les mains plongées dans les poches.

— Qui ça? Où?

— Matthew Beaumont, à Dartford, Massachusetts. On l'a abattu pendant son jogging matinal.

— C'est le même Matthew Beaumont qui avait…

— Reçu la lettre? Oui. Il travaille… travaillait à Boston. C'est là-bas qu'il nous avait remis la lettre, hier.

— Putain de merde, dit Jessica.

— Tu m'enlèves les mots de la bouche.

— Comment est-il mort ? À quelle heure ?

— Je ne sais pas à quelle heure exacte on lui a tiré dessus, mais le corps a été découvert aux environs de dix heures ce matin. Un policier de la ville a pu l'identifier malgré l'absence de pièce d'identité. Et comme on avait signalé le nom…

— Donc le tueur se trouve à quelques heures de cette ville.

— Ça représente un sacré périmètre, fit observer Aaron.

— Je sais. Mais c'est le deuxième en deux jours.

— Je crois qu'une partie de moi pensait encore que tout ça n'était qu'une coïncidence. Neuf personnes choisies au hasard figurent sur une liste ; l'une d'elles se fait tuer ; fin de l'histoire. Pas d'autres victimes et on passe à autre chose.

— En fait, c'est le second avion, dit soudain Jessica.

— Quoi ?

— Je me souviens des journaux télé le jour du 11-Septembre. Quand le premier avion s'est écrasé, tout le monde a cru à un terrible accident. Mais quand le second a percuté la tour, tout est devenu différent.

— Exact. Je m'en souviens. Tu as raison. C'est la même chose ici. Il faut placer toutes les personnes de cette liste sous protection. Toi y compris.

Jessica acquiesça.

— Si seulement on pouvait toutes les trouver. J'y ai passé la matinée. Tu sais combien d'Alison Horne il y a dans ce pays ?

— Qui te dit que celle que tu recherches habite aux États-Unis ?

— Je n'en sais rien, évidemment. Mais il faut qu'on la trouve. Et il faut qu'on se rende à Dartford.

Aaron posa une main sur la cloison entre les bureaux.

— Je suppose que par “on”, tu veux dire le FBI. Tu as conscience que tu ne peux pas t’occuper de cette affaire…

Jessica le savait parfaitement. Mais tout en hochant la tête, elle dit :

— Je peux quand même continuer de chercher les personnes qu’on n’a pas encore trouvées ?

— Ne me regarde pas comme ça. La décision appartient à Ruth. En fait c’est pour ça que j’étais venu. Réunion dans dix minutes.

— OK. Merde, elle va me mettre en congés, pas vrai ?

— C’est le mieux à faire. Il faut que tu partes en vacances quelque part, dans un lieu confidentiel en attendant qu’on chope l’auteur de ces meurtres. Tu ferais pareil à sa place, non ?

— J’imagine. (Jessica se leva et attrapa son téléphone sur le bureau.) Où lui a-t-on tiré dessus ?

— Matthew Beaumont ? Dans le dos apparemment. Il ne l’a pas vu venir.

— Je l’ai eu au téléphone pas plus tard qu’hier. Bon sang. Tout ça est bel et bien réel.

Ils se rendirent ensemble dans le bureau de Ruth Jackson.

# 4

*Samedi 17 septembre, 9 h 48*

JAY se réveilla d'humeur massacrante, le souvenir encore vif des deux auditions ratées de l'avant-veille. Il avait la gueule de bois et ressentait une douleur sourde derrière les yeux. Il fit le compte de ce qu'il avait bu la nuit passée : quelques bières au bar du coin, puis deux – ou trois ? – vodkas on the rocks bien tassées chez lui. Il avait écumé Craigslist en quête d'une pauvre conne avec qui s'amuser – ou plutôt, aux dépens de qui s'amuser. Il était allé jusqu'à échanger quelques messages avec une pute, à discuter tarifs. Elle avait mis fin à la conversation quand il avait demandé combien c'était pour la baiser par-derrière puis lui mettre un coup de poing dans les reins. Imaginer sa gueule en découvrant le message avait été le clou de sa soirée. Pourtant, alors même qu'il s'amusait avec cette fille, c'était à celle du centre commercial qu'il pensait – la blondinette qu'il avait suivie jusqu'à son appartement à Koreatown. Et s'il se décidait à lui rendre visite… L'idée l'avait traversé la nuit dernière et revenait à la charge. Après l'avoir identifiée sur Instagram, il s'était rendu compte qu'elle postait le même genre de photos que toutes ces chaudasses. On la voyait lovée dans un siège avec un bouquin, histoire de montrer à tout le monde qu'elle était loin d'être conne, ou buvant du prosecco lors d'un brunch avec ses copines. Et puis bien sûr, il y avait trois cents photos d'elle en bikini, car au fond, c'était tout ce qu'elle voulait montrer au monde. Matez-moi ce corps que vous rêvez tous de vous taper. Le message, c'était ça et rien d'autre. Il mourait d'envie de lui remettre les idées en place – et pas seulement les idées.

Il repensa brièvement à son rêve de la nuit dernière. Un rêve récurrent, qu'il faisait depuis toujours. Il avait tué quelqu'un et devait cacher le corps, mais il était terrifié qu'on le surprenne. Ou bien il avait réussi à cacher le corps mais était certain que quelqu'un allait le découvrir. Il essaya de démêler les fils de son dernier rêve afin d'en savoir plus sur sa victime. Était-ce la blondasse du centre commercial ? Sans doute que non. Il s'agissait plus probablement d'Olivia Bauer, sa petite amie du lycée avec qui il avait perdu son pucelage. Ce n'était pas la première fois qu'il rêvait de l'avoir battue à mort puis d'avoir caché son cadavre dans l'Étang aux anguilles, une espèce de marécage peu profond que les habitants du trou merdique du New Hampshire où il avait grandi qualifiaient de lac. Ça se terminait toujours pareil : il s'escrimait à lester le corps à grand renfort de pierres, mais il resurgissait invariablement à la surface.

Il avait fait si souvent ce rêve qu'il lui semblait parfois réel.

En dehors du cours de fitness qu'il donnait à la salle entre onze heures et midi, Jay avait toute sa journée de libre. Il fit quelques pompes, se prépara un smoothie, puis regarda un porno en s'interdisant de se masturber, ou même de se toucher. C'était douloureux, mais ça avait quelque chose de revigorant. Quand il en eut assez, il reprit son téléphone et vit qu'il avait reçu un message vocal d'un numéro inconnu. L'appel datait de la veille ; il supposa qu'il s'agissait d'un démarcheur, mais décida néanmoins de l'écouter ; c'était peut-être pour un casting. Il s'agissait en fait d'une certaine Jessica Winslow, du FBI, qui lui demandait de la rappeler au plus vite. Un sentiment de peur et de colère lui noua l'estomac. Merde, était-ce à cause du message qu'il avait envoyé à cette pute sur Craigslist ? Impossible. Ces filles devaient en recevoir à la pelle ; et puis ils n'avaient aucun moyen de remonter jusqu'à lui à partir de son compte. En outre, il venait de s'apercevoir d'autre chose : l'appel du FBI datait de l'après-midi et c'était seulement plus tard dans la soirée qu'il était allé sur Craigslist. Jay se détendit. Bon. Cela dit, ce n'était pas la première fois qu'il utilisait ce compte. Il était peut-être plus sage de le supprimer, par précaution, et de nettoyer son ordinateur.

Il réécouta le message, en tentant d'interpréter le ton de la policière. Elle ne laissait rien paraître. Ce n'était sans doute rien, se dit-il. Espérons. De toutes les façons, il n'avait pas envie de la rappeler. Quoi qu'elle ait à lui dire, il n'avait pas envie de l'entendre. Il effaça le message.

# 5

*Samedi 17 septembre, 14 h 05*

CAROLINE s'était levée tard. Elle avait passé la matinée à corriger des copies, à finaliser son intervention sur George Eliot, et s'était même ménagé une demi-heure pour apprendre par cœur un poème de Weldon Kees. Elle se prépara un déjeuner tardif – un sandwich au fromage grillé accompagné d'une soupe à la tomate qu'elle s'était mitonnée en début de semaine –, puis emporta le tout sous la véranda de devant. Elle eut envie d'un verre de vin, mais changea d'avis.

Il faisait chaud et le ciel était légèrement couvert, les nuages s'étirant pareils à des filaments de gaze ou à un chat au réveil. Estrella l'avait suivie et fixait un cardinal de l'autre côté de la moustiquaire. Fabuleux était en vadrouille. Caroline l'avait aperçu un peu plus tôt, avançant furtivement à travers les hautes herbes du jardin en friche de sa voisine.

Caroline avait apporté son téléphone et décida de relire ses échanges avec l'inconnu du Texas. La rencontre s'était faite de manière si étrange qu'elle n'arrivait pas à penser à autre chose. Sans doute que pour ses étudiants – et même ses contemporains –, une longue conversation teintée de flirt avec un inconnu par claviers interposés n'avait rien d'extraordinaire, mais pour elle, c'était totalement nouveau, et elle était à présent assaillie de pensées pour un homme qu'elle ne connaissait pas. Quoique non, ce n'était pas tout à fait vrai. Ils avaient bel et bien fait connaissance, la nuit dernière, même si ce n'était pas en chair et en os. À certains égards, c'était la conversation la plus substantielle qu'elle avait eue depuis des années, mille fois plus intéressante que ses flirts occasionnels avec des universitaires imbus de leur personne. Elle ouvrit son navigateur et jeta un coup d'œil aux quelques photos d'Ethan Dart qu'elle trouva. Elle eut soudain l'idée de chercher des vidéos et en découvrit une sur YouTube : Ethan était seul sur scène, assis sur un tabouret en bois avec sa guitare, et chantait une chanson intitulée *C'est pas parce que*. Il s'agissait d'un concert qui s'était déroulé à Austin quelques années plus tôt. Ethan portait un T-shirt De La Soul et un jean noir. Caroline avait une culture musicale très limitée, elle aimait certaines choses mais ne cherchait pas à en découvrir de nouvelles, n'assistait pas aux concerts. La musique qu'elle écoutait se résumait essentiellement aux CD qu'elle possédait depuis l'époque de la fac – jeunes chanteuses de folk, quartets à cordes –, ainsi qu'à des albums de rock ambient islandais dont elle avait hérité après sa rupture avec Alec. Elle constata avec soulagement qu'elle aimait beaucoup la chanson d'Ethan, avec ce refrain qui répétait en boucle, “C'est pas parce que je tape du pied que la chanson me plaît”. Elle se surprit bientôt à la décortiquer pour tenter d'en extraire tous les sens possibles.

Alors qu'elle plongeait le reste de son sandwich dans sa soupe, elle avisa un véhicule de police qui tournait lentement dans son allée. Des pensées éparses lui traversèrent l'esprit : *Est-ce que mes parents sont morts ? A-t-on retrouvé mon chat sur le bas-côté ? Viennent-ils m'interroger au sujet d'Ethan Dart ?* Et cette dernière hypothèse lui fit prendre conscience qu'ils étaient probablement venus poursuivre l'enquête sur l'étrange liste. Deux agents de police en uniforme – un homme et une femme, l'un pourvu de hanches larges, l'autre qui marchait les pieds en dedans – descendirent de la voiture et se dirigèrent vers sa véranda.

# 6

*Samedi 17 septembre, 13 h 18*

Un agent de la police d'Austin en uniforme se présenta – seul – à l'appartement d'Ethan, approximativement à l'heure où Caroline accueillait la police d'Ann Arbor sur sa véranda. Ethan dormait lorsque l'officier cogna à sa porte. Il s'était levé une première fois pour avaler un café et trois œufs au plat, mais il se sentait si épuisé qu'il s'était remis au lit. Il rêvait qu'il était contraint de retourner à la fac à Lubbock pour passer un tout dernier examen avant d'obtenir son diplôme et les trois coups secs que l'officier Resendez avait frappés à la porte s'incorporèrent au songe. Il voyait un grand vautour noir donner des coups de bec contre une des vitres de la salle. Le temps qu'Ethan s'extirpe du futon, se traîne jusqu'à l'entrée et découvre à travers le judas un policier rasé de près, le rêve s'était évaporé.

— Bonjour, lança-t-il au policier après avoir entrouvert la porte d'une douzaine de centimètres.

— Vous êtes Ethan Dart ?

— Mmh oui…, répondit-il en toussant pour racler sa gorge encombrée ; allait-on l'arrêter ?

— Pouvez-vous me suivre au commissariat ? Vous êtes placé sous protection policière. Un agent fédéral est en route. Il vous retrouvera là-bas et vous expliquera.

— Sérieux ? Mais qu'est-ce qui se passe ?

— Franchement, j'en ai aucune idée. Mais si j'étais vous, je prendrais des fringues confortables. Vous savez pas combien de temps vous les porterez.

# 7

*Samedi 17 septembre, 15 h 10*

Jack Radebaugh était assis à la table de la cuisine lorsqu'il entendit le courrier tomber par la fente de la porte d'entrée avec un bruit inhabituel ; il se leva pour aller voir et trouva une grosse enveloppe Kraft envoyée par sa femme.

Elle n'avait pas indiqué l'expéditeur, mais il aurait reconnu son écriture entre mille.

Retournant dans la cuisine, il fendit l'épais paquet à l'aide d'un couteau à steak et en sortit une liasse de courrier portant son ancienne adresse. Sur la première lettre, Harriet avait écrit sur un Post-it : *Fais ton changement d'adresse !*

Il passa rapidement en revue les enveloppes, qui pour la plupart auraient pu aller droit dans la poubelle – un mélange de relances de réabonnement, d'appels à dons de parti politique et autres offres de cartes de crédit. Il y avait également le chèque de droits d'auteur de son éditeur, une carte de vœux de son vieil ami Earnest, qui avait soit un peu d'avance, soit beaucoup de retard, et une mince enveloppe blanche qui, à l'instar du paquet dans lequel elle était arrivée, ne comportait pas d'adresse d'expéditeur. Il l'ouvrit et découvrit une liste de noms, dont le sien. Il glissa le pli sur la pile de courrier qu'il destinait à la poubelle, puis se ravisa.

Trois jours plus tôt, une agente du FBI l'avait contacté pour savoir s'il avait reçu dans sa boîte aux lettres une liste sur laquelle figurait son nom. Il lui avait répondu que non. Maintenant qu'il l'avait sous les yeux, il songeait qu'il devrait sans doute la rappeler. Est-ce qu'il avait conservé son numéro ?

Jack se resservit du café ; il n'en boirait que quelques gorgées, mais il aimait sentir le mug chaud entre ses mains. L'automne venait d'arriver. C'était sa saison favorite, et tout spécialement ici à West Hartford, où il avait grandi et où il était revenu vivre après avoir racheté la maison de son enfance. C'était une maison de style Tudor comptant trois chambres et située dans un quartier aux demeures de même type, mais qui évoquaient toutes à leur manière les contes de fées, l'une par son toit en pente raide, l'autre par ses étroites fenêtres, toutes avec leur jardin sur le devant bien net et bien entretenu.

La cuisine se trouvait à l'arrière de la maison et donnait sur le jardin des voisins. À l'époque où Jack était enfant, il s'agissait des Lambert. C'était au début des années 1950. La famille comptait trois enfants, tous un peu plus vieux que Jack et sa sœur. Il y avait une adolescente, qui avait conservé son accent anglais – ils avaient émigré d'Angleterre –, et deux autres jeunes filles, de fausses jumelles qui n'aimaient rien tant qu'entraîner Jack et sa sœur dans des jeux étranges impliquant souvent les fées qui vivaient dans leurs jardins. Jack se souvenait davantage de ces jeux que des visages des membres de cette famille. Il se demanda ce qu'ils étaient devenus. Les parents étaient sans doute décédés, et les filles avaient vieilli – comme lui. Elles avaient sûrement des enfants, des petits-enfants, eu leurs lots de bonheurs et de chagrins. Il était fort probable que l'une d'elles au moins ne soit plus de ce monde.

Il regardait toujours l'ancienne demeure des Lambert avec nostalgie lorsqu'il vit une femme, très mince et aux longs cheveux bruns, entrer dans la véranda à l'arrière de la maison. Elle contemplait son jardin, un mug de café à la main. À l'époque des Lambert, la véranda n'existait pas. On l'avait construite plus récemment, sans doute dans les années 1970 ou 1980 ; la pièce était tout en verre, ou presque. "Véranda" n'était pas le terme exact, mais il n'arrivait plus à se le rappeler. Les mots avaient de plus en plus tendance à lui échapper dernièrement. Ils étaient comme la fumée d'une cigarette. Dès qu'il ouvrait la bouche, ils sortaient et s'envolaient avec le vent. Jack reconnaissait leur forme en les voyant se désintégrer, mais ce n'étaient plus que des coquilles vides.

Émergeant de sa rêverie, Jack ramena son attention sur la maison de ses voisins. La femme au mug s'était tournée et regardait maintenant dans sa direction, pas de manière hostile, plutôt avec curiosité. Il lui adressa un signe de la main et elle le lui rendit ; puis il s'éloigna de la fenêtre et partit dans le couloir vérifier dans le miroir qu'il n'avait pas de nourriture coincée entre les dents, ni de croûtes autour des yeux, enfin il passa ses doigts dans son épaisse chevelure grise et se dirigea vers sa terrasse de derrière. Si la femme était toujours dans son solarium – voilà ! c'était le mot qu'il cherchait ! –, il lui dirait bonjour.

Au-dehors, il faisait plus froid que Jack l'avait imaginé. Il boutonna son gilet et traversa la terrasse d'un pas nonchalant. La femme était toujours là et sortait justement dans le jardin au moment où il atteignit la clôture entre les deux propriétés.

— Bonjour, lança-t-il, je voulais tout de même me présenter.

— Je m'appelle Margaret, le devança-t-elle en faisant quelques pas nerveux pour lui serrer la main.

— Moi, c'est Jack. Je…

— Je comptais passer vous souhaiter la bienvenue. J'avais même préparé un panier, mais j'ai fini par manger tous les muffins et… et je ne sais même pas pourquoi je vous raconte tout ça en fait. Désolée de ne pas être passée plus tôt.

— Vous n'avez pas à vous excuser. Il n'y a même pas un mois que je suis là.

— Je sais. Mais je ne voudrais pas que vous pensiez que je suis sauvage. J'ai mis une cafetière en route, si ça vous tente…

— Volontiers, répondit Jack.

Une fois installés dans le solarium, Margaret s'adressa à Jack, qui contemplait sans la moindre envie la tasse de café qu'il avait acceptée pour la forme.

— J'ai entendu dire que vous habitiez ici autrefois.

— Ah oui ? Où l'avez-vous entendu ?

— À la bibliothèque où je travaille, juste en bas de la rue. Ma collègue m'a raconté que vous aviez habité ici. Mais c'était avant sa naissance. Elle m'a aussi dit que vous aviez écrit un livre super connu.

— Elle a raison, sur un point : j'ai effectivement habité ici. Par contre, je ne pense pas que mon livre soit “super connu”. On en a peut-être parlé pendant un an, un an et demi après sa sortie…

— C’est quel genre de livre ?

— Il s’intitule : *Itinéraire d’une affaire qui marche.* C’était… c’est un livre d’économie dans lequel j’explique qu’il faut toujours annoncer ses projets avant de les mettre en œuvre. Je devine ce que vous vous dites : comment peut-on écrire tout un livre autour de cette phrase ? J’avoue que je me souviens à peine comment j’ai fait. Sans doute en choisissant des marges larges. Ça m’a rapporté beaucoup d’argent, à l’époque. Je suis devenu consultant à plein temps. Il m’arrive encore de faire des séminaires aux quatre coins du monde.

— Le titre me dit quelque chose. Mon père l’avait sûrement acheté.

— Votre père était dans les affaires ?

— Oui. Il travaillait dans les assurances.

— Dans ce cas, c’est fort possible.

Margaret avait déposé un plateau avec du gâteau au café. Jack en prit un morceau. Délicieux. Voyant qu’elle attendait une réaction de sa part, il lui dit qu’il était très bon et elle lui confirma ce qu’il avait déjà deviné : elle l’avait fait elle-même. Jack observait la jeune femme tandis qu’elle lui parlait pâtisserie, expliquant qu’il s’agissait de sa véritable passion. Elle avait des traits fins, le menton légèrement en pointe, et la peau des joues plus sombre que le reste de son visage, comme un reste d’acné adolescente. Elle était maigrichonne, légèrement voûtée sur sa chaise, dans cette mauvaise posture que beaucoup de jeunes adoptent. Son attribut le plus remarquable était sa longue chevelure brune ; elle avait cet aspect brillant, signe d’un régime alimentaire sain, ou tout simplement d’un bon patrimoine génétique.

— Alors c'est vrai ? Vous habitiez vraiment ce quartier autrefois ? Je veux dire, quand vous étiez enfant.

Elle s'était redressée un peu et dégagea les cheveux sur son front.

— J'ai grandi ici oui. Dans la maison d'à côté, celle que je viens d'acheter. Mon père travaillait dans les assurances, comme le vôtre.

— C'est fou ça. Et combien de temps avez-vous vécu ici ?

— Jusqu'à ce que j'entre à l'université. Ensuite mes parents ont divorcé et ont vendu la maison. Mais en dehors des lieux de vacances, c'est ici que j'ai passé toute mon enfance.

— Vous devez en avoir gardé de bons souvenirs.

— Pourquoi dites-vous ça ?

— Je ne sais pas. Vous avez racheté la maison et êtes revenu vous y installer. À moins que vous ne comptiez la brûler, je me disais que…

— Non, vous avez raison. J'y ai passé une enfance assez heureuse, dans l'ensemble. Et j'adore ce quartier, avec toutes ces maisons en brique.

— Il a dû changer.

— Pas du tout. La ville a changé oui, mais cette rue est restée pratiquement telle que dans ma mémoire. C'est ici que ma vie a commencé, alors je me suis dit qu'il valait aussi bien qu'elle se termine ici.

— Oh, ne dites pas de bêtises, s'exclama Margaret en se penchant machinalement vers lui. Vous n'avez même pas l'air d'un retraité.

— Mettons que je suis en semi-retraite. Mais, je ne sais pas… j'ai le sentiment que ce retour n'est pas temporaire, mais définitif. J'ai décidé il y a quelque temps d'arrêter complètement de travailler. Mon mariage est foutu. Ce n'est pas nécessairement une mauvaise chose : quand tout va mal, une bonne séparation vaut mieux pour tout le monde. J'en étais donc là de ma vie quand un soir, je vois sur Internet que cette maison est à vendre. C'était inespéré. Et me voilà prêt aujourd'hui pour entamer la prochaine étape de ma vie. Et vous alors, comment avez-vous atterri ici ?

Margaret lui raconta ses études à Hartford, son mariage à peine sortie de l'université, leur rêve d'aller habiter New York qui s'était envolé quand son mari Eric avait accepté une proposition d'embauche dans une petite entreprise de crédit, puis son diplôme de bibliothécaire qui lui avait permis d'obtenir un travail à mi-temps dans la bibliothèque au bas de la rue ; enfin l'achat de cette maison quelques mois plus tôt.

— Donc vous êtes nouveaux dans le quartier vous aussi ?

— Pas vraiment. Avant on louait à quelques rues d'ici : un petit logement que le meilleur ami de mon mari avait aménagé chez lui. Donc on connaît le quartier. Mais sinon oui, nous sommes nouveaux dans la rue, et vous êtes plus ou moins le premier voisin que j'invite à prendre le café.

— Eh bien, j'en suis honoré.

— En fait, j'aimerais beaucoup vous inviter à dîner un de ces soirs. On pourrait faire un barbecue, avant que les soirées ne soient trop fraîches.

— J'aimerais beaucoup, répondit Jack. (Il soupçonnait sa voisine d'avoir lancé cette seconde invitation par courtoisie, et d'autre part, pour lui faire comprendre que la première, celle d'aujourd'hui, touchait à sa fin. Il se leva et déclara :) Bon, j'ai du travail qui m'attend ce matin.

— Ah, d'accord, dit-elle en se levant à son tour. (Jack vit une émotion traverser son visage – peut-être de l'angoisse, ou de la peur.) Désolée, je ne voulais pas vous mettre en retard.

— Oh, ne vous tracassez pas. J'ai passé un moment très agréable, mais j'ai deux ou trois choses à finir avant midi. Et puis si je reste ici une minute de plus, il ne restera rien de votre gâteau au café.

De retour chez lui, Jack continua d'observer sa voisine à la fenêtre de la cuisine : elle débarrassait nerveusement la pièce où elle l'avait reçu. Quelque chose lui disait qu'elle ne donnerait pas suite à l'invitation qu'elle lui avait lancée. Et ce n'était pas plus mal. Il avait déjà deviné qu'il n'apprécierait pas son mari.

Jack considéra ses deux piles de courrier sur la table. Il se souvint alors de l'agente du FBI et décida de se mettre à la recherche de son numéro de téléphone. Il l'appellerait dans l'après-midi. Ou bien lundi. Ça pouvait sûrement attendre.

# 8

*Samedi 17 septembre, 16 h 04*

JUSQU'ICI, l'inspecteur Sam Hamilton avait collaboré à deux autres reprises avec l'inspectrice Mary Parkinson de la police d'État : la première affaire était un braquage de banque foireux et l'enquête avait été pliée en quelques heures, la seconde était un accident avec délit de fuite non résolu. Le courant était bien passé entre eux, bien qu'elle fût une taiseuse, un de ces visages comme on en rencontre en Nouvelle-Angleterre, marqués de rides qui semblent être là depuis la naissance et dont les lèvres ne se desserrent qu'en cas d'absolue nécessité. Cependant, quand elle se décidait à parler, son ton était relativement amical et elle n'avait jamais rechigné à travailler avec un policier d'une plus petite juridiction.

Toute la journée, l'envie avait démangé Sam de l'appeler pour lui demander si elle avait du nouveau concernant le meurtre de Frank Hopkins ; il s'était retenu, ne voulant pas la déranger à un stade précoce de son investigation. Mais après avoir passé des heures chez lui à écumer Internet en quête de liens possibles entre les neuf noms de la liste, sans rien trouver, ou si peu, il prit finalement son téléphone.

— Inspectrice Parkinson, j'écoute.

— Mary, c'est Sam. De la police de Kennewick.

— Salut Sam. J'imagine que vous avez des choses à m'apprendre…

— J'aimerais bien, mais non. En fait, j'espérais que vous auriez du nouveau…

— Concernant Frank Hopkins ?

— Oui.

— On m'a dessaisie de l'affaire moi aussi. Enfin, officiellement je suis consultante, mais les fédéraux ont repris le dossier. Je ne vous fais pas un dessin.

— Sérieux ?

— Oui. On vient de m'en informer il y a moins d'une heure.

— Une raison particulière ?

— Il y a eu un second homicide. Dans le Massachusetts.

— Comment ça ?

— Un certain Matthew Beaumont a été tué ce matin du côté de Dartford. Abattu pendant son jogging. Vous devez vous rappeler que son nom figurait sur la liste. Il avait reçu la même lettre que Hopkins. On a donc maintenant affaire à un tueur en série, qui passe d'un État à l'autre. En tout cas ça y ressemble.

— Mince…, fit Sam. Ça ne m'étonne pas vraiment, mais je suis tout de même un peu surpris. Vous voyez ce que je veux dire ?

— Moi aussi je suis surprise. Ça fait un moment que je suis dans le métier, et en général, quand un homicide paraît compliqué, on découvre qu'il ne l'est pas tant que ça.

— C'est aussi ce que je me disais.

— Enfin… là, la règle peut encore s'appliquer, répliqua l'inspectrice Parkinson. Si ça se trouve, Frank Hopkins a croisé la route d'un tox en manque. Vous avez toujours ce genre de spécimen à Kennewick, non ?

— Des toxicos ?

— Oui.

— Il en reste quelques-uns.

— OK. Bon, écoutez, Sam, les gens n'arrêtent pas de passer devant mon bureau pour voir si je suis encore au téléphone. Désolée de ne pas avoir pu vous en apprendre davantage.

— Vous m'avez appris un tas de choses, Mary. Merci.

La conversation terminée, Sam resta quelques minutes à réfléchir devant la fenêtre à l'étage, le regard au loin. En dépit des insinuations de Mary que Frank avait pu être tué par un drogué en manque, Sam était convaincu que le second meurtre invalidait désormais cette hypothèse. Frank était mort la liste à la main. Neuf noms. Et voilà qu'une autre personne de la liste était tuée. Il ne voyait aucun scénario qui puisse s'accommoder d'une telle coïncidence.

Sam se leva et marcha jusqu'à la bibliothèque intégrée dans le mur de son bureau. Elle contenait, entre autres livres, la collection de romans policiers de sa grand-mère. Elle ne les lui avait pas légués explicitement, mais toute la famille savait qu'elle aurait voulu qu'ils reviennent à Sam, et en particulier la collection d'Agatha Christie, au sein de laquelle se trouvaient probablement quelques premières éditions de grande valeur.

Sam avait passé la plupart des étés de son enfance en Angleterre, chez sa grand-mère maternelle, dans le nord du

Yorkshire. Patricia Barnard avait vécu le plus clair de sa vie d'adulte en Jamaïque, où elle avait débarqué en 1946 pour occuper un poste de secrétaire dans une compagnie d'export. Elle avait rencontré Robert Hamilton, patron d'un restaurant de Kingston, et Jamaïcain noir, l'avait épousé et n'avait pas tardé à se retrouver enceinte. L'année suivante, elle donnait naissance à Rosemary, la mère de Sam. Sam avait plusieurs fois demandé à sa grand-mère de lui parler du quotidien d'un couple mixte dans les années 1940 et 1950. "Le pire, répondait-elle, c'était les gens aux mauvaises manières : un regard un peu appuyé quand on s'asseyait ensemble dans le bus par exemple."

Robert Hamilton était mort quelques jours après le dix-huitième anniversaire de leur fille unique. Patricia était retournée en Angleterre et s'était installée dans le cottage familial au cœur des Yorkshire Dales.

C'est là, dans cette bâtisse en pierre, que Sam avait passé les plus beaux mois de son enfance. Il avait tout le loisir d'explorer la campagne anglaise, et mieux encore, la collection de livres de sa grand-mère. À dix ans, il avait lu *La Dernière Énigme* d'Agatha Christie, et avait eu le coup de foudre. Il était devenu un inconditionnel du genre ; ainsi qu'un véritable anglophile, accro au chocolat Cadbury, à l'équipe de football d'Arsenal, et même aux sitcoms loufoques que sa grand-mère et lui regardaient sur le gros téléviseur du salon. Mais rien ne l'avait autant marqué que les livres. Sam avait développé une passion pour Agatha Christie, Dick Francis et Ruth Rendell ; tous les romans fétiches de sa grand-mère. Ces livres lui ouvraient une fenêtre sur un monde très différent de celui qu'il connaissait à Houma, où il avait grandi, au milieu des disputes constantes de ses parents, qui s'étaient finalement résignés à divorcer durant sa dernière année de lycée.

Ses amis et collègues avaient été fort étonnés lorsqu'il avait postulé pour un emploi à Kennewick, petite ville du Maine. Ils disaient en plaisantant que son arrivée doublerait les statistiques de Jamaïcains vivant en Nouvelle-Angleterre. Seule Jean Landry, la chef de la police, avait perçu les vraies motivations de Sam, comme l'avait suggéré sa brève allocution lors de la soirée d'adieu. "J'ai toujours su qu'au fond de lui, Sam rêvait de s'appeler Jessica Fletcher et d'habiter Cabot Cove, dans le Maine, avait-elle dit en souriant. Aujourd'hui le rêve devient possible." C'était en partie vrai. Malgré de fréquents retours en Angleterre, y compris après le décès de sa grand-mère, Sam était bien conscient qu'il ne pourrait jamais s'établir là-bas. En revanche, il pouvait se trouver un poste dans un village du Maine et se bâtir une nouvelle vie en Nouvelle-Angleterre, où il aurait au moins l'impression de mener l'existence à laquelle il se sentait destiné.

Parcourant la collection d'Agatha Christie rangée dans l'ordre chronologique, il en sortit son édition du roman qu'on avait rebaptisé *Ils étaient dix*. Sa version cependant – un grand format relié – portait le titre original : *Dix petits nègres*.

Il se souvenait qu'après avoir refermé *La Dernière Énigme*, il avait demandé à Mamie Pat de lui conseiller un autre roman.

— Il y en a un que tu vas sûrement beaucoup aimer, avait-elle répondu, mais je préfère t'en acheter une édition récente.

— Tu l'as pas ? avait-il demandé.

— Si, mais le titre est moins joli. En fait, il était si peu joli qu'on a décidé de le changer. Plusieurs fois même.

Elle lui avait montré l'ouvrage en question en expliquant que le titre provenait d'une comptine qu'on chantait autrefois. Sam avait été fasciné, en particulier par la couverture – une main blanche aux doigts fantomatiques planant au-dessus de dix statuettes africaines, certaines debout, d'autres armées de lances, d'autres encore couchées. Il avait lu le livre en un après-midi terrifiant, refusant d'attendre que Mamie Pat lui commande la version au titre plus approprié à la librairie du village.

Le roman terminé, il avait suivi sa grand-mère à travers la maison tandis qu'elle mettait de l'ordre, pour en discuter : les meurtres les plus effrayants, l'enregistrement sur phonographe dans lequel toutes les victimes étaient accusées de leurs crimes, le temps que les cadavres avaient passé sur l'île après que tout le monde était mort.

— Tu n'es pas curieux à propos du titre ? avait-elle demandé.

— Je croyais que ça voulait dire que tous les gens qui avaient été invités sur l'île étaient noirs. Mais c'est pas ça en fait.

— Non, ils sont tous blancs. Mais ne va pas raconter à tes parents que je t'ai laissé lire un livre qui porte ce titre. Dis-leur plutôt qu'il s'appelait *Ils étaient dix*.

— Papa l'utilise tout le temps, ce mot.

— Lequel ?

— “Nègre”.

— Vraiment ?

— Enfin pas tout le temps, mais des fois.

— Eh bien, je suppose que dans la bouche de ton papa, c'est acceptable, mais ça ne l'est pas dans celle d'Agatha Christie. Ça l'était peut-être autrefois, mais plus maintenant.

— Combien de temps on met pour mourir quand on est pendu… ? avait-il encore demandé, ou quelque chose dans le genre.

Sam emporta le livre à la couverture cartonnée soigneusement conservée jusqu'au fauteuil où il aimait lire. Par curiosité, il avait un jour vérifié sa cote et découvert qu'elle atteignait environ dix mille dollars, malgré le titre raciste, ou peut-être en raison de celui-ci. Non pas qu'il eût l'intention de le vendre, pas plus celui-ci que tous ses autres livres chéris. Il avait seulement décidé de le relire, et ce n'était pas la première fois. Les étranges événements qui se produisaient autour de Frank Hopkins et des huit autres âmes infortunées de cette liste présentaient une ressemblance avec ce roman. Il l'ouvrit au premier chapitre et lut l'incipit : "Dans le coin fenêtre d'un compartiment fumeurs de première classe, le juge Wargrave, retraité depuis peu, tirait sur son cigare en parcourant avec intérêt les pages politiques du *Times*."

# 9

*Samedi 17 septembre, 16 h 39*

COMME la douceur de ce samedi après-midi le lui avait fait pressentir, Arthur était seul dans le Mead Art Museum pour visiter l'exposition sur les objets de dévotion médiévaux. Le catalogue comptait environ cinquante pièces, toutes prêtées par un musée allemand, et Arthur avait pris le temps d'observer chacune d'elles et de lire chaque étiquette. L'exposition l'intéressait, mais dans le même temps, elle le laissait étrangement indifférent. Il y avait un très joli buste de sainte sculpté dans le bois, plusieurs crucifix, et une multitude d'icônes de la Vierge Marie. Il prenait plaisir à imaginer ces objets dans leurs époques et lieux respectifs, leur effet hypnotique sur les paroissiens, ces pauvres gens qui avaient eu la malchance de naître au Moyen Âge, mais les objets en eux-mêmes ne déclenchèrent rien en lui, à l'exception peut-être d'une pièce. Enfin deux. Une paire de grains de chapelet en bois. Leur face avant représentait un visage aux joues pleines, l'un masculin, l'autre féminin ; mais la face arrière laissait voir deux crânes couverts de lambeaux de chair, dont l'un avait le menton comme dévoré par un lézard. Le texte expliquait qu'il s'agissait des grains d'un *memento mori*, simples rappels de la brièveté de nos vies et de notre sort commun : pourrir dans la mort.

Ces grains lui avaient fait si forte impression que pendant cinq minutes, Arthur avait très sérieusement envisagé d'en voler un. Il avait promené son regard le long du plafond, en quête de caméras, mais à ce moment-là, une grande femme voûtée aux lunettes en cul-de-bouteille était entrée dans son champ de vision – une surveillante – et Arthur avait abandonné son projet.

Les grains n'avaient cependant pas cessé d'occuper ses pensées toute la journée. Depuis la mort de Richard, même s'il pratiquait encore, Arthur était aux prises avec sa foi. En réalité, cela datait du jour où il avait été rejeté par son père pour son orientation sexuelle. Depuis l'accident – lorsqu'il avait ouvert les yeux à l'hôpital et découvert que Richard et leur chienne Misty s'étaient volatilisés, le laissant seul et infirme –, toute idée qu'il puisse vivre dans un univers bienveillant et ordonné avait disparu en lui. Il continuait d'assister aux messes et de fleurir l'église chaque dimanche, mais uniquement parce qu'il s'y sentait obligé et pour occuper quelques heures. Il aimait aussi le genre de personnes qu'il y croisait, en particulier les vieilles femmes. Elles semblaient apprécier la vie, jusque dans ses plus petits plaisirs. Et peut-être aimait-il aussi se sentir choyé.

Ce qu'il trouvait beau dans ces grains, c'était qu'ils parlaient à tout le monde, croyants et agnostiques – comme il se définissait désormais. Nous savons tous que nous ne faisons qu'un bref passage sur terre, semblaient-ils dire. Nous le savons, même si nous n'en sommes pas toujours conscients. La beauté physique est éphémère. Nos os nous survivent. Mais au lieu d'aggraver sa peine, les grains l'apaisaient. Quelle chance d'avoir eu Richard à ses côtés toutes ces années. Quelle chance d'être en vie, de pouvoir sentir la chaleur du soleil sur son visage, et le gazon bien entretenu du campus sous ses semelles. Au milieu de la pelouse, deux étudiants se lançaient un frisbee, et c'était un tableau d'une beauté indescriptible. La vie ne durait peut-être qu'un instant, mais il faisait partie de cet instant.

À son retour chez lui, il découvrit deux véhicules inconnus garés dans son allée : une voiture de patrouille et une berline noire qui lui rappela brièvement un corbillard – sans doute à cause de l'exposition dont il sortait.

On l'informa qu'il était placé temporairement sous protection policière et un agent fédéral lui posa une série de questions dans sa cuisine tandis qu'un policier fouillait rapidement la maison. C'était à cause de la lettre aux neuf noms. L'agent fédéral n'avait pas été loquace, mais de toute évidence, il était arrivé quelque chose de fâcheux à au moins un des destinataires de la liste. On l'interrogea sur les autres noms, et, comme les fois précédentes, il répondit qu'aucun d'eux ne lui était familier.

— Les noms au complet ne vous disent peut-être rien, mais qu'en est-il des noms de famille seuls ? demanda l'agent, qui s'appelait Tom Urbino.

Il lui paraissait jeune, à peine trente ans, et avait le teint olive et les yeux enfoncés dans leurs orbites.

Arthur regarda de nouveau la photocopie posée sur sa table de cuisine émaillée.

— Non, dit-il en se rappelant sa conversation téléphonique avec un autre agent du FBI, Jessica Winslow.

Elle avait émis l'hypothèse que leurs pères puissent se connaître. Le père d'Arthur n'avait-il pas eu un ami nommé Winslow ? Si c'était le cas, Arthur n'en avait aucun souvenir.

Il accepta qu'un véhicule de patrouille reste stationné devant chez lui pour la nuit, et l'agent fédéral prit congé. Un autre homme jeune, très blond et le menton boutonneux, informa Arthur qu'il prendrait le premier tour de garde.

— Fermez vos portes à clé. Ne laissez entrer personne. Et appelez-moi si vous avez besoin de quoi que ce soit.

— Pourriez-vous m'en dire plus sur ce qui se passe ? demanda Arthur, en partie parce qu'il avait vraiment envie de savoir, mais aussi parce que cela le tranquillisait de pouvoir parler à quelqu'un.

— Honnêtement, moi-même je ne sais pas grand-chose. Je suis qu'un petit maillon de la chaîne.

— Mais ce genre de situation est-il fréquent ? D'après votre expérience…

— Eh bien, je ne crois pas, non. Mais je ne suis pas là depuis longtemps.

Comprenant qu'il n'en apprendrait pas plus, Arthur dit au policier – il avait déjà oublié son prénom, mais son nom de famille était Clift, comme l'acteur – que s'il préférait monter la garde à l'intérieur de la maison, il n'y voyait pas d'objection. Le policier répondit qu'il était censé se trouver à bord de son véhicule.

Cette nuit-là, allongé dans son lit, Arthur repensa à sa journée, à son caractère irréel : ces visages graves que le temps et la mort transformaient en crânes grimaçants ; les joueurs de frisbee sur le campus ; les réflexions qu'il s'était faites tandis qu'il marchait, comment il s'était senti en paix avec tous les deuils de sa vie. Il s'était souvent demandé ce qui était pire : ressentir un vide sans savoir comment le combler, ou le ressentir en sachant exactement ce qui vous manquait. Cette nuit-là, il lui semblait détenir la réponse. Il comprenait avec une clarté évangélique à quel point nos vies sont fugaces et combien il est futile de pleurer ceux qui nous ont quittés trop tôt.

Il faisait plus froid cette nuit-là et Arthur se releva pour fermer la fenêtre. Après s'être remis au lit, il s'emmaillota dans sa couette, posa les mains sur son torse et entama son rituel d'endormissement. Ce n'était plus un problème aujourd'hui, mais pendant la plus grande part de sa vie d'adulte, Arthur avait souffert d'insomnies périodiques. Il avait même consulté une spécialiste du sommeil. Lorsqu'il lui avait expliqué qu'il dormait sur le dos, les mains pliées sur la poitrine, elle lui avait dit qu'il dormait dans la position du cercueil. À présent, chaque fois qu'il se préparait à s'endormir, il repensait à cette expression étrange.

Deux heures plus tard, une petite bonbonne en inox qu'on avait dissimulée dans une des valises rangées au fond de sa penderie commença à libérer silencieusement du monoxyde de carbone dans la chambre. Elle était équipée d'une valve spéciale qui s'ouvrait avec un minuteur. En l'espace d'une heure, la concentration en monoxyde de carbone dans la chambre à coucher avait atteint 3 200 parties par million et Arthur, toujours emmitouflé dans sa couette, en position du cercueil, avait quitté ce monde.

# SIX

Matthew Beaumont
Jay Coates
Ethan Dart
Caroline Geddes
Frank Hopkins
Alison Horne
Arthur Kruse
Jack Radebaugh
Jessica Winslow

# 1

*Dimanche 18 septembre, 14 h 01*

— Tu penses à un endroit où tu pourrais aller ? Où tu aurais envie d'aller ?

— J'y ai un peu réfléchi, répondit Jessica.

Elle était assise dans son siège le plus confortable, le relax en cuir, pendant qu'Aaron Berlin faisait les cent pas dans son salon, ce qui la rendait nerveuse.

— Assieds-toi, tu veux ? Ou va te chercher une bière.

— Je sais pas pourquoi tu prends ça à la légère. Trois personnes sur cette liste sont déjà mortes, et l'une d'elles bénéficiait d'une protection policière.

— Je ne prends pas ça à la légère. Mais ce n'est pas en usant mon tapis que tu trouveras une solution.

— Tu en as au frigo ?

— Oui.

— D'accord. Tu en veux une aussi ?

— Pourquoi pas ?

Quelques secondes plus tard, Aaron revint avec deux IPA estampillées Fort Orange Brewing.

— C'est moi qui te les avais laissées ? demanda-t-il en lui tendant l'une des grandes canettes.

— Sûrement. Je raffole pas de la bière.

Aaron se décida à s'asseoir sur la chaise à l'entrée du salon – celle où Jessica entassait habituellement son courrier. Il ressemblait davantage à une gargouille sur le bord d'une corniche.

— Alors, est-ce qu'il y a un endroit où tu pourrais aller ? Un lieu avec lequel tu n'aurais absolument aucun lien ?

— Arthur Kruse a bien été interrogé hier après-midi, n'est-ce pas ? demanda Jessica sans répondre à la question. C'est ce que tu m'as dit. Tu sais s'il a parlé de son père ?

— Honnêtement, j'en ai aucune idée. Je ne bosse pas sur ce dossier, et toi non plus d'ailleurs.

— Je sais. Mais tu accepterais de me trouver les coordonnées de son père ?

Aaron but une bonne rasade de bière et un peu de mousse resta collée à sa lèvre supérieure. Jessica fit de même ; elle eut la sensation d'avoir croqué dans une pomme de pin.

— J'ai transmis les éléments dont tu m'as fait part – cette histoire de lien éventuel entre ton père et celui d'Arthur Kruse. Je peux te dégoter ses coordonnées, mais tu n'auras pas le droit de le contacter tant qu'il n'aura pas été interrogé officiellement. Je ne t'apprends rien.

— Je sais. Mais je ne peux pas m'empêcher de penser qu'on passe à côté de quelque chose. Il y a forcément un lien entre nous tous.

— Tu n'arrêtes pas de le répéter. C'est possible oui, mais il se peut aussi qu'on t'ait choisie au hasard. Non ?

— Non. J'ai du mal à y croire. (Jessica but une nouvelle gorgée. Elle n'en démordait pas.) Je crois que si on sélectionnait neuf personnes dans le pays de manière aléatoire, les résultats seraient plus variés. En matière d'âge et d'origine ethnique ; de niveau de revenus aussi.

— Vous n'avez pas tous le même âge. Certains tournent autour de la quarantaine. Frank Hopkins était septuagénaire. Tu es une femme de couleur. Et pour ce qui est des revenus, je ne m'avance pas trop en disant qu'Ethan Dart ne roule pas sur l'or.

— Certes, mais il n'est pas complètement pauvre. Il n'a pas de gros revenus mais il n'appartient pas à la classe défavorisée. Vrai ou pas ? Quant à moi je suis peut-être une femme de couleur mais j'ai été adoptée. Je suis persuadée que c'est un point déterminant : l'absence de diversité entre les *parents* des neuf personnes de la liste.

— Tu n'as aucun élément pour étayer ta thèse.

— Non, mais j'ai de sérieux soupçons. Et puis s'il s'était juste agi de choisir des gens au hasard, je te repose la question : pourquoi en choisir neuf, et pas carrément dix ? Écoute, je sais que ce ne sont que des hypothèses, mais puisque je ne m'occupe pas du dossier, je vais creuser mes hypothèses dans mon coin. Si j'étais sur l'affaire, j'établirais le profil des parents en recherchant des similitudes. C'est à ce niveau qu'ils en trouveront. Il faut s'intéresser à des événements inhabituels survenus dans le passé des parents : des affaires non résolues, ce genre de chose.

Jessica parlait vite.

— Tu veux bien ralentir ?

— Excuse-moi, je réfléchissais tout haut. Je suis convaincue que ces neuf personnes n'ont pas été choisies au hasard. Il y a un lien, c'est sûr. Et celui ou celle qui est derrière ça ne s'arrêtera pas tant qu'on ne sera pas tous morts… Mon Dieu, on dirait une réplique de film.

— Ça va devenir de plus en plus difficile pour lui ou elle au fil des jours. La protection policière va s'intensifier.

— Oui, elle a été très efficace pour Arthur Kruse. Je sais, je sais… Le hic c'est que pour le moment, Jay Coates, Alison Horne et Jack Radebaugh ne bénéficient d'aucune protection policière.

— Ça ne saurait tarder. On les aura bientôt localisés, répondit Aaron en posant la canette apparemment vide à ses pieds. Bon, je vois que tu esquives le sujet, mais je crois vraiment qu'il faut te mettre au vert tant que cette affaire n'est pas réglée. C'est pas bon pour toi de rester ici. D'aller à l'épicerie, au Club Room. Mauvaise idée. Tu sais qu'on peut s'occuper de te trouver une planque, mais s'il y a un endroit que tu as toujours rêvé de visiter, ma foi…

— J'ai peut-être une idée.

— OK, parfait. Ne m'en dis pas plus. Je me prends une autre bière et j'y vais. Toi de ton côté, commence les préparatifs.

Aaron fit d'abord un saut par la salle de bains avant d'aller dans la cuisine. Jessica réfléchit à l'endroit auquel elle songeait. Tout ce qu'elle savait, c'était que ça se trouvait quelque part sur la côte, dans le Maine.

Il y avait deux ans de cela, elle s'était rendue au mariage de Darlene, son amie de fac. Jessica avait été collée tout au long de ces quelques jours à une fille nommée Gwen Murphy. Elles s'étaient également connues du temps où elles étaient étudiantes mais n'avaient pas été proches. Ce week-end-là, en revanche, elles s'étaient entendues à merveille, allant même jusqu'à fricoter un peu après la réception, chose qu'elle n'avait plus faite depuis l'université – à l'époque où elle se considérait comme complètement bisexuelle. Jessica se souvenait d'une discussion lors de ce week-end : Gwen lui avait parlé d'une maison que sa grand-mère lui avait léguée, un cottage situé sur une péninsule du Maine ; elle avait proposé à Jessica d'y passer des vacances. Jessica n'avait pas donné suite à l'invitation parce qu'elle s'était demandé si Gwen comptait lui tenir compagnie. C'était aujourd'hui l'occasion ou jamais de la contacter. Si la maison était disponible, ce serait l'endroit idéal pour se mettre au vert. D'autant qu'il n'y avait rien – ou très peu de choses – qui permette de faire le lien entre elle et Gwen. Elles n'avaient même pas échangé un seul e-mail ou texto depuis le mariage.

Aaron s'était remis à faire les cent pas, sa seconde bière à la main. Il ne lui en avait pas proposé, moins par impolitesse que parce qu'il la connaissait suffisamment pour deviner sa réponse.

— Tu devrais retourner bosser, lui suggéra-t-elle.

— Tu as raison. Tiens, je t'ai ramené un truc, dit-il en sortant un téléphone à clapet de sa poche. C'est un jetable, si tu as besoin de me joindre. Tu peux te fier ni à ton fixe ni à ton portable.

— Je sais, dit-elle en prenant le téléphone. Je sais.

Arrivés devant la porte, elle l'embrassa sur les lèvres, et dès qu'elle sentit venir la question, "Tu veux que je reste ?", elle le poussa dehors. Juste avant de refermer la porte, elle remarqua la voiture de police banalisée garée à une cinquantaine de mètres.

Une fois seule, Jessica se rendit dans son bureau et ouvrit le tiroir, plein à ras bord, où elle fourrait le fatras inutile dont elle ne voulait pas se séparer. Elle l'emporta dans sa chambre et le vida sur le lit : au milieu des menus de plats à emporter, des faire-part d'obsèques, des vieux reçus et des cartes de vœux, elle trouva un passeport qui avait expiré, ainsi que plusieurs cartes de visite; il lui fallut un peu de temps pour trouver celle de Gwen Murphy. Elle était agente immobilière à Jamaica Plain, dans la banlieue de Boston. Jessica prit le téléphone prépayé et composa le numéro.

— Gwen Murphy.

— Gwen? Bonjour, c'est Jessica Winslow, dit-elle. (Comme Gwen ne répondait pas, elle ajouta:) On était ensemble à la fac.

— Oui, bien sûr. Excuse-moi, je suis au volant.

— Tu es seule?

— Oui... Je t'écoute, j'ai mis le haut-parleur.

— J'aurais un grand service à te demander. Deux en fait. Tu te souviens au mariage de Darlene, quand tu m'as parlé de cette maison que tu possédais dans le Maine?

— Je m'en souviens, oui. Je l'ai toujours.

— Elle est occupée en ce moment?

— Non, pourquoi? Tu voudrais y aller?

— À vrai dire oui, j'espérais. Je sais que c'est beaucoup demander, mais j'aurais voulu y aller dès maintenant.

— Ça ne me pose pas de problème, répondit Gwen. Tout va bien?

— Sans rentrer dans les détails, j'ai besoin de me mettre au vert. Et de disparaître des radars.

— Ah, je vois, répliqua Gwen.

À son changement d'intonation, Jessica devina que son amie la supposait en train d'échapper à un petit ami violent.

— Je dois te demander de ne parler à personne de ma présence là-bas. Cette conversation doit rester entièrement confidentielle.

— Compte sur moi.

— C'est très sérieux, Gwen. Tu dois me le promettre. Oublie carrément que je suis là-bas.

— Tu peux compter sur moi, Jessica, je serai une tombe, répéta Gwen en baissant la voix, comme pour appuyer ses paroles.

Elle lui communiqua l'adresse de la maison sur la péninsule St. George et lui indiqua où elle cachait le double de la clé. Enfin, elle lui assura que personne ne viendrait la déranger.

Après avoir raccroché, Jessica prit cinq minutes pour se persuader qu'aller se cacher dans le Maine était l'option la plus sage, même si elle lui donnait l'impression de fuir. Elle rinça sa canette, puis prépara ses bagages.

# 2

*Dimanche 18 septembre, 16 h 07*

C'ÉTAIT la fin de l'après-midi et Alison n'avait pas quitté l'appartement du week-end, hormis pour se rendre chez sa pédicure le samedi matin.

Elle avait d'abord vu comme un luxe de pouvoir disposer d'un week-end entier rien que pour elle, mais l'ennui avait fini par la gagner. Elle ne tenait plus en place. Il y a dix ans de cela, elle aurait pu appeler n'importe lequel de ses amis – fille ou garçon – qui résidaient en ville. Mais ils avaient tous déménagé, à l'exception de Doug, en vacances dans le nord de l'État, et de Natalie, qui, aux dernières nouvelles, habitait toujours Manhattan mais vivotait péniblement, alcoolique finie siphonnant lentement mais sûrement l'argent placé sur un compte. À quand remontait leur dernière sortie ? Six mois au moins, peut-être même un an. Elle considéra longuement le téléphone dans sa main – le numéro de Natalie y figurait toujours – puis décida de l'appeler. Elles pourraient aller au Swan, un studio de Pilates dans East Village, siroter des bloody mary à l'heure du dîner, puis passer la soirée à guetter les têtes qui entraient. Comme à la belle époque.

Une voix préenregistrée lui répondit que le numéro n'était plus attribué. Elle vérifia si elle avait son e-mail, le trouva et écrivit : "Salut Nat, c'est Ali, ça te dirait qu'on aille se prendre une de ces fameuses cuites du dimanche soir, en souvenir du bon vieux temps ? Le Swan existe toujours, non ?" Le message envoyé, elle fut prise d'un doute et décida de vérifier sur Internet si Natalie habitait encore New York. Il lui fallut un moment pour retrouver son nom de famille – elle avait simplement enregistré "Nat G" dans le répertoire de son téléphone –, mais il finit par lui revenir : Gimbel, comme l'ancienne chaîne de grands magasins. Elle tapa NATALIE GIMBEL et le premier résultat qui s'afficha fut une notice nécrologique datant de deux mois. Elle cliqua dessus et reconnut aussitôt la photo de son amie, souriant à l'objectif, la peau ridée par le soleil, quelques mèches grisonnantes. Elle avait fini par quitter New York pour s'installer à Sedona, dans l'Arizona. La cause de sa mort n'était pas précisée, mais un message invitait à faire un don au centre d'addictologie Honeysuckle, en lieu et place des traditionnelles fleurs. Alison comprit aussitôt : comment se faisait-il qu'elle n'ait pas été informée ? Ses amies de l'époque avaient-elles eu vent de la nouvelle ? Et si oui, pourquoi ne lui avait-on rien dit ?

Alison prit une profonde inspiration, mais elle sentait sa gorge serrée, comme si l'oxygène était bloqué. Une douleur l'étreignit à la poitrine et son salon immaculé et les objets autour d'elle lui parurent soudain étranges, irréels : elle avait l'impression de les voir pour la première fois. Tous ses membres semblaient engourdis et une voix dans sa tête lui répétait, *Toi aussi tu vas bientôt mourir.* Mais une autre disait, *C'est juste une crise de panique. Ça t'est déjà arrivé à la fac, tu avais ressenti la même chose.* Finalement, la seconde voix l'emporta et Alison n'appela pas les urgences. Elle attendit patiemment que la sensation s'estompe.

À l'heure du dîner, bien qu'épuisée, elle avait presque repris pied et avait suffisamment faim pour un yaourt, qu'elle mangea devant la télé. Elle zappa d'une chaîne à l'autre mais il n'y avait rien d'intéressant à regarder, alors elle se connecta à son compte Amazon Prime et s'enfila presque l'intégralité de la saison 2 de *Fleabag* – elle avait déjà regardé une ou deux fois cette série. Avant d'attaquer le troisième épisode, elle se déboucha une bouteille de Vermentino et s'ouvrit un sachet d'amandes. Au milieu du dernier, elle reçut un appel de Jonathan ; c'était très surprenant pour un dimanche soir. Elle décrocha :

— Allô ?

— Alison, dit-il.

Il ne l'appelait que rarement, mais chaque fois sa voix lui donnait l'air plus âgé. C'était une voix de films en noir et blanc, virile, sèche.

Elle s'apprêtait à lui envoyer une pique, sur le fait qu'il appelle un dimanche, mais demanda plutôt :

— Tout va bien ?

— Oui et non. Jane m'a quitté.

Jane était la femme de Jonathan, et d'après la description qu'il lui en avait faite, ce n'était pas le genre d'épouse à quitter le foyer sans raison.

— Comment ça ? Tu veux dire… définitivement ?

Il se racla la gorge.

— Je suis sous le choc, dit-il. Elle a rencontré quelqu'un. Elle a plié bagage hier après-midi sans autre forme de procès. Ils ont déjà un appartement qui les attend quelque part.

— Oh mon Dieu, Jonathan. Comment te sens-tu ?

— Franchement je suis abasourdi, mais en même temps, je crois que je me sens… libre.

— On dirait bien que tu l'es.

— Tu es la première personne à qui j'ai pensé, Ali.

— Mon chéri…, dit-elle, usant du terme affectueux qu'elle n'utilisait que très rarement.

— Que dirais-tu de partir quelques jours ? Je pensais t'emmener dans ma maison des Bermudes. La météo annonce…

— Oui, oui, répondit-elle en se redressant si brusquement qu'elle envoya valser d'un coup de pied la bouteille de vin posée par terre, renversant le peu qui restait.

— J'ai deux trois choses sur le feu, mais on pourrait programmer ça pour la fin de la semaine. On serait là-bas le week-end prochain.

— J'adorerais.

— Parfait. Je te rappellerai pour mettre les choses au point. Je réserverai un vol privé au départ de Teterboro et je m'arrangerai pour qu'une voiture vienne te chercher. Tu es sûre d'être prête à passer autant de temps avec un vieillard ?

— Je suis impatiente. Vraiment. Je le pense sincèrement, Jonathan.

Une fois qu'elle eut raccroché, Alison joua sa playlist "En balade" sur Spotify, aussi fort qu'il lui semblait possible de le faire sans récolter une plainte pour tapage. Elle jeta un coup d'œil à la météo et commença à préparer plusieurs tenues sur son lit, même si elle ne partirait pas avant plusieurs jours.

Après avoir dressé une liste des choses à se procurer pour la semaine à venir, elle écouta sur son répondeur le message, très étrange, d'un certain agent Berlin du FBI. Il voulait savoir si elle avait reçu une liste de noms dans son courrier. Il lui laissait un numéro où le rappeler, ainsi que celui du bureau de Manhattan, où elle devait demander l'agent Garrett. Alison avait d'ores et déjà compris que cette liste n'annonçait que des ennuis ; elle effaça le message sans noter aucun des numéros. Elle jugeait préférable de ne pas en savoir plus. Après tout, d'ici une semaine, elle serait aux Bermudes.

# 3

*Dimanche 18 septembre, 17 h 31*

JACK n'avait pas mis le nez dehors de la journée : il avait parcouru les articles sur Google et enchaîné les coups de téléphone à diverses personnes travaillant pour lui. Avant qu'il ne fasse trop sombre, il décida de se préparer un cocktail et d'aller le boire dehors.

Il se rendit au bar qu'il s'était aménagé à l'intérieur d'un des placards du salon et ouvrit une nouvelle bouteille de Plymouth dans l'intention de se préparer un martini, avant de se rappeler qu'il n'avait pas d'olives. Tant pis. Il se concocterait ce qu'il nommait un "Travis McGee", en référence au héros d'une série de thrillers longue comme le bras qu'il avait dévorée dans sa jeunesse. Tous les titres tournaient autour d'une couleur et il s'en rappelait un en particulier : *Deuil en violet* ou un truc du genre. Il n'était plus sûr du nom de l'auteur – quelque chose MacDonald, John peut-être, ou Gregory – en revanche il se souvenait de celui du héros, Travis McGee. Pour une certaine raison – sans doute parce que c'était rudement bon –, il avait retenu la recette de son cocktail favori.

Il balança une poignée de glaçons dans un verre, puis versa un doigt de sherry. Il vida alors le verre et le remplit de gin. Il trouva un citron dans le réfrigérateur et pressa quelques gouttes. Fallait-il aussi du zeste ? Dans le doute il en ajouta. Le résultat avait de la gueule. Jack avait toujours vu la boisson comme une activité avant tout esthétique. Il s'apprêtait à sortir sur la terrasse de derrière, mais se ravisa et s'installa finalement sur le banc à droite du perron. Ce n'était guère confortable, mais d'ici au moins, il pourrait regarder passer les voitures et les gens qui promenaient leur chien.

Jack posa son verre en équilibre sur l'accoudoir métallique et boutonna son gilet. Il but alors une longue gorgée du délicieux gin, en levant son verre en silence au créateur de Travis McGee, quel que soit son nom exact.

Il n'y avait pas beaucoup de circulation en fait, et Jack se souvint qu'on était dimanche. Les piétons par contre étaient légion. Ils avançaient tous d'un pas décidé, à ce qu'il lui semblait du moins. Quelques-uns couraient – le plus souvent des hommes – et même parmi ceux qui marchaient, les femmes en particulier semblaient allonger volontairement leurs foulées. La plupart portaient des tenues de sport, cyclistes noirs et débardeurs aux couleurs vives. Outre leur pas résolu, elles conversaient toutes en même temps, leurs paroles se chevauchant, et Jack mit un moment à comprendre qu'elles discutaient au téléphone à travers les petits micros qui pendillaient sur leurs écouteurs.

Son verre terminé, il allait rentrer chez lui lorsqu'il aperçut sa voisine – dont il avait déjà oublié le prénom – qui cheminait le long du trottoir. Eût-elle été une étrangère, il ne l'en aurait pas moins remarquée : d'abord parce qu'elle ne portait pas de tenue de sport mais un simple jean et un pull à col roulé, et parce qu'elle marchait sans se presser, le nez en l'air, contemplant les feuilles encore accrochées aux branches. Elle n'avait même pas d'écouteurs.

— Bonjour, dit-il.

Constatant qu'elle ne l'avait pas entendu, il répéta un peu plus fort et elle sursauta légèrement avant de tourner la tête.

— Vous m'avez fait peur. J'étais complètement perdue dans mes pensées.

— Oh, dans ce cas retournez-y, je vous en prie. Désolé de vous en avoir tirée.

— Grands dieux, non. Si vous les connaissiez… on n'a pas envie de s'y perdre. Je ne vous avais pas vu assis là. Vous vous fondez dans le décor.

Jack accorda un regard à sa tenue – pantalon marron et gilet rouille – et se rendit compte qu'il devait effectivement se fondre dans le mur de brique.

— Ma foi, c'est vrai. J'allais justement rentrer me servir un autre verre. Voulez-vous partager mon banc ?

Sa jeune voisine avait déjà le pied sur sa pelouse. Elle accepta avec un haussement d'épaules.

— Qu'est-ce que je vous offre… ? demanda-t-il en cherchant à nouveau son prénom.

— Qu'est-ce que vous buviez ? répondit-elle.

— Un gin on the rocks. Pas très folichon pour un dimanche soir, je vous l'accorde.

— C'est vrai. Cela dit si vous avez du tonic, je ne refuserais pas un gin tonic.

— Je dois en avoir.

Quand il revint avec deux gins tonic, elle l'attendait sur le banc. Il lui tendit un verre.

— Il se peut que je vous quitte à l'improviste, le prévint-elle. Mon mari est allé au bureau aujourd'hui et il ne va pas tarder à rentrer. Je m'excuse par avance…

— Je vous promets de ne pas m'offusquer. Ce banc constitue un excellent point d'observation. D'ici vous le verrez arriver.

— Je pense, oui, dit-elle en buvant une gorgée.

— Pardonnez-moi, dit Jack, j'ai déjà oublié votre prénom. Je me fais vieux.

— Margaret. Et vous ne me paraissez pas si vieux, vous savez.

— Voilà, Margaret. Est-ce que les gens vous appellent ainsi ? Ou avez-vous un surnom ?

— Non, je crois que je suis la dernière des "Margaret". Je ne réponds ni à Maggie, ni à Megan, ni à Meg.

— Ni même à Peg…

— Non. D'ailleurs je ne pense pas qu'il existe encore de nos jours des femmes qui se fassent surnommer Peg. Moi, c'est Margaret. Quand j'étais à la fac, j'avais un petit ami qui m'appelait Maggie. À l'époque j'aimais bien, et puis on s'est séparés.

— Et bye-bye Maggie.

— C'est ça.

Ils restèrent un moment silencieux, sirotant chacun leurs verres, puis Jack demanda :

— Votre mari travaille toujours le dimanche ?

— Il est ambitieux. Il dit que quand il va travailler au bureau le dimanche, il abat plus de boulot en huit heures qu'en toute une semaine. Mais ça ne me gêne pas. J'ai lu une bonne partie de la journée, et puis je me suis dit que j'avais besoin de me dégourdir un peu les jambes. Il faudrait que je vous le présente. Je lui ai parlé de vous et il a cherché le titre de votre livre. Il s'en souvient très bien. Venez donc dîner un soir.

— Oh, fit Jack, un peu déstabilisé par la volubilité soudaine de sa voisine. Je serais ravi de dîner avec vous deux.

— D'accord. Eh bien, laissez-moi voir... Que diriez-vous de jeudi soir ? Ça vous irait ?

Jack soupira.

— Je devrais sans doute tergiverser et affecter de vérifier mes disponibilités au regard de mes multiples rendez-vous en société et obligations mondaines, mais pour être franc je suis quasiment certain d'être libre ce jeudi. J'accepte avec grand plaisir.

— Super. Venez pour six heures. C'est un peu tôt, mais nous avons l'habitude de dîner de bonne heure. Ah, y a-t-il quelque chose que vous ne mangiez pas ?

— Je mange de tout, sauf du poulpe... Mais quelque chose me dit que vous ne comptiez pas en cuisiner.

— Pourquoi ne mangez-vous pas de poulpe ?

— Je sais que c'est très savoureux, mais je suis tombé amoureux de ces petites bêtes après avoir vu un documentaire. Ce sont des animaux très intelligents et assez énigmatiques. L'idée de les manger me révulse. Bien sûr, je sais que les porcs sont aussi intelligents, et que les poulets peuvent développer des liens affectifs avec les humains, etc., mais ce n'est pas vraiment pareil. Ou peut-être que je ne suis qu'un hypocrite.

— Bon, pas de poulpe dans ce cas. Surtout n'apportez rien à part vous-même. Tiens, le voilà...

Elle avait tourné la tête vers le bout de la rue et Jack vit un SUV noir s'engager dans l'allée voisine. En sortit un homme à l'allure soignée, vêtu de ce que Jack identifia comme une tenue de golf: un chino coupe étroite et un polo rentré dans le pantalon. Margaret se hâta de terminer son verre puis le rendit à Jack en se levant. Elle s'avança et fit un signe à son mari, qui traversa la pelouse pour les rejoindre. Jack perçut une soudaine tension chez la jeune femme.

— Jack, je vous présente Eric. Eric, voici le voisin dont je t'ai parlé. L'auteur du fameux livre.

Jack se leva pour saluer Eric. Il avait beau s'être préparé à une poignée de main vigoureuse de la part d'un jeune loup de la finance, la douleur le surprit.

— Ah oui, elle m'a parlé de votre bouquin, lâcha Eric. Évidemment elle n'a pas été fichue de m'expliquer de quoi ça parlait, alors je suis allé voir sur le Net. Six mois de suite sur la liste des best-sellers du *Times*. Pas mal.

— Ça date, répondit Jack.

— J'ai invité Jack à dîner jeudi soir, dit Margaret à son mari, qui regardait droit devant lui. Tout est réglé. Il n'y aura pas de poulpe au menu.

— Super, répondit Eric, en adressant à Jack une grimace d'incompréhension doublée d'un regard complice, comme si les paroles de Margaret n'avaient de sens pour aucun des deux hommes.

— Margaret m'a demandé si je mangeais de tout et j'ai répondu que je mangeais de tout sauf du poulpe, explicita Jack.

— Sans déconner? Il faut que vous essayiez ce restaurant espagnol du centre-ville, le je-sais-plus-quoi tapas bar. Leur poulpe est une tuerie. Je vous garantis que vous changerez d'avis.

Margaret étreignit le bras de son mari.

— Allez viens, laissons Jack tranquille. D'ailleurs je dois préparer le dîner.

Eric se retourna et le regard de Jack se fixa sur les tendons dans son cou.

— Tu as bu, Margaret ? demanda Eric.

— Juste un verre que Jack m'a offert.

— Tu pues le gin. Bon, qu'est-ce qu'on mange ce soir ?

— Je te le dirai une fois à la maison. Jack, merci pour le verre. Il me tarde d'être à jeudi.

Ils firent demi-tour et rentrèrent chez eux tandis que Jack demeurait un instant immobile, empreint d'une immense tristesse.

Une fois à l'intérieur, Jack fit le tour des pièces pour toutes les allumer. C'était le crépuscule, le moment de la journée qu'il aimait le moins, et le seul rempart contre l'obscurité déprimante était une maison bien éclairée. Il entra dans la cuisine et ouvrit son réfrigérateur en se demandant ce qu'il allait manger pour le dîner. Il avait surtout envie d'un autre gin.

# 4

*Lundi 19 septembre, 10 h 06*

JESSICA considérait le sac de voyage posé sur sa table basse. Elle portait un pantalon de survêtement et un sweat-shirt à capuche. Au moins huit heures de route l'attendaient pour parvenir jusqu'à la maison de Gwen dans le Maine, et elle tenait à être à l'aise.

Tout à coup, elle se leva, se rendit dans son bureau, ouvrit le placard et en retira un gros carton rempli de paperasse qu'elle comptait détruire depuis six bons mois. Après en avoir vidé le contenu au fond du placard, elle rapporta le carton dans le salon et y transféra l'ensemble de ses vêtements et affaires de toilette.

Satisfaite, elle rangea son iPhone, déjà éteint, dans le tiroir de son bureau. Cela allait lui faire bizarre de ne pas l'avoir sur elle, mais bon, de toute manière il y avait déjà quelques jours que sa vie s'était écartée de la normalité.

Le carton dans les bras, elle se débrouilla pour ouvrir la porte de son appartement et sortit. Elle marcha jusqu'à sa Toyota Camry et déposa le carton sur la banquette arrière, consciente des yeux qui la surveillaient dans la berline bleue garée le long de la piscine. Se dirigeant vers la voiture, elle adressa un signe à son occupant. La vitre s'abaissa dès qu'elle fut à portée de voix.

— Je voulais juste te prévenir que je passais déposer quelques dossiers à l'agence. Ensuite je reviens directement ici.

L'homme assis derrière le volant ne lui était pas inconnu. Il s'agissait de la dernière recrue de l'agence. Il avait le regard vide et la carrure d'un ancien militaire.

— Ça tombe bien, répondit-il, c'est la fin de mon service.

— Rien à signaler cette nuit ?

— Juste un mec qui s'est baigné à poil.

— Ça c'est Bob, dit Jessica en riant. Il fait un plongeon chaque soir à minuit. Jusqu'en octobre. Je suis désolée que tu aies dû voir ça.

— Pas autant que moi.

— Tu retournes au bureau ?

— Oui, je dois déposer la voiture. Je te suis. Tu vas passer voir l'agent Berlin, je suppose.

— Oui.

Jessica roula jusqu'au bureau, un œil dans le rétroviseur. Une fois arrivée, elle fit mine d'aller se garer sur le parking visiteurs et, dès que l'agent s'arrêta près des autres véhicules de service, elle fit demi-tour et ressortit pour rejoindre la 787 en direction du nord. Elle avait prévu de traverser le Vermont puis le New Hampshire jusqu'au Maine, en évitant les routes à péage. Équipée de son vieil atlas routier, elle parviendrait à bon port en s'aidant des cartes papier plutôt que du GPS.

Elle s'égara très légèrement dans le New Hampshire, aux environs de Concord, et décida de déjeuner dans un *diner*. Assise sur une banquette avec un Pepsi en attendant son hamburger, Jessica était perdue sans son téléphone. En temps normal, elle aurait été en train de parcourir les nouvelles, de jouer à Threes, ou encore de vérifier la météo. Déroutée, elle concentra son attention sur ce qui l'entourait : la table en vinyle fatiguée, la serveuse qui boitait un peu, le couple de petits vieux qui mangeaient leur soupe en silence. Comment cela se passerait-il une fois dans le Maine ? La maison de Gwen disposait du wi-fi et elle avait emporté son ordinateur personnel, elle pourrait donc se tenir au courant des informations divulguées au public concernant les personnes de la liste. Plus concrètement, elle comptait appeler le père d'Arthur Kruse afin de vérifier s'il avait bel et bien connu son père. En dehors de cela, elle n'avait pas vraiment de plan précis. Elle ferait profil bas en attendant qu'on arrête le tueur. Elle avait bêtement oublié d'emporter de quoi lire dans ses bagages, mais avec un peu de chance, Gwen aurait quelques bons bouquins dans sa bibliothèque.

Son hamburger terminé, Jessica regagna sa voiture puis étudia la carte pour choisir le meilleur itinéraire. Une pluie fine s'était mise à tomber et une légère brume voilait sa visibilité. Elle trouva une radio étudiante qui passait une chanson de Valerie June, régla les essuie-glaces au ralenti et prit la direction du Maine.

Le crépuscule tombait juste quand elle arriva au cottage situé sur la péninsule de St. George. La pluie fine avait cédé la place à de violentes averses accompagnées de fortes rafales. Jessica approcha sa voiture aussi près que possible de la porte d'entrée de la maison à bardeaux, mais il lui fallut cinq bonnes minutes pour repérer la clé cachée sous le rocher en forme de cœur, le long du jardin. Le temps d'ouvrir la porte et de retourner chercher son carton, elle était trempée jusqu'aux os et grelottait. Avant d'entamer la visite des lieux, elle se déshabilla et prit une longue douche chaude dans la salle de bains du rez-de-chaussée. Après quoi, elle enfila son pyjama en flanelle, déballa son carton et se rendit dans la cuisine en quête de quelque chose à se mettre sous la dent. Le frigo était surtout rempli de condiments, ainsi que d'une bouteille de bière qui s'avéra être, comme elle le découvrit après une gorgée étonnamment désagréable, du cidre brut. Dans l'un des placards du bas, elle trouva une boîte de soupe de mariage italienne, qu'elle fit réchauffer dans une casserole. Son dîner se résumerait donc à la soupe et au cidre.

La petite maison comportait deux chambres, des poutres apparentes au plafond qu'on avait peintes en blanc et sur les murs, plusieurs toiles abstraites, qui à bien y regarder, représentaient toutes des paysages marins. Jessica rangea ses affaires dans la plus grande des deux chambres puis monta se chercher un peu de lecture à l'étage. Elle avait une préférence pour les thrillers, mais la plupart des livres de Gwen étaient de la fiction littéraire contemporaine. Elle en tira un au titre intrigant, *Parti tôt, pris mon chien* et résolut d'en lire quelques pages. Elle en lut le quart, bien bordée dans ce lit étranger, avant d'éteindre la lampe de chevet et d'écouter le vent une heure durant, le temps de sombrer dans un sommeil superficiel et agité.

# 5

*Lundi 19 septembre, 15 h 33*

— BONJOUR inspecteur ! lança Clara.

Sam Hamilton avait été surpris de trouver la jeune femme derrière le comptoir de la réception de l'hôtel Windward. La dernière fois qu'il l'avait croisée, Clara travaillait comme serveuse à l'auberge du port.

— Te voilà revenue ici ? dit-il.

— Je remplace juste Karen pendant ses vacances. Mais je bosse en même temps à l'auberge.

— Il y a du boulot là-bas en ce moment ?

— Où ça ? À l'auberge ? C'est la folie. Ici, c'est plus calme.

Sam avait remarqué une discrète odeur de moisi en traversant le lino fatigué du hall pour rejoindre le comptoir. La seule chose qui avait empêché l'hôtel de couler jusqu'ici était la détermination de son propriétaire. Frank mort, il ne donnait pas un an au Windward pour fermer.

Sam connaissait la plupart des résidents de Kennewick, sinon de nom, au moins de vue, mais il connaissait Clara tout particulièrement, car huit ans plus tôt, elle l'avait suivi comme son ombre durant quelques jours, à l'époque où elle effectuait des reportages pour le journal du lycée. Clara était allée étudier le journalisme à l'université de Boston et cela faisait maintenant deux ans qu'elle avait posé ses valises à Kennewick et commencé à travailler au Windward puis à l'auberge du port. Le bruit courait qu'elle était rentrée à Kennewick pour Brad Romer, un gars du coin loin d'être recommandable.

— Dis-moi, Clara, tu crois que je pourrais jeter un œil au bureau de Frank ? Je suis sûr que la police d'État l'a déjà passé au peigne fin, mais je voudrais tout de même vérifier par moi-même.

Elle haussa les épaules.

— J'y vois pas d'inconvénient. Tu connais le chemin. Je pense pas que ce soit fermé à clé.

— OK, merci.

Sam se dirigea vers le couloir qui menait au bureau de Frank. Il s'arrêta et se retourna vers Clara :

— Il y a des ragots qui circulent au sujet de la mort de Frank ?

Clara fronça les sourcils tandis qu'elle réfléchissait à la question et Sam trouva qu'elle ressemblait beaucoup à sa mère, June, l'une des alcooliques qui posaient régulièrement problème parmi la population.

— Genre : qui voulait sa mort ?

— C'est un bon point de départ.

— À mon avis personne. Tout le monde l'aimait bien.

— D'accord, dit Sam. (Voyant qu'elle continuait de réfléchir, il insista.) Et niveau histoires de cœur ?

— Frank? fit-elle avec une légère grimace. Jamais de la vie. Il en pinçait pour Shelly, mais je suis sûre que c'était pas réciproque. Non, désolée, Sam, je ne peux pas t'aider.

— Bon, dans ce cas tiens-moi au courant si tu entends quelque chose.

— Promis. Mais les seules rumeurs qui courent en ce moment ne sont pas de celles qui t'intéresseraient.

— Qu'est-ce que tu veux dire?

— Oh, eh bien, le bruit court que l'hôtel est hanté. Tu n'étais pas au courant?

— Non.

— C'est ce que les employées racontent. Ça sentirait le revenant au premier étage de l'annexe – tu vois de quelle chambre je parle? Apparemment, deux femmes de ménage jurent qu'il y a un fantôme dans l'ancienne salle de bal.

— Hmm…

— Ouais, je savais que tu serais sceptique, dit Clara.

Elle s'adossa dans le haut fauteuil pivotant derrière le comptoir; Sam lui trouva le visage un peu bouffi.

— Qu'est-ce que ces rumeurs de fantômes dans l'hôtel ont à voir avec le meurtre de Frank sur la plage?

— Tu vois qui est Milana? C'est une des femmes de ménage. À l'entendre, Frank était "possédé" et ce serait "les fantômes qui l'auraient poussé à aller se noyer là-bas", rapporta Clara en tentant d'imiter un accent d'Europe de l'Est.

— Pour ça, dit Sam, il faudrait que le fantôme l'ait chopé par la nuque et lui ait maintenu la tête sous l'eau.

Clara esquissa une autre grimace et Sam s'excusa avant de continuer son chemin jusqu'au bureau de Frank.

La pièce était minuscule, et les piles de cartons entassés contre chaque mur n'arrangeaient rien. Il y avait un bureau et un fauteuil rembourré, le premier croulant sous la paperasse. Ne sachant par où commencer, Sam se laissa tomber dans le fauteuil où Frank s'était assis toutes ces années, et ouvrit le tiroir du milieu, rempli d'anciennes factures et de petites fioles de brandy, la plupart vides, certaines intactes. Les autres tiroirs débordaient également de documents liés à la gestion de l'hôtel. Sam, qui n'était pas officiellement chargé de l'enquête, n'avait pas l'énergie de tout examiner. Il sortit une liasse de petites cartes couleur crème coincée contre le bord du grand tiroir, et l'élastique qui les maintenait ensemble, complètement sec, s'effrita aussitôt. Il vit qu'il s'agissait de menus jaunis du réveillon de Noël 1986. *Cocktail de crevettes et bœuf Wellington.* Sam éprouva une bouffée de nostalgie en pensant au temps qui avait passé. Il se demanda si quelqu'un se souvenait de ce dîner. Avait-il été le théâtre d'événements marquants ? Une histoire d'amour ? Une rupture ? Combien parmi les invités étaient encore en vie ?

Sam replaça les menus là où il les avait trouvés et regarda devant lui. Un tableau d'affichage reposait contre le bureau, un autre contre le mur. Comme tout dans la pièce, ils étaient couverts de documents en rapport avec l'hôtel : vieilles factures, Post-it, CV… Tout ou presque se chevauchait, mais Sam remarqua une photo punaisée au liège. Bien qu'elle fût partiellement cachée, Frank avait fait en sorte de la laisser visible. Sam la décrocha. C'était une photo de famille en noir et blanc, légèrement jaunie. On y voyait un couple à l'air juvénile, l'homme portant costume et chapeau, la femme en robe d'été à pois. Entre eux, deux enfants : une fille qui pouvait avoir douze ans, et un garçon, plus jeune, peut-être huit. Le garçon semblait bouder, comme si on l'avait forcé à se tenir tranquille pour la photo. On reconnaissait facilement Frank – son visage n'avait pas beaucoup changé malgré les années – et il s'agissait vraisemblablement de ses parents, les propriétaires historiques du Windward Resort. Ils posaient devant l'entrée principale de l'hôtel, sous l'enseigne en bois gravé qui était demeurée identique.

Sam resta assis un long moment, plongé dans ses réflexions, la photo sur les genoux.

*Il y a de la méthode derrière ces meurtres,* songea-t-il. *Cette liste ne relève ni du hasard ni de la coïncidence. Frank a été tué en premier. Le tueur a dû remettre la lettre à Frank en mains propres et a attendu qu'il l'ouvre avant de le tuer.* Sam ne pouvait se défaire de l'idée que Frank était au cœur de cette énigme : il avait fait, ou on lui avait fait quelque chose.

Cette photo était la preuve pour Sam que, contrairement à la plupart des gens, Frank avait toujours vécu dans un seul endroit. Ici même, dans le Maine, à Kennewick, entre les murs de l'hôtel Windward. La clé du mystère devait donc se cacher dans cet établissement en décrépitude où Frank avait passé sa vie. Il repensa aux fantômes que seules les femmes de ménage étrangères pouvaient voir, et à tous les clients qui avaient séjourné ici au fil des années. Ils devaient être des milliers. Des centaines de milliers peut-être.

Sam replaça la photo sur le tableau en poussant la punaise dans le trou préexistant.

Il se demanda si la sœur aînée de Frank était encore de ce monde.

# 6

*Lundi 19 septembre, 16 h 35*

CELA faisait plusieurs mois que Tod Fischer n'avait pas été contacté par la femme qu'il connaissait uniquement sous le nom de Linda. Il supposait que Linda recevait un appel d'un type – disons Fred, juste une voix et un prénom. Et Fred demandait à Linda d'appeler Fischer. Les infos transitaient le long d'une chaîne de personnes qui ne se connaissaient pas entre elles et utilisaient toutes des portables prépayés.

Le détail amusant avec Linda était qu'elle semblait toujours heureuse de l'avoir au bout du fil, comme s'ils étaient de vieux amis, ou des collègues de travail entretenant de bons rapports – ce qui au fond n'était pas très loin du compte.

— Salut, dit-elle. C'est Linda.

Elle ne l'appelait jamais par son nom, peut-être parce qu'elle l'ignorait, tout bêtement. Il n'était qu'un numéro de téléphone et une voix.

— Ça fait un bail, dit Fischer.

— J'en sais quelque chose, pas vrai ? répondit Linda. (Fischer, qui regardait son benjamin jouer au football avec les autres minimes sur un terrain boueux situé à quelques kilomètres de sa ville de résidence, ne releva pas et elle ajouta au bout d'un moment :) Tu as un crayon sous la main ?

Linda lui posait toujours cette question et Fischer répondait toujours par l'affirmative, même si ce dont il disposait surtout, c'était d'une très bonne mémoire.

— OK. Alors j'y vais : Jessica Albers Winslow. Je te l'épelle…

À mesure que Linda énumérait les lettres, Fischer les visualisait écrites sur un tableau noir. Une fois le nom gravé dans son esprit, il ne l'oubliait plus.

— Date de naissance : 3 décembre 1975 ; adresse actuelle : 17 Tamarack Meadow Way, Thornton, New York. Juste à la sortie d'Albany.

— OK. C'est bon.

De là où il se tenait, à une quinzaine de mètres du bord du terrain, il n'arrivait plus à distinguer son fils Jerome parmi les autres enfants vêtus de rouge et noir. Il constata toutefois que l'équipe de son fils, les Trojans, venait de concéder un touchdown.

— Elle est agente du FBI, rattachée au bureau d'Albany…, précisa Linda.

Un point d'interrogation transparaissait en filigrane dans son intonation, mais Fischer n'en fit pas cas.

— OK, dit-il.

— Le souci majeur, c'est qu'elle n'est pas à New York actuellement. D'après le client, elle serait dans le Maine, mais il ne sait pas exactement où. Il la faisait suivre mais le gars l'a perdue quelque part sur la Route 1 au nord de

Thomaston et Rockland. Elle conduit une Toyota Camry blanche de 2012 et son numéro de permis est le…

— Attends, Linda. Donne-moi une minute.

Malgré sa très bonne mémoire, il n'était pas sûr de pouvoir retenir un numéro de permis de conduire entier, en plus du reste. Repérant Suzie Maris sur le bord du terrain, il s'en rapprocha à petites foulées. Suzie Maris était une des mamans les plus assidues aux matchs. Elle trimballait toujours un sac à main gros comme une dinde de Noël. Il y avait fort à parier qu'elle disposerait d'un stylo et d'une feuille de papier là-dedans.

Il ne s'était pas trompé. Retournant à l'écart du terrain, il nota le numéro du permis de conduire.

— Prêt pour la bonne nouvelle maintenant ? demanda Linda.

— Toujours.

— Quinze mille dollars virés directement sur ton compte à l'acceptation du contrat. Trente-cinq mille après exécution. C'est pas dégueu.

— Non effectivement. Le client a émis des consignes particulières ?

— Eh bien, oui. Elle tient en un mot : "indolore".

Linda avait dit cela avec une pointe de frivolité, comme si elle venait de lui donner le nom de son chat.

— OK. C'est bon.

La consigne ne lui posait aucun problème. Les morts indolores, c'était sa spécialité.

— Tu acceptes le contrat ou tu veux y réfléchir ?

— De combien de temps je dispose ?

— Ah oui, excuse-moi, je n'avais pas abordé ce point. Ça dit juste "dès que possible".

— D'accord.

— "D'accord" tu acceptes ?

— Bien sûr, répondit Fischer.

— Parfait, dit Linda, avec une joie non simulée dans la voix, comme si Fischer avait coutume de refuser un contrat.

— Tu as toutes les infos ? demanda-t-elle.

— J'ai tout, oui. Merci, Linda.

Ce soir-là, une fois que sa femme Valerie se fut endormie sur le canapé devant une émission de décoration, Fischer descendit dans son bureau au sous-sol. Il démarra l'ordinateur qu'il utilisait pour ses contrats et glana quelques renseignements supplémentaires sur Jessica Winslow, dont une photo publiée sur sa page LinkedIn. La facilité avec laquelle il avait pu trouver une photo d'elle ne l'étonnait qu'à moitié ; il connaissait beaucoup de représentants de l'ordre et leur point commun était qu'ils se croyaient tous invincibles. Il observa attentivement le visage de Jessica Winslow et prit note d'une manière clinique de la beauté de ses traits, assez proches de ceux de sa femme. Même teinte de peau, mêmes pommettes hautes et yeux marron clair. Cela n'éveilla rien de particulier en lui si ce n'est peut-être un très léger intérêt. Il se demanda si elle avait servi dans l'armée, comme Valerie et lui. Elle en avait l'air. Il se demanda également si elle avait une famille ? Était-elle maman ? Il éprouvait le genre de curiosité qu'on ressent lorsqu'on lit une notice nécrologique. La femme dont il regardait la photo était morte. Elle était morte à la minute où il avait accepté le contrat. En échange de quoi, il améliorerait la sécurité de sa propre famille – notamment financière. C'était ainsi que les choses marchaient. Depuis toujours.

Fischer découvrit une autre photo de Jessica, tirée du journal d'une petite ville qui l'avait élue sportive de l'année du lycée en tant que footballeuse. Elle posait sur le terrain en tenue bordeaux, le pied posé sur le ballon. Tandis qu'il observait la seconde photo et mémorisait son visage, il médita un peu plus sur ce principe d'équation entre la mort de cette femme et la mise à l'abri de sa famille, un rituel qu'il répétait chaque fois qu'il acceptait un contrat. C'était assez simple à comprendre. Les ressources de cette planète étaient limitées, même si ses habitants n'en étaient pas toujours conscients. Et le monde était un endroit cruel et implacable, une autre réalité qui échappait souvent aux Américains. C'était eux ou vous, car il n'y avait pas assez pour satisfaire tout le monde. C'est pourquoi, de tout temps, il avait fallu protéger les siens. L'argent ne constituait pas la seule protection dans ce bas monde, mais c'était la plus importante. Fischer n'avait aucun doute là-dessus.

Il savait que ses agissements allaient à l'encontre de la morale, mais les missions qu'on lui confiait autrefois en Afghanistan ne s'y accordaient pas davantage. Le monde marchait ainsi, tout simplement.

D'un texto, il avertit Steve qu'il ne serait pas disponible pour l'aider au garage durant quelques jours. Il reçut dans la foulée un message lui assurant que ce n'était pas un problème.

Fischer récupéra la clé cachée derrière l'armoire électrique et alla ouvrir son armoire à fusils.

# 7

*Lundi 19 septembre, 22 h 46*

ETHAN était allé voir *Boyhood* avec son amie Meghan, puis ils s'étaient rendus dans un bar de North Austin qu'elle connaissait et avaient discuté du film. Elle l'avait trouvé formidable et lui passable. Enfin, pas si mal. C'était juste que le film lui avait rappelé sa propre enfance ; il en était sorti énervé et maussade. Meghan avait commandé une tequila et lui commençait à piquer du nez devant sa bière pression à trois dollars. Quand elle rencontra un couple d'amis qu'elle connaissait, il saisit l'occasion pour prendre congé et rentrer chez lui, bien qu'il fût encore tôt.

Caroline lui avait dit dans l'après-midi qu'elle dînerait avec des collègues et bizarrement, il avait ressenti une pointe de jalousie. Il s'était promis d'attendre le lendemain pour lui envoyer un texto, mais il ne put s'en empêcher. Une fois couché avec son exemplaire truffé d'annotations de *The Dream Songs*, le recueil de poèmes de John Berryman, il lui demanda si elle était rentrée. Cinq minutes plus tard, elle répondit :

`Je viens d'arriver. Et toi?`

`Pareil`, écrivit-il, ajoutant rapidement dans un moment de hardiesse: `Je peux t'appeler ?`

Ils ne s'étaient encore jamais parlé.
Au bout de trente longues secondes, elle répondit:

`Tu es sûr qu'on est prêts pour cette étape ?`

Elle avait fait suivre le message d'un smiley – contrairement à son habitude.

`Je t'ai choquée apparemment. C'est la première fois que tu utilises un smiley.`

`Ha ha`, réagit-elle. Puis: `Vas-y, appelle.`

Ethan se redressa en position assise et cala des oreillers derrière lui.
— Salut, répondit une voix, un peu plus grave qu'il ne l'avait imaginée.
— Salut, dit-il. Merci d'avoir décroché.
Il se demanda ce qu'elle pensait de sa voix à lui. Pour sa part, il trouvait son ton un peu bébête.
— Tu as quelque chose de grave à me dire ? Je commence à m'inquiéter.
— Non, non. C'est juste qu'on n'arrête pas de s'envoyer des textos… j'avais envie d'entendre ta voix. Tu trouves ça bizarre ?
— Tout est devenu bizarre ces derniers temps, répondit Caroline. Tu ne crois pas ?
— Tu parles de la protection policière ? J'y fais presque plus gaffe. Il y a des fois où je les oublie complètement.

— Moi je ne peux plus aller au restaurant sans les trouver garés de l'autre côté de la rue.

— À propos, comment ça s'est passé ce soir avec tes collègues ?

— Bien. Je mourais d'envie de leur parler de la liste mais je n'ai rien dit. Et toi ? Tu en parles autour de toi ?

— Non. Enfin si, j'en ai parlé à mon amie Hannah. Mais c'était un soir tard et je sais même pas si elle m'a cru. Mais effectivement Charlie m'a conseillé de garder ça pour moi.

— Qui est Charlie ?

— Désolé. Charlie c'est le policier chargé de ma protection.

— Tu l'appelles par son prénom ?

— Oui. On est devenus potes. Comment tu l'appelles, toi, le policier ?

— "Officier Hanley". Elle est sympa mais très sérieuse. Je ne me vois pas l'appeler par son prénom.

— C'est probablement pas plus mal. Un flic qu'on appelle "officier Hanley", c'est le genre qui t'aide à rester en vie. Alors que Charlie, c'est le flic qui se vide de son sang à côté de toi après qu'on vous a tous les deux tiré dessus.

— Au moins tu mourras aux côtés de ton nouveau meilleur pote, répliqua Caroline. Ce sera romantique.

— C'est vrai. Si je dois y rester, je veux que Charlie soit à mes côtés.

Ethan avait fini par se détendre et s'était rallongé. La conversation avec Caroline se passait bien.

— Tu as peur ? demanda-t-elle.

— De mourir ?

— Eh bien, pas seulement de mourir mais de savoir la mort peut-être proche. Tout ça parce que nos noms figurent sur cette liste.

— Je crois que j'ai peur, oui. J'étais terrifié quand on m'a annoncé que j'allais être placé sous protection policière, mais maintenant je me suis presque fait à l'idée. Et puis chaque matin, je tape les autres noms sur Google et je guette les avis de décès et pour l'instant, j'en ai pas vu d'autres depuis Matthew Beaumont.

— Tu n'es pas au courant pour Arthur Kruse ?

— Quoi ? fit Ethan en se redressant un peu contre les oreillers.

— J'ai vu ça aujourd'hui dans le journal. Une messe funèbre a été célébrée pour un Arthur Kruse dans le Massachusetts. Ils ne disent rien sur les circonstances de sa mort.

— Comment j'ai fait pour rater cette info ?

— L'information est très récente. Je suis tombée dessus cet après-midi.

— Donc ça fait trois.

— Oui, trois, confirma Caroline. Trois dont nous sommes au courant du moins. J'ai cru que tu m'appelais pour ça.

— Non. C'est juste que… pour une fois je voulais te parler de vive voix plutôt que par textos.

— Je suis contente que tu l'aies fait, c'est chouette d'entendre ta voix.

— Moi aussi. L'article précise la date de sa mort ?

— Non. Ils ne précisent pas. Ils disent juste qu'une messe a été célébrée et mentionnent qu'il était infirmier dans un service d'oncologie. Tu devrais demander à Charlie. Il aura peut-être plus d'informations.

— Charlie et moi on discute pas boulot. On parle musique et bières. Il est intarissable sur les brasseries artisanales. Bon, eh bien, je crois que je vais vraiment mourir avec Charlie à mes côtés. T'en penses quoi ?

— On dirait bien.

Ils rirent tous les deux, un peu, puis se turent un moment.

— Silence gêné, dit Ethan.

— Pas du tout, répondit-elle. On était simplement en train de réfléchir. Je pense qu'il devrait y avoir plus de ces silences dans les conversations.

— Très profond, professeur.

— Merci.

— Et toi alors ? Tu as peur de la mort ? demanda Ethan.

— Je suis inquiète évidemment. Mais en fait, je suis une angoissée chronique. Je m'angoisse en permanence. Je m'angoisse avant de donner un cours et je m'angoisse au café quand mon tour arrive. Et aussi chaque semaine avant de téléphoner à ma mère, même si nous nous contentons de discuter de ce qu'elle a regardé à la télé la veille ou mangé au dîner. Cette fois, cependant, j'ai bel et bien de quoi m'inquiéter. Mon nom figure sur une liste de personnes qui semblent mourir l'une après l'autre et j'ai toutes les raisons d'éprouver de l'angoisse. Pour une fois, mes émotions collent enfin à la réalité et du coup je me sens mieux. Tu y comprends quelque chose ?

— Je pense, oui, répondit Ethan. Pourquoi angoisser au sujet du café que tu vas commander quand tu peux angoisser à l'idée de te faire assassiner ?

— C'est assez bien résumé.

— Désolé. Je ne voulais pas minimiser ce que tu traverses.

— Tu ne minimises rien, répondit Caroline, mais Ethan sentit que sa remarque avait néanmoins été maladroite. J'imagine que le fait de voir sa mort programmée de la sorte remet les choses en perspective.

— Même si notre mort à tous est programmée.

— Exact.

Il y eut un autre court silence, qu'Ethan s'abstint de commenter. Au lieu de cela il demanda :

— Je sais que je t'ai déjà posé la question, mais est-ce que tu as réfléchi à de nouvelles théories à propos du point commun entre nos neuf noms sur cette liste ?

— Non. C'est simplement le hasard je pense. Nous avons été choisis au hasard.

— Moi j'en ai une, déclara Ethan. Je crois que cette liste n'est qu'un écran de fumée. Imaginons que quelqu'un veuille assassiner Frank Hopkins, la première victime. Le tueur établit une liste de huit personnes choisies au hasard, à laquelle il ajoute Frank. Il leur envoie la liste, puis tue Frank. La police se prend tellement la tête sur la liste qu'elle néglige le suspect juste sous son nez.

— Sauf qu'il y a eu deux autres meurtres, rappela Caroline.

— C'est peut-être une coïncidence. Je veux dire, quand on y réfléchit, quels que soient les noms que tu mets sur une liste de neuf personnes, ça restera toujours neuf personnes qui finiront par mourir.

— Mourir oui, mais pas forcément assassinées.

— C'est vrai.

— Le scénario que tu viens de décrire est celui d'un roman d'Agatha Christie, fit observer Caroline. Je ne me souviens plus du titre.

— *A. B. C. contre Poirot.*

— C'est ça. Tu aimes les romans policiers ?

— Quand j'étais gamin, oui, répondit Ethan. J'avais lu tous les Agatha Christie, et aussi les séries *Fletch*, *Père Brown*, ce genre de trucs. Et puis j'ai découvert Charles Bukowski et Jack Kerouac et j'ai fait une croix sur les romans policiers.

— Moi aussi j'ai lu l'intégrale d'Agatha Christie étant gamine. Et puis j'ai découvert Jane Austen.

— Eh bien, on a au moins Agatha Christie en commun.

— Nous avons un tas de choses en commun : nous aimons tous les deux la poésie, nous avons un sens de l'humour assez proche. Quoi d'autre ?

— On a tous les deux nos noms sur une liste de mort ?

— Très juste, répondit Caroline.

Encore un court silence qu'Ethan se retint de combler.

Caroline dit alors :

— Je crois qu'il est temps que j'aille me coucher.

— D'accord. Je suis content qu'on ait pu se parler au téléphone. C'était sympa.

— C'est vrai. C'était chouette. Ça nous fait un autre point commun.

— On trouve tous les deux sympa de discuter au téléphone.

— On est vraiment has been.

— Tu m'étonnes. Les gamins d'aujourd'hui discutent plus vraiment au téléphone.

— Non.

— Je pourrai te rappeler ? demanda Ethan.

— Quand tu veux.

# 8

*Mardi 20 septembre, 13 h 03*

FISCHER remontait la Route 1 en direction du nord au volant de son Chevrolet Equinox. En arrivant à la périphérie de Rockland, dans le Maine, il fit demi-tour sur le parking d'un poissonnier. Il s'apprêtait à repartir vers le sud, mais décida avant cela de se mettre quelque chose sous la dent, même s'il n'avait pas particulièrement faim. Il en profiterait pour appeler Brandon et voir s'il avait pu récolter plus d'informations sur l'endroit où se cachait Jessica Winslow. Brandon était un autre de ses collègues dont il ne connaissait que la voix et le prénom, à coup sûr faux, mais depuis que Fischer avait débuté sa carrière de tueur à gages, c'était à lui qu'il s'adressait lorsqu'il avait besoin d'informations sur sa cible. Disons que dans son secteur d'activité, Brandon faisait office de documentaliste.

Comme il n'était encore jamais allé dans le Maine, Fischer commanda un sandwich de homard pour marquer le coup, malgré son prix exorbitant de vingt dollars. La serveuse – jeune et mignonne – lui demanda s'il désirait du beurre ou de la mayonnaise. Le voyant hésiter, elle proposa de lui apporter les deux.

Il faisait frais à l'extérieur et la pluie menaçait, mais Fischer choisit néanmoins de s'installer à l'une des tables de pique-nique. Son téléphone portable n'affichait plus qu'une barre de batterie. Il appela Brandon.

— Si elle cherche à se planquer, je ne trouve personne parmi ses contacts susceptible de l'héberger dans cette partie du Maine.

— Et si tu élargis à tout l'État ?

— L'un de ses amis habite à Portland.

— Un ami proche ?

— Je pense pas. C'est juste un gars qu'elle avait accepté comme ami sur son ancien compte Facebook. Un certain Jay Anderson. Il est barista. C'est tout ce que j'ai.

— OK. Merci.

Après avoir avalé son sandwich – le beurre fondu en accompagnement avait remporté ses modestes suffrages –, Fischer jeta un coup d'œil à l'application carte de son téléphone. De toute évidence, Jessica Winslow se savait ciblée et avait pris la fuite. La personne qui voulait sa mort l'avait fait suivre et avait perdu sa trace quelque part sur la Route 1. Sans doute était-elle filée par un seul type, qui assez logiquement l'avait laissée prendre de l'avance, d'autant qu'elle se déplaçait sur l'axe principal. À un moment donné, le type avait accéléré pour la rattraper et, ne la repérant pas sur la Route 1, il en avait déduit qu'elle avait bifurqué vers le littoral. Évidemment, elle avait aussi pu bifurquer vers l'intérieur des terres, mais Fischer voyait plus de logique à ce qu'elle s'engage sur la péninsule St. George. Il décida d'entamer ses recherches par là. Avec ses trois villages, la péninsule n'était pas particulièrement petite, mais elle n'était traversée que par une seule route. Fischer choisit de se concentrer sur les cottages et les maisons situées près de la côte et d'y chercher le véhicule de sa proie. Jessica Winslow avait un train de vie confortable : confrontée au besoin de se cacher, elle opterait pour la résidence d'été d'un de ses proches. C'était le plus logique.

Fischer prit la route de la péninsule, qui traversait des terres agricoles ponctuées de zones boisées où les arbres changeaient déjà de couleur. À mesure qu'il roulait, le brouillard s'épaississait. Quand l'océan lui apparut finalement, tout ce qu'il en vit, ce furent des rochers sombres et de l'écume blanche. La brume enveloppait tout le reste, à l'exception de portions où elle se dégageait, laissant voir une petite île noire piquée d'arbres à quelques encablures de la côte. Peut-être Jessica Winslow se trouvait-elle sur une île – des panneaux publicitaires le long de la route proposaient des liaisons en ferry. Si c'était le cas, la retrouver s'avérerait compliqué. Il fit le vide dans sa tête et scruta méthodiquement les allées des maisons pour repérer les voitures blanches et tâcher d'en déterminer la marque. À Tenants Harbor, il repéra une Camry blanche garée devant une épicerie et crut un moment l'avoir trouvée, mais la plaque ne correspondait pas.

Il emprunta quelques rues transversales, dont la plupart se terminaient en culs-de-sac. Son regard ciblait en priorité les maisons qui avaient le plus l'air de résidences estivales. Parfois il n'apercevait aucune voiture – signe que la saison touchait à sa fin – et d'autres fois, la maison se trouvait au bout d'une longue allée ou au milieu d'une épaisse pinède. Fischer ignorait ces dernières – au besoin, il repasserait vérifier. Il misait sur la chance. Il poussa jusqu'à Port Clyde, le village le plus à l'est, puis emprunta une route menant à un joli phare que l'on pouvait visiter. Il distingua une berline blanche sur le parking, qui se révéla être une Corolla. Il fit demi-tour et parvint par une autre route au centre-ville. Un ferry déchargeait ses passagers sur le quai. Il se gara, coiffa sa casquette des Toronto Raptors, et se promena dans le village, attentif aux voitures ainsi qu'à l'activité sur le port. Le ciel restait sombre, mais une trouée dans les nuages laissait filtrer quelques rais de lumière de fin d'après-midi qui éclairaient une portion des eaux calmes. Des mouettes planaient dans le ciel et l'air sentait fort la mer. Fischer avait grandi sur la côte du golfe de Floride, au sein d'une famille et d'une ville qu'il était impatient de quitter, et s'était engagé dans l'armée dès qu'il avait eu l'âge. Pour autant qu'il sache, il n'avait jamais entretenu de rapport particulier à la mer, bon ou mauvais, pourtant à cet instant, l'odeur de l'océan, différente de celle de Floride bien que ce fût le même océan, le replongea dans son enfance, interminable et tourmentée, son père travaillant parfois, au chômage le plus souvent, sa mère absente les trois quarts du temps, presque toujours saoule ; les repas du soir qu'il lui incombait généralement de préparer, en tant qu'aîné de quatre enfants.

Fischer espérait retrouver Jessica Winslow rapidement pour pouvoir reprendre sa voiture et retourner au plus vite en Virginie auprès de sa petite famille.

Il surprit une femme qui le dévisageait ; elle descendait du ferry, un sac sur le dos, traînant un chien croisé pitbull au bout d'une laisse. Elle avait la peau claire, constellée de taches de rousseur – un peu comme lui – et les cheveux d'un roux clair. Il lui adressa un regard appuyé et elle détourna les yeux. Il n'avait pas échappé à Fischer qu'ici dans le Maine, il aurait moins de mal à repérer Jessica Winslow que sa voiture. Jusqu'ici il n'avait vu que des Blancs : une femme de couleur se remarquerait facilement. Étant lui-même un homme blanc marié à une femme noire qui lui avait donné trois enfants, Fischer réfléchissait souvent aux questions raciales. Les gens prétendaient qu'en Amérique, tout le monde était égal, mais dans les faits, l'égalité s'observait surtout dans la manière dont nos dirigeants vous entubaient gaiement, quelle que soit la couleur de votre peau.

De retour à sa voiture, Fischer quitta le village et s'orienta vers la sortie de la péninsule, en privilégiant les routes secondaires et en continuant de scruter les voitures garées dans les allées.

Une fois revenu sur la Route 1, il décida d'aller jeter un coup d'œil à Rockland. D'après les indications de son GPS, il s'agissait d'une ville de taille moyenne. En constatant qu'il avait perdu la trace de Jessica, un peu plus au sud, le type qui la suivait avait dû filer vers le nord pour vérifier si elle se déplaçait toujours sur la route principale. Il était donc parfaitement possible qu'elle soit là-bas. Fischer entra dans la ville et se gara sur l'artère principale, bordée de part et d'autre de devantures de magasins en brique.

Le jour commençait à tomber et Fischer comprit qu'il allait devoir remettre ses recherches au lendemain. C'eût été miraculeux qu'il la trouve si rapidement. Il fit tout de même un tour dans la ville, feignant de lécher les vitrines pour mieux guetter les reflets des voitures qui le dépassaient dans la rue, à l'affût des carrosseries blanches. En passant devant un restaurant, il lut la carte et le plat du jour – des joues de cabillaud poêlées – l'intrigua. Sa femme était une cuisinière remarquable, mais peu inventive. Elle aimait le poulet, les steaks et les hamburgers. Elle ne raffolait pas du poisson, et encore moins de tout ce qui lui rappelait un peu trop l'animal qu'elle avait dans son assiette. Elle adorait le porc effiloché, mais on n'aurait jamais réussi à lui faire toucher une côte, et bien souvent, la simple image de son mari en train de manger un morceau de viande avec un os la dégoûtait. Aussi chaque fois qu'il était en déplacement professionnel, Fischer en profitait pour tester des plats qui sortaient de l'ordinaire. Le menu du restaurant proposait des huîtres, et ses dernières huîtres remontaient à un moment. Rien ne lui gâchait plus un repas que de voir Valerie assise en face de lui, l'air dégoûté.

Toutefois, avant de manger, il devait trouver où dormir. Il avait remarqué plusieurs auberges ou motels sur la Route 1, mais à moins d'y être obligé, il préférait éviter de s'arrêter dans un endroit où il utiliserait sa carte de crédit. Certes il faisait preuve d'une prudence exagérée, mais c'est cette extrême prudence qui lui avait permis de rester en vie. Il reprit sa voiture et continua vers le nord, laissant derrière lui plusieurs sorties avant de s'engager sur le parking désert d'un départ de sentier. Il marcha une centaine de mètres le long du chemin sombre, s'enfonçant dans un épais bosquet de pins jusqu'à atteindre une clairière juste assez grande pour accueillir une tente individuelle. Son couchage installé, Fischer regagna sa voiture.

Son plan était de retourner manger en ville dans ce restaurant classe qui servait des huîtres et des joues de cabillaud. Il essaierait d'obtenir une table côté fenêtre pour pouvoir surveiller voitures et passants. Après quoi il reviendrait dormir dans sa tente afin d'être d'attaque le lendemain et de reprendre la route aux aurores. Il aurait alors toute la journée pour traquer la Camry blanche de Jessica Winslow.

Elle se cachait quelque part dans le coin. Et il la trouverait.

# 9

*Mercredi 21 septembre, 11 h 14*

Pour la première fois depuis son arrivée deux jours plus tôt, Jessica décrocha le combiné fixé au mur de la cuisine et vérifia s'il y avait une tonalité. C'était le cas, ce qui l'étonna, au vu de son aspect préhistorique. Le téléphone était vert clair – la couleur des cuisines vieillottes – et un long cordon torsadé reliait les deux parties.

Le soir précédent, Jessica avait consulté ses messages. Il y en avait un d'Aaron, qui la félicitait d'avoir réussi à semer les policiers chargés de sa protection et lui fournissait le numéro de téléphone d'Arthur Stearns Kruse, le père d'Arthur Kruse. Elle devait cependant attendre le lendemain pour l'appeler, car un des agents en charge de l'enquête avait prévu de l'interroger.

Bien qu'elle mourût d'impatience de parler à Art Kruse pour découvrir si lui et son père se connaissaient vraiment, elle avait pris son mal en patience. Le premier jour, elle n'avait pratiquement pas mis les pieds dehors, sauf pour faire une marche très matinale, qui l'avait d'abord menée jusqu'à un phare blanc à la pointe d'une péninsule rocheuse. À cause d'un brouillard froid et impénétrable, elle n'avait même pas pu distinguer l'océan au pied de la tour, avec sa lampe rotative et sa corne de brume qui lançait ses appels périodiques. C'était comme si un rideau gris était descendu sur le rivage. Non, à vrai dire, plutôt comme contempler le néant, comme si le monde cessait d'exister au-delà d'un certain point.

Depuis le phare, elle avait marché jusqu'au village de Port Clyde, un petit agglomérat de quais et de bâtiments le long d'un port en pleine activité. Il y avait un restaurant, un marchand de glaces et une épicerie. Jessica entra dans l'épicerie et acheta suffisamment de provisions et de vin pour tenir plusieurs jours, puis remonta jusqu'à la maison chargée de sacs.

Jessica passa le reste de la journée à tenter de s'habituer à sa nouvelle vie temporaire. Le roman qu'elle lisait était excellent – une histoire de survie après une peste dévastatrice – mais à chaque fois qu'elle le reposait, elle se sentait nerveuse et agitée et tournait en rond dans la maison. À l'heure du dîner, elle se prépara des pâtes aux palourdes et but une demi-bouteille de chardonnay. Elle mit ensuite la télé, s'escrima durant trente minutes à différencier les trois télécommandes, et s'installa finalement devant TCM pour regarder *Rio Bravo*. Elle l'avait déjà vu – c'était un des films préférés de son père – mais avait oublié qu'il contenait autant de passages drôles. Cela lui donna envie d'appeler son père, même si c'était impossible. Il se trouvait dans l'aile Alzheimer d'une résidence médicalisée et reconnaissait de moins en moins ses proches lorsqu'ils lui rendaient visite – et encore moins au téléphone.

*Je devrais appeler ma mère*, songea-t-elle. Ne serait-ce que pour la prévenir qu'elle était occupée sur une affaire et qu'elle serait difficile à joindre pendant quelque temps ; et pour lui poser la question au sujet d'Art Kruse, même si elle doutait que sa mère sache grand-chose. Elle pourrait lui demander d'en parler à son père. Même si son état empirait, il lui arrivait d'avoir des moments de lucidité, en particulier sur le passé distant.

Le premier numéro qu'elle composa le lendemain matin, à onze heures et demie, fut celui de sa mère.

— Allô ? répondit-elle d'un ton enjoué.

— Maman, c'est Jessica.

— Tiens, mon téléphone n'a pas reconnu ton numéro, c'est bizarre.

— Je t'appelle d'un autre téléphone. Je voulais justement t'avertir. Je croule sous le travail alors j'ai éteint mon portable pour quelques jours.

— Qu'est-ce qui se passe ? Non, ne me dis rien. Ça va juste m'inquiéter davantage. Tu es chez toi ? Je peux t'appeler sur ton fixe ?

— Ça fait trois ans que je n'ai plus de ligne fixe, maman, mais en cas d'urgence, envoie-moi un e-mail, d'accord ?

— D'accord, chérie. Devine où je suis ?

— Je ne sais pas.

— Chez Margie Lowry. Elle m'a invitée à déjeuner. Tu te souviens de Margie, n'est-ce pas ?

— Plus ou moins.

— Tu te souviens de Danny Lowry ?

L'image d'un petit garçon affreusement timide, aux lunettes épaisses et à la tignasse rousse, refit surface dans l'esprit de Jessica. Ils avaient toujours été dans la même classe, de la maternelle jusqu'à leur dernière année de lycée, mais elle ne se rappelait pas avoir jamais échangé un mot avec lui.

— Je me souviens de Danny, oui. Tu es chez sa mère ?

— Elle organise un petit repas pour les anciennes chefs de troupe, les mamans jeannettes.

— Ah, sympa. Dans ce cas je vais te laisser. Mais avant je peux te demander quelque chose ?

— Bien sûr, répondit sa mère, et Jessica perçut à ce moment des bruits de conversation en fond ; des cancans de vieilles femmes.

— Quand est-ce que tu retournes voir papa ?

— Je comptais y aller cet après-midi. Margie habite à Westford maintenant, donc ça me fait moitié moins loin.

— Quand tu le verras, peux-tu lui poser une question à propos d'un de ses anciens amis ? Un certain Art Kruse.

— Art Kruse ? Un ancien ami de ton père ?

— J'en suis presque sûre, oui. Ce nom ne te dit rien ?

— Pas vraiment, chérie, mais peut-être. Tu sais ton père est…

— Je sais. Demande-lui juste. Je ne me fais pas d'illusions. Tu te souviendras du nom ?

— Peux-tu me l'envoyer par SMS ?

— Justement non.

— Ah, c'est vrai. Pas de téléphone. Tu as dit qu'il s'appelait Art Kruse. Peux-tu me l'épeler ?

Jessica s'exécuta, et sa mère lui promit de poser la question. Ça ne l'avancerait sûrement à rien mais elle ne perdait rien à essayer.

Après avoir raccroché, elle composa le numéro d'Art Kruse en Floride. Au bout de plusieurs sonneries, une voix d'homme rauque répondit :

— Allô ?
— Vous êtes bien Art Kruse ?
— Ça dépend qui le demande.
— Monsieur Kruse, je suis l'agente Winslow, du FBI. Je pense que vous avez déjà discuté avec mon collègue…
— Oui, hier. Il m'a énuméré une centaine de noms en me demandant si je les connaissais. J'ai répondu que non, mais il a pas voulu m'en dire plus. Ça doit être lié à la mort de mon fils.
— Toutes mes condoléances, monsieur Kruse, dit Jessica.
— Bah, on n'était pas proches. Mais c'était quand même mon fils…
— Je ne vais pas vous déranger trop longtemps. Je m'intéresse surtout à l'un des noms et j'aimerais vérifier si vous connaissez cette personne.
— Je vous écoute. Je vois pas ce que je pourrais vous dire de plus aujourd'hui, mais allez-y.
— Il s'agit de Gary Winslow. Il doit avoir à peu près votre âge. Prenez le temps de réfléchir.

Jessica se demanda s'il se rappellerait qu'elle s'était présentée sous ce nom et s'il ferait le rapprochement. Sans doute que non.

Il se racla la gorge.

— J'ai connu deux ou trois Gary dans ma vie. Et il se peut que l'un d'eux se soit nommé Winslow, mais j'en suis pas sûr.
— Comment l'auriez-vous connu ?
— Eh bien… que je réfléchisse. Ça date pas d'hier, mais je crois qu'un Gary était venu à la maison au bord du lac dans le New Hampshire. J'étais étudiant à l'époque.

— À qui appartenait cette maison ?

— À mes parents. Quand j'étais à l'université, ils ont acheté une maison secondaire sur le lac Squam. Elle n'existe plus aujourd'hui. En tout cas elle n'est plus dans la famille. Je me souviens de ce jeune Gary, avec ses cheveux longs et sa barbe de hippie. Nos parents étaient amis. Je crois bien qu'ils s'appelaient Winslow. Je n'en suis pas complètement sûr mais ça me dit quelque chose.

— Vous souvenez-vous d'autre chose à propos de ce Gary ?

Il y eut un long blanc, durant lequel elle regretta de ne pas pouvoir voir le visage de son interlocuteur. À lui seul, le silence lui donnait la certitude qu'il ne lui disait pas tout.

— Non, lâcha-t-il finalement. Un peu drogué sur les bords, le type.

— Et ses parents ?

— Je suis pas certain de pouvoir les identifier si vous me les montriez. Ils ressemblaient aux miens. Ils jouaient aux cartes ensemble. Et ma mère se plaignait qu'ils voulaient plus repartir.

— Combien de temps sont-ils restés ?

— Aucune idée. Deux semaines sans doute. Gary, lui, est resté tout l'été.

— Tout l'été ?

— Oui. Il s'était trouvé un boulot au lac, à la station-service, et il logeait chez nous.

— Alors j'imagine que vous le connaissiez assez bien ?

— Pas vraiment, comme j'ai dit.

Jessica lui posa encore quelques questions, dans l'espoir de percer sa carapace, mais soit il avait effectivement peu de souvenirs de son père, soit il lui cachait quelque chose.

Avant de raccrocher, elle lui réitéra ses condoléances pour son fils.

— Merci, merci, dit-il.

— Je l'ai eu au téléphone il y a moins d'une semaine. Il semblait très gentil.

— Oui. Disons qu'il avait fait ses choix.

Jessica crut détecter une légère fêlure dans sa voix, un vestige d'émotion, mais c'était peut-être juste son grain rocailleux habituel… Tout comme son père à elle, Kruse avait sans doute été un gros fumeur.

# 10

*Mercredi 21 septembre, 15 h 03*

APRÈS Rockland, Fischer avait passé la majeure partie de la journée au volant de sa voiture, à ratisser méthodiquement chaque village côtier, chaque petite route, chaque cul-de-sac qu'il avait trouvé sur sa route vers le sud.

Il commençait à se faire du mouron. Et si Jessica Winslow avait semé le type qui la suivait depuis New York sans pour autant quitter la Route 1 ? Elle avait peut-être continué vers le nord et pouvait se trouver n'importe où à l'heure qu'il était. Peut-être même au Canada. Si c'était le cas, il aurait besoin ni plus ni moins d'un miracle pour la localiser – ou à défaut, d'une aide extérieure.

Mais pour le moment, il tablait sur le fait qu'elle était sortie quelque part entre Damariscotta et Rockland. Assis dans sa voiture sur un parking de Damariscotta, il était en train d'étudier une carte qu'il avait achetée dans une épicerie, quand son téléphone sonna. C'était Brandon.

— Salut, dit Fischer.

— Salut. Alors ? Tu en es où ?

— Toujours bredouille.
— J'ai peut-être quelque chose pour toi, dit Brandon.
— Je t'écoute.
— C'est peut-être rien, mais j'ai dressé une liste de tous les contacts que Jessica Winslow avait sur son ancien compte Facebook, ainsi que sur une page LinkedIn qu'elle utilise plus. J'ai même réussi à récupérer quelques noms de son vieux compte Friendster. J'ai parcouru les comptes de ces personnes sur les réseaux sociaux. L'une d'elles, Gwen Murphy, une ancienne camarade de fac, habite Boston, mais son compte Instagram montre un tas de photos du Maine. Il semblerait qu'elle ait une maison là-bas. La plupart ont été prises à Port Clyde, un village situé…
— Sur la péninsule St. George.
— Exact. Je suppose que tu y es déjà passé.
— Oui, mais je vais y retourner.
— Pas sûr que ce soit utile, mais je voulais quand même te transmettre l'info.

Fischer démarra, satisfait d'avoir enfin une piste, quand bien même elle ne le mènerait nulle part. Depuis le début, il avait eu dans l'idée que Jessica Winslow s'était installée dans la maison secondaire d'une ou d'un ami. C'était logique. Peut-être cette Gwen Murphy était-elle l'amie en question. Quittant la grand-route, il reprit la direction de la péninsule et retraversa le paysage qui lui était devenu familier : prairies vallonnées, premières couleurs de l'automne, pénombre d'après-midi. Le Maine était vraiment une jolie région et il envisageait déjà d'y emmener sa famille en vacances, l'été prochain peut-être. D'habitude, ils louaient une maison dans les Smoky Mountains, mais le Maine leur apporterait un changement de rythme salutaire. La proximité de l'océan lui rappellerait son enfance merdique en Floride, mais il prendrait sur lui. En plus, sa petite dernière raffolait tout comme lui des fruits de mer.

Lorsqu'il parvint aux abords de Port Clyde, Fischer ralentit afin de ne rater aucune des voitures garées dans les allées des maisons. Il reprit le chemin du phare, curieux de voir à quoi il ressemblait maintenant que le brouillard s'était levé. Il sortit marcher et aperçut un nombre incroyable d'îles, certaines semblant très proches de la côte. À la surface de l'eau, une flopée de bouées marquant l'emplacement des casiers à homards captaient les dernières lueurs du jour. Il aurait voulu rester là un moment, savourer la beauté simple de l'endroit ; au lieu de cela, il décida de retourner au village afin de vérifier si des rues lui avaient échappé. La première à gauche, qui partait vers le nord-ouest depuis l'épicerie, se nommait Horse Point Road. La rue montait doucement, offrant des panoramas sur le port, et des pancartes présentaient plusieurs des cottages à bardeaux typiques comme biens à louer.

Au bout d'un kilomètre, Fischer remarqua une Camry devant une maison à étage grise aux moulures bleues. Il ralentit, juste assez pour vérifier la plaque minéralogique : il s'agissait bien de la voiture de Jessica Winslow.

Il l'avait trouvée.

Une vague d'excitation le traversa et il sentit un picotement dans sa nuque. Alors qu'il allait accélérer, son regard saisit au vol une silhouette fugace au rez-de-chaussée. Elle regardait dans sa direction.

Lui aussi avait été repéré.

La rue finissant en cul-de-sac, il fit demi-tour sans se presser. Fischer envisagea un instant de se garer devant la maison où se cachait Jessica Winslow, de défoncer la porte et de l'attaquer par surprise. Mais c'était une idée stupide, pour plusieurs raisons : une agente du FBI sur le qui-vive serait probablement armée. Et même s'il prenait le dessus, il ne parviendrait jamais à lui garantir une mort indolore, or c'était une des consignes de son client.

Fischer descendit la rue sans accorder le moindre regard à la voiture ou à la maison. Avec un peu de chance, elle croirait simplement qu'il s'était trompé de chemin.

# 11

*Mercredi 21 septembre, 16 h 22*

JESSICA Winslow était au téléphone avec son père quand elle remarqua le Chevrolet Equinox gris qui avait ralenti en dépassant la maison. L'homme – ou la femme – au volant tourna la tête et scruta sa voiture. Tout ce que Jessica vit, c'était que le conducteur portait une casquette de base-ball.

La rue terminait en cul-de-sac. Jessica dit à son père qu'elle le rappellerait puis monta en vitesse récupérer une paire de jumelles qu'elle avait aperçue dans la chambre d'amis sur une bibliothèque. Elle courut dans la grande chambre, tira une chaise devant une des fenêtres et régla rapidement les jumelles. Moins de trente secondes plus tard, le SUV repassa dans l'autre sens, sans ralentir cette fois. Jessica tenta d'en déchiffrer la plaque, mais put seulement distinguer sous une couche de boue le chiffre 3, et peut-être un L.

La plaque rendue illisible signifiait qu'on l'avait retrouvée. Un mélange de peur et d'excitation l'envahit. Elle était à deux doigts de mettre la main sur le tueur. Mais comment l'avait-il localisée ? Elle avait sans doute été suivie depuis Albany, à moins qu'on ait réussi à écouter sa conversation avec Gwen – mais elle ne voyait pas comment... Si on l'avait suivie, cela avait forcément été à l'aide de plusieurs voitures car elle n'avait repéré aucun véhicule suspect.

Elle se demanda si le conducteur du Chevrolet gris était l'architecte de la série de meurtres ou simplement un employé. L'avait-on envoyé pour la tuer ou simplement pour la localiser ? Tout son corps semblait chargé d'électricité. Elle alla chercher son pistolet – un Glock 27 – juste pour le sentir près d'elle.

Elle essayait de décider d'un plan d'action quand elle se souvint qu'elle devait rappeler son père – comme elle s'y était engagée. Lorsqu'elle avait évoqué Arthur Kruse avec lui, un long silence s'était ensuivi. Puis il avait demandé s'il était censé connaître cette personne.

— Non, papa, avait-elle répondu. Je me posais simplement la question. Il se peut que tu l'aies connu mais c'était il y a des années.

Après un autre long silence, il avait déclaré :

— Je n'arrête pas d'oublier où j'ai garé la voiture.

C'étaient les dernières paroles qu'il avait prononcées avant qu'elle raccroche en promettant de le rappeler. Rien ne l'y obligeait cependant ; il ne se souviendrait pas de leur conversation. Mais Jessica lui avait dit qu'elle le rappellerait et elle tenait à respecter sa promesse.

— Bonjour, papa, je te rappelle comme promis. C'est Jessica... ta fille.

— Je sais que tu es ma fille.

— Je voulais juste prendre le temps de te dire au revoir. On a été coupés un peu brutalement.

— C'est une très bonne chose, répondit-il, d'une voix légèrement enrouée.

— Quoi donc ?

— Prendre le temps de se dire au revoir. Les gens n'ont plus le temps.

Elle rit.

— C'est vrai. Toi aussi tu l'as remarqué ? Bon, je dois raccrocher, papa. Je t'aime.

— C'est toi qui étais en train de me poser des questions au sujet du jeune Artie Kruse ?

Jessica s'était levée de sa chaise.

— Oui, c'est moi.

— Un vrai petit dictateur, celui-là. Ça je peux te le dire.

— Quand l'as-tu connu, papa ?

— Eh bien, je ne sais plus si je l'ai vraiment bien connu, mais un été, je sais que j'ai habité avec lui et ses parents, dans leur maison sur le lac Squam.

— Oui, je suis au courant.

— Et moi je voulais qu'il en parle, de ce qu'on avait fait. Il faisait comme s'il ne s'était jamais rien passé.

— De quoi est-ce qu'il ne voulait pas parler ?

— De ce qu'on avait fait. Quand on était gamins.

— Ah oui, fit-elle d'une voix douce. (Son père commençait à s'agiter, comme chaque fois qu'un souvenir lui échappait.) D'après toi, pourquoi il ne voulait pas en parler ?

— Tout simplement parce qu'il ne voulait pas y penser, tiens. C'est souvent pour ça que les gens refusent de parler des choses.

— Je suis d'accord, mais toi, papa, tu n'as pas voulu oublier. C'est sans doute parce que tu voulais en parler avec lui.

— De quoi parlait-on déjà, Rose ?

Rose était le prénom de la mère de Jessica, mais elle ne releva pas. Elle savait que son père n'allait pas tarder à perdre le fil et répondit aussitôt :

— D'Art Kruse, le jeune Artie Kruse, comme tu l'as appelé, et de ce dont il ne voulait pas parler.

Il y eut un long silence, et Jessica sut qu'elle l'avait perdu. Quand il parla à nouveau, ce fut pour demander :

— Est-ce que je suis censé le connaître ?

— Non, papa, je ne pense pas. Ça va bientôt être l'heure du dîner, non ?

— Sûrement encore leurs macaronis au fromage.

— Tu n'aimes pas ça ?

— Je ne sais pas. Peut-être que si.

— Bon, papa, je vais raccrocher. Je t'embrasse.

— Je t'embrasse aussi, Rosie.

Jessica arpentait la chambre de long en large, le pistolet sur la hanche dans son étui. Les pensées fusaient dans sa tête et elle devait y mettre de l'ordre. Primo : il y avait un lien, très clair, entre son père et le père d'Arthur Kruse : ils avaient fait quelque chose – quelque chose de répréhensible. Et quoi que ce soit, c'était la clé des événements actuels. Elle en avait la certitude. Mais pour l'instant, elle s'inquiétait davantage pour le Chevrolet gris. Le conducteur l'avait repérée, mais elle aussi l'avait repéré. Elle se demanda s'il essaierait de s'en prendre à elle le soir même. Pour une certaine raison, elle ne parvenait pas à y croire. Les portes et les fenêtres étaient toutes fermées et elle était armée d'un pistolet. Jessica se sentait relativement à l'abri. En fait, une partie d'elle espérait qu'il fasse une tentative.

L'avait-il vue à la fenêtre à son premier passage ? Savait-il qu'elle l'avait repéré ? Auquel cas peut-être allait-il prendre la fuite en pensant qu'elle appellerait des renforts. Elle n'en avait pas l'intention, pas pour l'instant du moins. Elle était confiante en ses chances de mettre la main sur ce type. Elle connaissait à présent sa voiture et elle savait qu'il était dans le coin. La nuit commençait à tomber ; il était temps de fermer les écoutilles. Demain elle se mettrait en chasse.

# 12

*Mercredi 21 septembre, 23 h 41*

FISCHER avait perdu la dernière partie. Il glissa huit pièces de vingt-cinq cents dans la fente pour libérer les boules et les disposa en triangle, sous le regard de Donald Bennett qui, appuyé sur sa queue de billard, observait la scène avec la concentration forcée de celui qui a beaucoup trop bu.

— Et place-les bien cette fois, dit-il.

— OK, chef, répondit Fischer. Mais ça t'aidera pas à gagner pour autant. Tu casses comme une gonzesse.

Donald émit un son qui débuta comme un mot mais se termina en un borborygme, puis se pencha avec un large sourire vers Fischer en lui lançant de petites bourrades amicales. Le bout de ses doigts souleva le postiche de Fischer, le mulet brun qui lui donnait l'air du mec assez con pour perdre une partie de billard contre le type le plus bourré du bar.

Fischer avait repéré Donald deux heures plus tôt. Il déblatérait Dieu sait quoi à la barmaid derrière le comptoir, qui avait levé les yeux au ciel en se retournant pour lui sortir une Miller Lite du frigo. Le Lobster Pot – "le casier à homards" – était un bâtiment en béton de plain-pied situé juste en bordure de la route principale, à mi-chemin de la sortie de la péninsule depuis Port Clyde. Arrivé à huit heures, Fischer avait fait durer ses trois bières et mangé un hamburger sans sauce tandis qu'il cherchait du regard celui qui pourrait lui être utile. Il avait été étonné de trouver si peu de buveurs solitaires – en même temps, on était un mercredi soir de septembre. Une femme seule était entrée, perchée sur des talons aiguilles, mais elle s'était bornée à livrer quelques ragots à la barmaid en buvant son amaretto sour avant de repartir. Il y avait aussi eu un homme seul, un type d'une soixantaine d'années qui avait siroté sa bière artisanale presque aussi lentement que Fischer. En dépit de ses cheveux gras et de la pelure qui lui tenait lieu de manteau, il avait eu l'air d'un type intelligent et, surtout, méfiant.

Fischer était sur le point d'abandonner ses plans quand Donald Bennett avait franchi la porte du bar, le pas déjà titubant. À peine avait-il pris place sur le tabouret en vinyle que la barmaid lui avait tendu sa paume. Il y avait tapé sa main en demandant d'une voix braillarde, "Comment va ?" avant de partir d'un rire gras et de piocher ses clés dans ses poches de jean pour les lui confier. Il avait ajouté quelques mots que Fischer n'avait pas réussi à déchiffrer.

— Toi aussi, Donald, avait-elle répondu après avoir laissé tomber ses clés dans un bocal à poisson rouge derrière le comptoir.

Fischer n'avait pas manqué de remarquer le regard blasé de la barmaid au moment où elle lui tendait sa bière. L'homme, à l'air penaud avec sa veste de jean et sa casquette des Steelers, était visiblement un habitué, mais pas des plus appréciés.

Dès lors, Fischer avait acheté un rouleau de pièces à la barmaid et s'était approché du billard. Le type l'avait regardé jouer quelques boules en solo, puis s'était levé et présenté. Il se nommait Donald Bennett. Après lui avoir donné deux ou trois conseils sur la manière de tenir sa queue, il lui avait proposé une partie. Sept parties, trois bières et deux shots aux frais de Fischer plus tard, ils étaient devenus les meilleurs amis du monde. Fischer raconta à Donald qu'il venait du New Hampshire. Il était monté voir s'il n'y aurait pas un terrain à vendre car il songeait à ouvrir un club de paintball. Donald lui répondit qu'il ne connaissait pas grand-chose à ce sujet – il gagnait sa vie en réparant les casiers à homards. Par contre si Fischer cherchait de la chatte, sûr qu'il s'était gouré de bar. Il avait ponctué sa remarque d'un rire de hyène, révélant les chicots qui lui tenaient lieu de dents. *Si ce type était un personnage dans un film*, avait songé Fischer, *Valerie ne pourrait pas s'empêcher de le traiter de tous les noms devant l'écran.*

— Vous êtes du coin, non ? s'enquit Fischer.

Donald lui répondit qu'il habitait seulement à un kilomètre, mais que Teri, la barmaid, lui confisquait tout de même ses clés chaque fois qu'il venait.

— Comme si quelques pintes allaient vous empêcher de rouler une putain de borne, commenta Fischer d'un air incrédule.

— Ma parole. Quelle salope.

Il jeta un coup d'œil vers le comptoir pour s'assurer qu'elle ne l'avait pas entendu.

Fischer ramena Donald jusqu'à chez lui, un petit corps de ferme dont il avait hérité à la mort de ses parents. À l'intérieur, le papier peint se décollait sur les murs et ça sentait la cigarette et la chair en putréfaction. Ils s'envoyèrent des shots de Fireball, puis Fischer avoua :

— Je t'ai raconté des salades, mon pote, quand tu m'as demandé ce que j'étais venu faire dans le Maine.

— Ah bon ? dit simplement Donald, en s'allumant une cigarette avant de balancer l'allumette par terre.

Fischer avait pris place dans un fauteuil revêtu d'une espèce de tissu écossais synthétique. Des traces noires témoignaient d'une brûlure d'allumette. Fischer se demandait par quel miracle Donald Bennett n'avait pas encore réduit cette maison en cendres, et lui avec.

— Écoute, je te mets au parfum parce que tu es un bon gars et que tu peux peut-être m'aider, expliqua Fischer. Je peux même te payer si tu veux, en ce moment, je suis blindé. Ma copine habite ici à Port Clyde. Elle s'est barrée après m'avoir piqué cinquante mille dollars.

— Oh, putain, fit Donald en agitant la pointe de sa cigarette.

— Ouais. Je déconne pas. Le truc, c'est qu'elle m'a repéré, je crois, et elle connaît ma voiture. Alors je me demandais…

— Si tu veux que je t'aide à récupérer ton fric, je suis là.

Fischer, qui au départ cherchait juste un endroit où passer la nuit, et peut-être aussi une autre voiture pour le lendemain, considéra la proposition de Donald. Peut-être que cette vermine pouvait se révéler plus utile que prévu.

— Pourquoi elle t'a pris ton blé, mec ? demanda Donald d'une voix blanche, empreinte d'une réelle curiosité, comme s'il n'arrivait pas à comprendre que quelqu'un soit assez méchant pour s'en prendre à son nouveau meilleur ami.

Concentré sur ses pensées, Fischer tarda à répondre. Quand son regard posé sur les dalles de plafond en polystyrène retomba sur Donald Bennett, il ne fut guère surpris de constater qu'il s'était endormi en position assise, sa cigarette fumant entre ses doigts. Fischer l'éteignit, puis recouvrit la forme endormie d'un vieux jeté au crochet et partit explorer le reste de la maison.

Tout en fouillant çà et là, attentif à ne pas laisser d'empreintes, il réfléchit à plusieurs manières de mettre Donald Bennett à contribution. La maison comptait trois petites chambres à l'étage. L'une était visiblement la chambre où dormaient autrefois les parents de Donald. Elle semblait être restée en l'état : de lourdes tentures marron suspendues devant les fenêtres, un couvre-lit en chenille et un édredon tricoté au crochet, le tout recouvert d'une mince couche de poussière.

Manifestement, Donald occupait toujours sa chambre d'enfant, restée elle aussi en l'état. Il y avait un poster du groupe Nickelback au mur et un matelas de futon dépourvu de drap. Près du matelas, un cendrier débordait de mégots et de plusieurs mouchoirs usagés. C'était de la troisième chambre à l'étage que provenait la puanteur qui régnait dans toute la maison. La pièce était littéralement remplie de sacs-poubelle, certains crevés et dégueulant leur contenu. Fischer mit juste un pied à l'intérieur, le temps d'allumer, et entendit ce qui devait être un rongeur détaler pour se cacher. Qui avait bien pu commencer à entasser les ordures dans cette pièce ?

Sans doute celui des deux parents qui avait survécu à l'autre. Si Donald semblait avoir assez de jugeote pour savoir que la place des ordures n'était pas dans une chambre, il n'avait pas encore trouvé le temps ou la force de la vider.

Après avoir souhaité une bonne nuit à sa femme par texto et l'avoir prévenue que la conférence sur l'outillage dans l'Ohio se passait bien, il s'installa tout habillé sur le lit de la chambre des parents, et parvint à s'octroyer six heures de sommeil ininterrompu.

# 13

*Jeudi 22 septembre, 10 h 43*

ELLE ne savait pas grand-chose sur celui ou celle qui avait rédigé la liste, et tué pour l'instant au moins trois personnes, mais elle savait qu'il n'abattait pas ses victimes au hasard dans la rue. Pas encore. Il avait noyé Frank Hopkins dans trente centimètres d'eau, sur une plage, abattu Matthew Beaumont par-derrière dans un lieu isolé, et intoxiqué Arthur Kruse à l'aide d'un dispositif élaboré. Dans les trois cas il n'y avait eu aucun témoin. Jessica se sentait donc relativement en sécurité tandis qu'elle buvait son café, assise sur un banc devant l'épicerie de Port Clyde.

Le soleil brillait dans le matin froid. Elle prit son gobelet à deux mains pour se les réchauffer. Elle grelottait mais cela l'inquiétait moins que ses doigts engourdis. Son Glock était rangé dans l'étui sur sa hanche et elle aurait peut-être besoin de le dégainer très vite.

Un flot lent mais constant de voitures traversait la ville. Les passagers du ferry pour Monhegan Island s'attroupaient sur le pont, et de petites embarcations arrivaient des îles voisines avec à leur bord des gens venus parfois simplement prendre un café ou le petit déjeuner. Le soleil apparut derrière un bed and breakfast de deux étages et Jessica se déplaça le long du banc pour profiter des rayons sans chaleur. C'est là qu'elle repéra le véhicule qu'elle attendait, un Chevrolet Equinox gris foncé ; il entra sur le parking du ferry pour en ressortir de l'autre côté et s'engagea dans la montée qui menait vers la sortie du village.

Abandonnant son café sur le banc, Jessica courut jusqu'à sa voiture et démarra sur les chapeaux de roue. Elle s'obligea à ralentir – on se trouvait sur une péninsule et il n'y avait pas trente-six directions possibles. Parvenue au sommet d'une petite côte, elle repéra le SUV devant elle, roulant vers le nord-est. Une camionnette FedEx s'était intercalée entre eux. Elle aurait préféré rester derrière, seulement la camionnette se traînait sous la limite de vitesse autorisée et le Chevrolet menaçait de la distancer alors Jessica accéléra pour la doubler, avant de ralentir une fois le Chevrolet à nouveau en vue, puis de se maintenir à une distance qui lui paraissait raisonnable ; dans une certaine mesure, être repérée ne la gênait pas particulièrement. Elle était armée, et s'il se rendait compte qu'elle le filait, elle l'attendait de pied ferme.

Ils traversèrent Tenants Harbor, puis la route descendit doucement vers un bras de mer qu'ils franchirent à marée basse, avant de remonter sur l'autre versant. Le Chevrolet tourna alors à droite ; Jessica l'imita puis ralentit aussitôt : dans l'éventualité peu probable où elle n'aurait pas été repérée, autant garder l'avantage. Elle roula deux petits kilomètres jusqu'au bout de la route sans revoir un signe du SUV. Elle fit demi-tour, repartit lentement le long de la route ombragée d'arbres en scrutant les rues adjacentes, puis s'engagea dans un chemin en terre battue qui lui avait échappé. Il tournait brusquement, longeait le bâtiment désaffecté d'une ancienne mine de granit puis s'arrêtait. Le dernier édifice était un corps de ferme délabré, pourvu d'un hangar. Le Chevrolet s'y était peut-être garé ; ou il pouvait avoir continué dans l'étroit chemin de terre noyé sous les mauvaises herbes qu'elle venait de remarquer sous une pancarte délavée indiquant : CARRIÈRE DE LONG COVE.

*C'est un piège*, pensa-t-elle aussitôt.

Mais son Glock était posé sur le siège passager, cran de sûreté levé. Piège ou pas, c'était l'occasion de stopper le tueur. Le corps gonflé d'adrénaline, elle emprunta le chemin qui s'enfonçait dans un épais bosquet et ressortit sur un terrain à découvert au milieu de piles de dalles de granit mises au rebut et de machines rouillées. Le coin était encadré de falaises bordées d'arbres dont le feuillage coloré se reflétait sur un étang qui étincelait au soleil.

Le Chevrolet Equinox était stationné à une vingtaine de mètres. Jessica s'arrêta et coupa le moteur ; elle saisit son pistolet. Un homme sortit de la voiture et la fixa du regard. Il portait une casquette de base-ball, tout comme la veille. Brodée du logo des Steelers de Pittsburgh. Mais quelque chose clochait. Sans la quitter des yeux, il leva les bras en l'air pour montrer ses mains vides.

Jessica descendit de voiture, son pistolet dirigé vers le sol le long de sa cuisse, le doigt posé contre le canon court. Elle fit quelques pas vers l'homme et cria : "Couchez-vous au sol !" en levant légèrement son arme, sans toutefois la pointer vers lui.

Jessica n'entendit rien, elle ne sentit rien, mais l'espace d'une fraction de seconde substantielle, elle sut qu'elle avait été stupide et qu'elle avait perdu la partie. L'homme n'était qu'un appât, et elle venait de mordre à l'hameçon.

Se déplaçant plus vite que le son qu'elle avait produit en s'éjectant du Remington M24, la balle frappa Jessica Winslow à l'arrière du crâne, la précipitant sur une dalle de granit moucheté.

Donald Bennett demeura un moment perplexe, bien qu'il eût entendu la détonation et vu le corps de la femme en veste polaire se soulever légèrement du sol pour y retomber, comme une biche touchée en pleine tête. Il avait trépigné d'impatience toute la matinée à l'idée d'aider son nouveau pote à se venger de sa copine, mais à présent, il n'était plus très sûr de comprendre ce qui se passait. Il savait juste que ça sentait mauvais.

Il n'entendit pas le tir suivant, celui qui l'atteignit en pleine poitrine.

Quand Fischer regagna son Equinox et rangea sa carabine dans la malle, il perçut les notes distantes d'une sirène. Ça n'avait probablement aucun rapport avec lui, néanmoins il se sentit soudain exposé ici en plein jour, dans cette carrière où gisaient deux cadavres encore chauds et n'offrant qu'une seule issue. Abandonnant les corps là où ils étaient tombés, il ressortit de la carrière aussi rapidement que possible. À ses débuts dans ce métier, il mettait un soin méticuleux à nettoyer ses scènes de crime, mais avec le temps, il s'en souciait de moins en moins. Dans la vie réelle, les flics n'étaient pas aussi bons que les films et les séries le laissaient croire.

Tandis qu'il quittait la péninsule, il croisa une voiture de police. Peut-être avait-on signalé les coups de feu. Peu importe, il rejoignait déjà la Route 1 en direction du sud.

D'un coup d'œil à sa montre, il vit que s'il roulait d'une seule traite, il pourrait dormir cette nuit dans son lit auprès de sa femme.

# CINQ

Matthew Beaumont
Jay Coates
Ethan Dart
Caroline Geddes
Frank Hopkins
Alison Horne
Arthur Kruse
Jack Radebaugh
Jessica Winslow

# I

*Jeudi 22 septembre, 18 heures*

IL tombait une pluie fine, mais il y avait moins de cinquante mètres à parcourir jusqu'à la maison voisine, aussi Jack Radebaugh ne portait-il pas de veste quand il sonna, deux bouteilles de vin calées sous son bras.

Margaret lui ouvrit et l'espace d'un instant, Jack fut saisi d'un doute. Devant l'expression surprise de la jeune femme – ou était-ce de l'angoisse –, il craignit de s'être trompé de soir. Une seconde plus tard elle lança :

— Oh, je vous avais dit de ne rien apporter, et vous apportez deux bouteilles de vin.

Elle tendit les mains pour les prendre.

— Ne sachant pas ce qu'il y avait au menu, j'ai pris une bouteille de rouge et une de blanc.

— Eric vient d'appeler. Il sort à l'instant du bureau. Il sera là d'une minute à l'autre.

— Ça sent délicieusement bon ici, dit Jack.

— Côtes de bœuf braisées. J'espère que ça vous plaira.

— Ce sera parfait.

Margaret l'accompagna dans le salon au plafond haut et l'invita à prendre place sur un canapé blanc d'allure coûteuse. Sur une table basse devant le canapé était posé un plateau d'amuse-bouches : des rondelles de pain surmontées d'une fine tranche de saumon, d'une bonne cuillerée de ce qui ressemblait à de la crème aigre, et d'une pincée de ciboulette.

— Qu'est-ce que vous buvez ? demanda Margaret en s'essuyant les mains sur sa jupe en velours côtelé.

Elle paraissait nerveuse, ou stressée. Un voile de sueur brillait sur son front.

— Eh bien, ça dépend de ce que vous avez ?

— Dites-moi ce que vous voulez et je vous le préparerai. Soyez créatif.

Jack demanda un gin martini, et Margaret disparut dans la cuisine pour le lui concocter. Il promena son regard sur le salon, à l'aspect impeccable quoique un peu dépouillé. Aucun désordre, aucune touche personnelle non plus. Il trouva particulièrement étrange l'absence de livres, sachant que Margaret était bibliothécaire.

Elle revenait lui apporter son verre quand la porte d'entrée s'ouvrit. On entendit Eric lancer d'une voix forte qui résonna dans la maison :

— Désolé, désolé…

Margaret renversa un peu du gin de Jack en lui tendant le grand verre à martini. Il en but aussitôt une gorgée puis le posa sur la table basse et se leva juste au moment où Eric entrait dans le salon, ôtant son imperméable.

— Eh oui, dit-il, je suis un gros con. J'arrive alors que l'invité est déjà là.

Il parlait avec emphase, comme s'il s'adressait à un parterre de spectateurs imaginaire.

— Je viens d'arriver, dit Jack, en tendant le bras par-dessus le dossier du canapé pour lui serrer la main – et se faire broyer la sienne.

— Je sais que vous ne pensez pas ça de moi, précisa Eric. Je ne disais pas ça pour vous.

Il tourna un large sourire vers Margaret, visiblement embarrassée.

— Je n'ai pas le souvenir de t'avoir jamais traité de gros con, Eric, répliqua-t-elle. Et puis tu es pile à l'heure, alors je ne vois pas ce que j'aurais à redire.

— Madame a parlé. Bon, ça pose problème si je m'envoie une bière et que je monte prendre une douche avant le dîner ?

— Pas le moindre en ce qui me concerne, déclara Jack, en même temps que Margaret répondait : "Non, vas-y."

Eric disparut à l'étage avec sa bière et Jack complimenta Margaret sur le martini.

— Oh, merci, dit-elle. C'est drôle. Figurez-vous que quand j'étais petite, j'en préparais pour mon père. J'imagine qu'aujourd'hui on trouverait ça scandaleux.

— Pas du tout, c'est mignon.

— Je vais aller chercher mon verre de vin pour vous accompagner, puisque apparemment on ne mange pas tout de suite.

À son retour, Margaret s'installa sur une chaise moderne sans confort.

— Eric peut quelquefois se montrer agaçant, mais dans le fond c'est quelqu'un de bien. J'ai peur qu'il essaie de vous impressionner et que vous vous fassiez une mauvaise opinion de lui.

— J'ai rencontré tous les types de personnes dans ma vie, et j'apprécie déjà Eric, pour la seule raison que *vous* l'appréciez, alors ne vous tracassez pas.

— D'accord. Merci. J'espère me rattraper avec le dîner.

— Comment vous êtes-vous rencontrés ?

Tandis que Margaret lui racontait dans les détails leur rencontre à l'université, Jack se demanda à nouveau pourquoi les filles bien finissaient avec des sales types. Ce n'était sans doute pas le plus grand mystère du monde, mais la question méritait d'être posée. À coup sûr, Eric s'avérerait être exactement ce qu'il lui avait semblé à la première impression : une brute, un type manquant de confiance en soi qui rampait devant les plus forts et prenait plaisir à dominer les plus faibles. Quant à sa pauvre femme, il la tabasserait jusqu'à ce qu'elle le quitte ou finisse par craquer. Beaucoup de suppositions s'agissant d'un homme qu'il n'avait même pas côtoyé dix minutes, mais il était certain d'avoir raison.

Le reste de la soirée se déroula dans la droite ligne de ce qu'il avait imaginé. Quand Eric revint de sa douche, vêtu d'un jean et d'une chemise Oxford verte, il se montra dans un premier temps supportable, comme si la bière l'avait calmé, assez pour qu'il parvienne à échanger des banalités avec Jack. Mais à mesure que la soirée avançait et que les verres se vidaient, Eric décocha ses premières critiques à l'encontre de Margaret. Ce fut d'abord le dîner. Il réclama qu'elle lui apporte le sel et le poivre, alors même qu'il était assis le plus près de la cuisine. Quand Margaret les lui apporta, il en saupoudra généreusement ses deux côtes braisées, avant de les passer à Jack.

— N'ayez pas peur de la froisser, Jack, dit-il. Margaret n'est pas fichue d'assaisonner une viande correctement.

— Je la trouve parfaitement à mon goût, assura Jack, bien qu'il dût admettre qu'elle était un peu fade.

— Il veut pas te froisser, chérie. Le prends pas mal, mais ça manque de sel.

— Eh bien, je suppose qu'on n'a pas tous les mêmes papilles, répondit Margaret.

— En fait, rétorqua Eric d'une voix où la colère était contenue, même du point de vue scientifique, ta réponse ne tient pas la route, mais laissons ça pour plus tard.

Après cet échange, il y eut un blanc de courte durée dans la conversation ; tout le monde avait le nez dans son assiette. Ce fut Jack qui rompit le silence en leur parlant de la liste qu'il avait reçue dans son courrier. Il n'avait pas eu l'intention d'ébruiter la chose, mais c'était le genre de sujet neutre qui permettrait de remettre la soirée sur les rails.

— Ils ont l'air de prendre l'affaire au sérieux, fit observer Margaret après que Jack eut évoqué la proposition de le placer sous protection policière.

— Je pense bien. Ce qui est sûr, c'est qu'ils ont passé plus de temps à me poser des questions qu'à me donner des réponses. Je n'ai donc aucune idée de quoi il s'agit.

— Vous êtes un auteur connu, dit Eric. Vous devez vous être fait des ennemis.

— C'est possible. Je ne sais pas. Toujours est-il que je n'ai reconnu aucun des autres noms.

— Alors en ce moment même il y a un policier dans la rue qui monte la garde assis dans sa voiture ? demanda Margaret en se resservant du vin rouge que Jack avait apporté.

— Non, j'ai décliné l'offre. Ils ont cherché à tout prix à me convaincre, mais ça me semblait une perte de temps.

En plus je dois voyager demain. Tout ça ne m'inquiète pas trop à dire vrai.

— Est-ce que d'autres personnes de la liste sont mortes ? demanda Margaret.

— Encore une fois, on ne m'a pas dit grand-chose, mais oui, moi aussi j'ai cherché certains noms sur Internet et je suis tombé sur des articles qui évoquent des morts suspectes récentes. Alors c'est bien possible. Mais je crois que je ne me sens simplement pas concerné. Vous allez me trouver horrible, mais après tout, je suis un vieil homme et ma vie est en grande partie derrière moi. Si quelqu'un veut me tirer dessus, eh bien qu'il tire.

Ils terminèrent le repas par un pudding au caramel, un dessert que la mère de Jack avait l'habitude de préparer dans une autre vie. La première bouchée le ramena dans le passé avec une violence presque insupportable.

— Je n'en avais pas mangé depuis que j'étais gamin, confia-t-il, avant de se demander si elle ne risquait pas de prendre son commentaire pour une raillerie.

— C'est trop sucré, grommela Eric avec une grimace.

— C'est délicieux, dit Jack.

— Merci, répondit Margaret.

Jack la trouva fatiguée, le dîner l'avait épuisée et il résolut de prendre congé dès qu'il aurait terminé son dessert. Malheureusement, juste au moment où il s'apprêtait à le faire, Eric l'interrogea à propos de son livre : à croire qu'il avait volontairement attendu la fin du repas.

— Je viens de le commander sur Amazon, donc je l'ai pas encore lu, mais j'ai vu les commentaires. Vous êtes un véritable gourou, ma parole.

Jack avait depuis longtemps perdu tout intérêt pour le monde de l'entreprise et pour son propre livre, mais il prit poliment le temps de discuter avec Eric, lui exposant dans les grandes lignes la philosophie de son approche avec un ton de spécialiste. Il alla même jusqu'à se fendre de quelques anecdotes cocasses tirées de la tournée de six mois qu'il avait effectuée quand le livre s'était retrouvé dans la liste des best-sellers du *New York Times*. Tandis que Margaret débarrassait la table, Eric sirotait sa bière en écoutant Jack, qui buvait son thé. Jack imaginait un monde idéal dans lequel Eric aurait débarrassé la table pendant que Margaret et lui bavarderaient de choses et d'autres – de tout sauf du monde de l'entreprise. Son thé terminé, Jack se leva et annonça qu'il était temps pour lui d'aller se coucher. Margaret le raccompagna jusqu'à la porte. Le visage luisant de sueur après sa vaisselle, elle le remercia pour sa visite et il répondit qu'il y avait des années qu'il n'avait pas fait un si bon repas.

À quelques pas derrière sa femme, Eric lança :

— Arrêtez un peu, Jack ! Si vous voulez faire un bon repas, je vous conseille le Quarto, dans le centre. C'est le meilleur restau de tout Hartford. Croyez-moi, c'est mille fois meilleur que ce qu'on a bouffé ce soir.

Eric avait un peu de mal à tenir sur ses jambes, ses gros doigts accrochés à sa canette de bière. L'espace d'un instant, Jack imagina le plaisir immense qu'il éprouverait à écraser le nez de cet homme sous son poing.

Il ne faisait pas chaud dehors, mais il ne pleuvait plus, et Jack attendit un peu avant de franchir le seuil de sa maison, aspirant de grandes goulées d'air frais. Une voiture passa au ralenti, troublant à peine la surface des flaques d'eau. Il ne ressentait aucune crainte particulière, mais il se demandait à quoi ressemblait la peur de mourir. Il tenta un instant de l'imaginer, puis se demanda de quoi ses voisins pouvaient bien être en train de parler à cet instant. Sans doute Eric reprochait-il à sa femme une parole prononcée au cours de la soirée ou sa cuisine. *Peut-être se déciderait-elle à le quitter,* songea-t-il. *Un jour… ou jamais.* Sans doute jamais. Il ouvrit la porte de la maison de son enfance et entra dans le vestibule. Un sentiment de confusion momentané le saisit quand il crut déceler le parfum délectable d'un pudding au caramel. Il savait que c'était impossible.

# 2

*Vendredi 23 septembre, 10 h 09*

— Il ne veut pas faire souffrir ses victimes, déclara Aaron Berlin.

Il se trouvait dans le bureau de Ruth Jackson. La porte était fermée. Elle l'avait invité à s'asseoir mais il était toujours debout.

— Il a pourtant fait souffrir Frank Hopkins, non ?

— Frank Hopkins est un cas à part. Jessica avait fait la même observation. On l'a noyé, il s'est vu mourir. Si la lettre qu'on a retrouvée sur lui n'était pas oblitérée, c'est qu'on la lui a remise en mains propres. Et puis Hopkins avait plus de soixante-dix ans.

— Tout comme Jack Radebaugh.

— Alors c'est aussi un cas à part.

— Deux cas à part dans une liste de neuf noms, ça fait beaucoup, non ? demanda Ruth du fond de son fauteuil ergonomique ; elle n'avait pas bougé d'un centimètre depuis l'arrivée d'Aaron.

— Qu'est-ce que j'en sais, bordel de merde !

Ruth se rembrunit.

— Je sais que ce qui est arrivé à Jessica t'a retourné, Aaron, mais ce n'est pas une raison pour passer tes nerfs sur moi, d'accord ?

— C'est vrai. Pardon. Je ne me souviens même plus de ce que je te disais.

— Tu m'expliquais que le tueur ne voulait pas faire souffrir ses victimes.

— Voilà, sauf pour Frank Hopkins. Matthew Beaumont a été abattu d'une balle dans le dos, Arthur Kruse asphyxié pendant son sommeil, et Jess a pris une balle à l'arrière du crâne. Comme s'il ne voulait pas que ses victimes voient leur mort venir.

— Donald Bennett, lui, a deviné le sort qui l'attendait… manifestement.

Il fallut un moment à Aaron pour remettre le nom. Donald Bennett était la seconde victime retrouvée sur les lieux. C'était un habitant des environs probablement amené là par celui ou celle qui avait tiré sur Jess. En tout cas, il n'était pas venu avec Jess. D'après la déposition de Teri Michaud, la barmaid du Lobster Pot, Donald Bennett, un habitué de son établissement, avait quitté le bar avec un type bizarre ; peau grasse, coupe mulet, l'homme avait réglé en espèces. L'hypothèse était que Donald Bennett avait été recruté par la personne qui avait tiré sur Jess.

— J'y ai réfléchi, dit Aaron. Dès lors que Bennett avait accepté d'aider le tueur à attirer Jess dans un coin isolé, alors il devenait également un coupable. Donc peu importait comment il mourait. (D'une pichenette, Aaron se débarrassa d'une peluche sur sa jambe de pantalon.) Par contre, si la personne est innocente, le tueur fait en sorte qu'elle meure sans s'en rendre compte.

— C'est une théorie comme une autre.

— Ce qui m'amène à penser que Frank Hopkins était coupable de quelque chose. Mais vu qu'il a été le premier à mourir, on va avoir du mal à l'interroger.

— Écoute, dit Ruth, est-ce qu'on peut reparler de ça plus tard ? J'ai des appels à passer.

— Oh, d'accord. Bien sûr. Désolé, j'étais juste venu voir si tu avais eu du nouveau.

— Il y a une heure.

— Alors ?

— Eh bien, il y a effectivement un nouvel élément, répondit Ruth. (Elle affichait un sourire discret, et Aaron, qui l'aimait pourtant bien, eut soudain envie de le lui faire avaler.) On a localisé Jay Coates.

— Quoi ? Mort ou vivant ?

— Il habite à Decatur, en Géorgie. Il a bien reçu la lettre mais il ne l'a pas gardée. C'est tout ce que je sais.

— Quel âge a-t-il ?

— Comme je t'ai dit : je n'en sais pas plus. Il bosse dans l'informatique ou quelque chose comme ça, donc j'imagine qu'il ne doit pas être très vieux. En tout cas il n'est pas à la retraite.

— Très bien. On a donc identifié tout le monde, excepté Alison Horne.

— On dirait bien.

— Ils ont prévu d'interroger Jay Coates à propos de ses parents ? demanda Aaron en regardant par la fenêtre le parking en contrebas.

— Sans doute, Aaron. Ils vont le soumettre à un interrogatoire complet.

— C'est une des choses que Jess m'a expliquées lors de notre dernière conversation en tête à tête. Qu'à la place des enquêteurs, elle aurait établi un profil des parents et cherché des similitudes à ce niveau. Elle pensait que la solution se trouvait là.

— Elle avait probablement raison, répondit Ruth.

Elle fit basculer son fauteuil vers l'avant, dans un mouvement à peine perceptible.

— Il y a des infos qui circulent ?

— Une quantité, mais je ne vais pas te les répéter toutes car pour l'instant, Aaron, je t'avouerais que je m'inquiète un peu pour toi.

— Oh, alors il y a bien un lien entre les parents ?

Ruth planta ses pieds au sol.

— Je ne sais pas. En revanche, si on regarde leur répartition géographique, on constate qu'ils résident tous en Nouvelle-Angleterre.

— Intéressant…

— Voilà. Donc maintenant que je t'ai livré le seul nouvel élément dont je dispose, je vais te demander de te remettre à la tâche. Je te charge de reprendre le dossier Brundy là où Jessica l'a laissé.

— Je pensais que ce serait Ellen qui le récupérerait.

— Oui, mais plus maintenant. Je te le confie. Il faut que tu te prépares à témoigner à la barre, même si les chances qu'on aille jusqu'au procès sont inférieures à zéro.

De retour à son bureau, Aaron jeta un coup d'œil au dossier Brundy, mais il ne parvenait pas à se concentrer. Au fond de son tiroir étaient rangés une bouteille de Dewar's et deux petits verres. Il s'était toujours imaginé qu'un soir peut-être, alors qu'il plancherait sur un dossier, il les sortirait pour boire un coup avec un collègue. Comme dans ces séries policières stupides. Mais l'occasion ne s'était jamais présentée. Glissant le flacon dans la poche intérieure de sa veste de costume, il monta chercher un peu de tranquillité dans les toilettes du quatrième étage, s'enferma dans un box et s'assit sur le couvercle des toilettes avant de boire une lampée de whiskey. Il se prit alors la tête entre les mains et pleura aussi discrètement qu'il put pendant environ deux minutes.

# 3

*Mercredi 28 septembre, 17 h 45*

JAY Coates, spécialiste de la sécurité du cloud âgé de quarante et un ans, résidant à Decatur, en Géorgie, était parvenu à la conclusion qu'il avait commis une grave erreur en déclarant à la policière au joli grain de voix qu'il avait effectivement reçu une mystérieuse liste dans son courrier un mois auparavant. Il aurait dû avouer son mensonge dès que les deux agents fédéraux s'étaient présentés à son appartement en lui demandant de les accompagner jusqu'à leur bureau pour répondre à quelques questions. Mais les deux hommes, tous deux grisonnants et vêtus d'un costume gris – seule leur couleur de peau les différenciait, l'un était blanc, l'autre noir –, étaient si intimidants avec leur air sérieux et leur voix grave que Jay n'avait pas osé avouer qu'il n'avait jamais reçu la moindre liste.

— Est-ce que je vais être interrogé par la personne que j'ai eue au téléphone ? demanda Jay. Elle s'est présentée comme l'agent Chen.

Les deux hommes échangèrent un regard perplexe. Puis le plus âgé des deux, le Noir, secoua lentement la tête :

— C'est nous qui allons vous interroger.

On le conduisit dans une salle d'interrogatoire équipée de matériel d'enregistrement et de murs insonorisés ; dire la vérité n'était plus une option. Fort heureusement, il n'eut pas trop de mal à mentir. Quand il avait discuté avec la gentille policière, elle lui avait fourni suffisamment de détails sur cette fameuse liste pour qu'il puisse broder des réponses plausibles.

— En effet, oui, j'ai reçu une liste de ce genre, lui avait-il dit. Enfin il me semble.

— Pourriez-vous me la décrire ?

— Hmm. C'était il y a un petit moment. Comme vous l'avez dit : environ un mois, peut-être.

— Était-ce une liste de neuf noms, dont le vôtre, imprimée sur une page blanche ?

— Il me semble bien.

— Connaissiez-vous d'autres personnes sur cette liste ?

— Je ne crois pas.

— Et aujourd'hui, vous souvenez-vous de certains noms ?

— Non. Tout ce dont je me souviens, c'est que mon nom figurait sur la liste. Je suis désolé.

— Ne vous excusez pas. C'est tout à fait compréhensible. Vous ne pouviez pas deviner que ça aurait de l'importance…

— Exactement. C'est vrai oui.

Jay avait simplement répété aux deux agents ce qu'il avait dit à l'agent Chen au téléphone. Il ne se souvenait pas de la date exacte ni des autres noms, tout ce qu'il savait, c'était que le sien y figurait : Jay Coates. L'interrogatoire terminé, il s'était convaincu qu'il n'avait rien à craindre : personne ne saurait qu'il avait menti, tout comme personne n'avait jamais percé à jour son mensonge au lycée lorsqu'il avait fait croire à ses deux meilleurs amis qu'il avait perdu son pucelage pendant un camp d'escrime.

Mais aujourd'hui, presque une semaine plus tard, il sentait à chaque fois qu'il quittait son immeuble la présence de la Chevrolet banalisée qui le filait jusqu'au parc de bureaux où il travaillait. Le soir, quand il retraversait le parking au crépuscule jusqu'à son immeuble, il devinait que des yeux le surveillaient. Il avait reçu pour consigne de continuer à vivre normalement, en n'oubliant pas d'avertir le policier chargé de sa sécurité – un autre type en costume gris, mais sans cheveux susceptibles de grisonner – s'il projetait de s'écarter de son emploi du temps habituel, en faisant quelque chose ou en se rendant quelque part. Son quotidien se résumait à faire l'aller et retour entre son appartement et son travail et à se faire livrer son dîner. Ce soir-là, il avait opté pour une pizza – encore. Il avait beau savoir que ce n'était pas bon pour lui, il avait demandé un supplément fromage sur sa grande pepperoni et commandé une grande bouteille de Dr Pepper. Il joua à Dark Souls II en attendant sa pizza puis mangea en regardant un documentaire sur les requins.

En s'endormant cette nuit-là, couché sur plusieurs oreillers pour calmer ses reflux gastriques, il se rappela un rêve qu'il faisait autrefois, dans lequel il était le cobaye d'une expérience. À son insu, des scientifiques avaient implanté des capteurs dans ses yeux et ses oreilles afin qu'une équipe de chercheurs puisse observer pendant vingt-quatre heures la vie d'un individu lambda – la sienne en l'occurrence. Ils voyaient le monde par ses yeux. Il imaginait alors que le groupe d'observateurs suivait ses moindres gestes : ils le regardaient préparer ses œufs brouillés le matin, faire sa vaisselle, supporter les railleries de ses collègues sans s'énerver ni protester. Les scientifiques prenaient des notes en s'efforçant de rester objectifs, mais leurs observations les conduisaient fatalement à admirer la manière dont il menait sa vie – avec bienveillance, intelligence et simplicité. Ils remarquaient aussi que personne autour de lui ne semblait reconnaître ses qualités et l'estimer à sa juste valeur. Les gens n'avaient aucune considération pour lui, ils le traitaient avec méchanceté et mépris. Parfois, il prolongeait le rêve et imaginait qu'une des scientifiques quittait le groupe et renonçait à son métier pour vivre à ses côtés. Il se disait à l'époque que ça ferait un super roman. Et encore mieux, un film. Il se voyait même l'écrire, mais il savait qu'il ne le ferait probablement jamais.

Cela dit, maintenant qu'il était véritablement observé en continu par des policiers anonymes dans leurs voitures grises, il n'était pas du tout certain de trouver cela plaisant. Il se demandait s'ils avaient également scruté son historique de navigation, et c'était justement dans cette éventualité qu'il avait cessé, depuis sa conversation téléphonique avec la femme à la jolie voix, de se rendre sur certains sites. Et cela lui manquait. Alors ce soir-là, allongé dans son lit, il fit remonter de sa mémoire l'image d'Evie Aurora, une cam girl qui avait toujours été heureuse de sa visite à l'époque, au bon vieux temps, avant qu'il ne reçoive cet appel du FBI.

# 4

*Samedi 1er octobre, 10 h 30*

JAY Coates, celui de Los Angeles, se mettait en condition pour démarrer sa conversation hebdomadaire avec sa mère. Il effectuait quelques mouvements de tai-chi tout en scrutant le ciel gris et pollué par la fenêtre de son appartement. À dix heures trente précises – midi et demi chez elle –, son téléphone sonna.

— Salut, m'man, dit-il.

— Bonjour, mon chéri. Je ne te dérange pas au moins ?

— Non. J'attendais ton coup de fil.

— Ah, tant mieux. Je viens de finir de déjeuner.

— Qu'est-ce que tu as mangé ? demanda-t-il avant de terminer ses mouvements.

Il l'entendit parler de salade de tomates dans le téléphone au bout de son bras tendu.

— Tu es toujours là, mon chéri ? Parle un peu plus fort, s'il te plaît.

— Je suis là, oui.

— Ah, c'est mieux. Alors ? Quoi de neuf de ton côté ? Dis-moi comment tu vas. Est-ce que tu as décroché cette pub ?

— Oui. Ils ont fait des pieds et des mains pour m'avoir mais j'ai refusé. Certes, le cachet n'aurait pas fait de mal, mais je n'ai pas traversé tout le pays pour jouer dans des spots de pub.

Il poursuivit en évoquant une pièce formidable dans laquelle il avait obtenu un rôle. Lorsqu'elle demanda si elle pouvait venir assister à une représentation, il répondit qu'elle n'était jouée que devant les gens de la profession. Il n'était pas certain qu'elle eût gobé son mensonge, mais elle changea de sujet. Difficile de faire croire qu'il avait du succès si le public ne pouvait pas le voir sur scène. Il lui racontait parfois aussi qu'il écrivait des scénarios – il en avait vendu plusieurs mais allez savoir quand ils entreraient en production. Elle lui demandait alors s'il s'était réservé un rôle, comme Matt et Ben dans *Will Hunting*. Il répondait qu'il n'était pas si nombriliste. Sa mère avait grandi à Cambridge dans le Massachusetts, et à l'entendre on aurait pu croire que Matt Damon et Ben Affleck étaient de sa famille : elle avait constamment leurs noms à la bouche.

— Tu as entendu ce que je viens de dire, Jay ?

— Quoi ? Ah. Excuse-moi, je ne t'entendais plus.

— J'ai eu des nouvelles de ton père.

Elle avait souvent "des nouvelles" de son père, en dépit du fait qu'il les avait abandonnés vingt ans plus tôt.

— Ah bon… Vas-y.

— Eh bien, tu sais que je ne le suis plus sur Facebook, mais mon amie Stella, si. Elle m'a raconté qu'il essayait de vendre aux gens des suppléments vitaminés ou un machin de ce genre. Mais d'après elle, c'est une arnaque. Je pense qu'il doit avoir de gros problèmes d'argent.

— C'est un raté, m'man, je te l'ai toujours dit.

— Tu sais que je ne porte pas vraiment ton père dans mon cœur, Jay, mais ça me fait de la peine que tu sois si dur envers lui.

— Dans ce cas arrête de parler de lui.

— Bon. Reçu cinq sur cinq, mon grand. J'arrête d'en parler. Alors ? Quels films as-tu vus dernièrement ? Moi je viens d'en voir un sublime avec Bradley Cooper.

Vingt minutes plus tard, après plusieurs tentatives infructueuses, Jay était enfin parvenu à raccrocher. Pour se calmer il décida d'aller courir. Alors qu'il laçait ses chaussures de running, il se souvint brusquement du jour où Jeremy Evans, son meilleur ami à l'école primaire, avait reçu une paire d'Air Jordans pour son douzième anniversaire. Jay avait été si jaloux de son ami qu'il s'était introduit dans sa chambre pendant la messe pour lui voler ses baskets. Il les avait jetées dans une benne à ordures derrière la supérette. Cela faisait des années qu'il n'avait pas repensé à cette histoire ; c'était sans doute le fait de lacer ses baskets après avoir parlé avec sa mère qui avait fait remonter ce souvenir. Il s'en délecta. Voir Jeremy dépité par la perte de ses baskets avait été une expérience marquante dans la vie de Jay. Il avait commis une action en secret qui avait fait de la peine à quelqu'un et lui avait procuré à lui du plaisir. Cette expérience l'avait transformé.

Jay lança sa playlist de jogging et sortit, bien décidé à courir au moins cinq kilomètres.

# 5

*Mercredi 5 octobre, 20 h 49*

ETHAN et Caroline continuaient de s'échanger des e-mails, mais ils passaient plus de temps au téléphone dernièrement et s'étaient même mis à utiliser Skype. Ethan songeait d'ailleurs qu'il s'agissait du mode de conversation le plus sûr. D'après lui, la police, ou le FBI, ou le tueur fou, espionnaient probablement leurs conversations sur leurs téléphones portables. Skype lui semblait plus privé d'une certaine manière, même s'il savait qu'il n'en était rien. Et puis cela lui permettait de regarder Caroline au lieu de se contenter de contempler les mots qu'elle tapait ou d'écouter sa voix. Car il était tombé amoureux de son visage. Sa mère collectionnait autrefois des petits animaux en céramique habillés comme de tout petits humains. Ils portaient un nom, bien qu'il ne pût s'en souvenir avec précision – "les créatures des bois" ou quelque chose comme ça. Chaque fois qu'elle ajoutait une pièce à sa collection, elle passait à nouveau en revue leurs petites frimousses et répétait à l'envi combien ils étaient mignons.

Il ne le lui aurait jamais dit bien sûr, mais le visage de Caroline lui rappelait une de ces figurines : elle avait une bouche discrète et un nez minuscule, mais de grands yeux marron clair et un front large, rendu plus large encore par ses cheveux bruns relevés dans un sempiternel chignon décoiffé. Sa peau était si fine qu'elle en semblait presque diaphane. Il trouvait qu'elle ressemblait tantôt à une jeune fille, tantôt à une vieille dame. Ça non plus il ne le lui avait pas dit.

En revanche, il lui avait parlé de presque tout le reste. Comment il subsistait sur les maigres royalties de la seule chanson qu'il avait vendue cinq ans plus tôt, et qu'une marque de jeans avait tirée des oubliettes pour une campagne de pub nationale. De ses précédentes histoires de cœur, de sa crainte de n'avoir aucun talent, et d'être en train de gâcher sa vie en poursuivant un rêve inaccessible. Il s'était confié sur sa relation d'un an avec Phoebe Faunce, elle aussi autrice-compositrice, morte d'une surdose d'Oxycontin pendant qu'il dormait à côté d'elle. Il lui avait raconté aussi ce que Bob O'Neal, un ami de ses parents, lui avait fait dans les dunes à Cape Cod, l'été de ses douze ans, alors qu'ils partageaient une location de vacances. De son côté, Caroline lui avait longuement parlé des rapports au sein de sa famille, de la cruauté insidieuse de son père en particulier, et de sa mère qui lui avait avoué quelques années auparavant, quand Caroline avait finalement mis le sujet sur la table à la mort de ce dernier, qu'elle l'avait justement épousé *pour* sa cruauté.

Ils parlaient aussi de la liste, de cette présence policière qui faisait désormais partie de leurs vies, et, une fois, ils avaient parlé jusque tard dans la nuit de la mort qui les attendait prochainement et des chances que la police attrape la personne qui avait tué Frank Hopkins, Matthew Beaumont et Arthur Kruse.

— Je pense qu'ils finiront par le ou la choper, avait dit Ethan.

Il s'était allongé sur le côté en calant plusieurs oreillers sous sa tête et avait regardé Caroline faire de même dans sa maison du Michigan.

— Tu crois vraiment ?

— Je sais pas. Après tout, il a arrêté de sévir, non ? En tout cas ça fait un moment qu'il n'a pas tué.

— Oui, c'est parce qu'on est tous placés sous protection, répondit Caroline. Mais ils ne nous surveilleront pas éternellement. Je crois qu'il attend simplement son heure.

— Tu as sans doute raison. Il a tué autant de personnes de la liste qu'il a pu tant que la présence policière restait raisonnable. Maintenant qu'il y a des flics partout, il se contente d'attendre. Rien ne le presse après tout, tant que la police ignore son identité.

— J'espère qu'ils vont la découvrir, dit-elle.

— J'ai lu quelque part que l'être humain était incapable de concevoir sa propre mort, sinon, on serait paralysés par la peur.

— Mon métier, c'est d'étudier la poésie, et les poètes sont certainement l'exception qui confirme la règle. Ils sont légion à partager leurs idées de la mortalité.

— Et tes étudiants alors ? demanda Ethan.

Caroline fronça les sourcils, puis éclata de rire.

— Je crois que tu as mis le doigt sur quelque chose. Effectivement, mes étudiants n'imaginent pas une seule seconde qu'un jour ils vont mourir. Et c'est sans doute pour ça qu'ils semblent insensibles à la poésie.

Ethan ne répondit pas dans la seconde ; il avait perdu le fil de ses pensées. Ces silences – pour la plupart confortables – étaient devenus habituels dans leurs conversations, particulièrement sur Skype.

— Il se peut qu'ils l'attrapent, dit-il finalement. Je crois qu'ils ont une piste.

— Ah, tu reviens là-dessus ? À quelle piste fais-tu allusion ? Nos parents ?

— Oui.

Quelques jours plus tôt, Ethan et Caroline avaient tous deux été contactés par des agents fédéraux qui les avaient interrogés à propos de leurs parents. Peu de temps après, leurs parents avaient à leur tour été interrogés. Ethan avait parlé avec sa mère alors qu'elle raccrochait de l'entretien. Les agents lui avaient déballé une longue liste de noms en lui demandant si elle connaissait certaines de ces personnes.

— Caroline Geddes ? Jay Coates ? Jessica Winslow ? avait suggéré Ethan.

— Je ne crois pas, non. Enfin les noms me disent quelque chose, mais pas les prénoms. Ils m'ont parlé d'un certain Wayne Coates, et j'ai répondu que j'avais connu un Wayne Chalfant. Tu te souviens de lui, n'est-ce pas ? Le gentil garçon un peu attardé qui travaillait à l'épicerie ?

— Donc tu ne connaissais aucune des personnes qu'ils t'ont citées ?

— Non, mon chéri, mais je me fais vieille et je perds la mémoire. C'est ce que ton père n'arrête pas de me répéter.

— Non, maman, je ne pense pas que tu perdes la mémoire, dit-il en mentant. Quant à ces agents, le FBI avance à tâtons. Si je te dis Mary Louise Gauthier ? Ou Meg Gauthier ?

Elle avait marqué un long silence avant de répondre :

— Oui, je crois bien qu'ils m'en ont parlé. Mais pourquoi ? Est-ce que tu connais ces gens ? J'aimerais que tu m'expliques, Ethan. Je n'aime pas qu'on fasse des misères à mon bébé.

Gauthier était le nom de jeune fille de la mère de Caroline, et Ethan avait eu la confirmation que des agents fédéraux l'avaient également interrogée à propos de sa mère à lui. C'était la preuve que le FBI voyait là une piste à exploiter. C'était peut-être une fausse piste – à coup sûr même – mais ils étaient convaincus d'avoir trouvé le lien entre les personnes de la liste.

— Maman, avait dit Ethan lors de sa dernière conversation avec sa mère, je sais que la question va te paraître étrange, mais est-ce qu'il se pourrait que quelqu'un veuille se venger de vous ? As-tu été impliquée un jour, je ne sais pas, dans un incident au cours duquel un enfant aurait été blessé par exemple ? Même accidentellement.

Il y eut un très léger silence, perceptible seulement d'Ethan parce qu'il connaissait le débit d'élocution normal de sa mère, avant qu'elle réponde :

— Bien sûr que non. Je ne ferais jamais de mal à personne.

— Je sais, maman. Mais il aurait pu s'agir d'un accident ou d'autre chose ?

Nouveau silence, et pendant un moment il crut qu'elle allait lui faire un aveu. Mais elle se contenta de répondre :

— Je ne sais pas pourquoi tu me poses toutes ces questions.

Caroline était sur le point de s'endormir – elle venait de plier son oreiller en deux et d'y laisser tomber sa tête. Alors il dit :

— Je vais te laisser dormir. Skype demain ?

Tout en bâillant, elle se redressa sur un coude.

— L'autre jour j'ai lu un poème qui m'a fait penser à nous.

— Ah oui ?

— C'est un poème de Philip Larkin publié récemment et intitulé *We Met at the End of the Party*[*].

— Un poème de Philip Larkin récent ?

— Au temps pour moi. J'aurais dû préciser "posthume".

— Tu veux me le lire ?

— Non, répondit Caroline. Pas maintenant. Tu as raison, je suis fatiguée. C'est juste qu'il m'a fait penser à nous ; peut-être qu'on s'est rencontrés trop tard, nous aussi.

— C'est triste.

Caroline sourit. Malgré sa petite bouche, elle avait un large sourire. Il aperçut le rose de ses gencives.

— Je sais oui, mais je n'ai pas pu m'empêcher de penser à nous. Essaie de le trouver.

— D'accord.

Une fois qu'ils eurent raccroché, Ethan se rendit dans la salle de bains pour se brosser les dents puis alla se chercher un verre d'eau dans la cuisine. En passant devant la baie coulissante qui donnait sur la cour de derrière, il crut entendre un bruit au-dehors et écarta le rideau. Le chat errant qu'il avait baptisé Townes était en train de dévorer la pâtée qu'il avait déposée sur la terrasse en brique. C'était la pleine lune et la cour broussailleuse, où traînaient deux chaises de jardin et un barbecue Weber rouillé, était baignée d'une lueur jaunâtre.

* Nous nous sommes rencontrés à la fin de la fête.

Une fois recouché, il trouva le poème de Larkin en ligne ; il avait effectivement été publié quelques années auparavant dans le *New Yorker*. Il évoquait la vieillesse et le fait de tomber amoureux de quelqu'un alors qu'on arrivait à la fin de sa vie. Il fut contrarié à l'idée que Caroline ait pensé à eux en le lisant. Il faillit la rappeler, mais jugea préférable de la laisser dormir. Il lui enverrait un texto au réveil.

# 6

*Jeudi 13 octobre, 23 h 11*

LA maison de Jonathan aux Bermudes ne ressemblait pas à ce qu'Alison avait imaginé. Elle s'était attendue à une demeure récente et clinquante située dans un quartier résidentiel protégé, mais il l'avait conduite jusqu'à une bâtisse coloniale en ruine, datant du XIXe siècle et située dans une ruelle de St. George's. Le jardin était envahi de mauvaises herbes et les pièces étaient remplies de très vieux meubles et de tapis orientaux élimés. Alison avait immédiatement adoré l'endroit. Chaque matin, elle se rendait à Tobacco Bay en scooter, nageait jusqu'à l'épuisement avant de se dorer au soleil. L'après-midi, elle se retranchait au frais sous les hauts plafonds de la maison. Il y avait évidemment le wi-fi, mais à part ça, l'endroit était vierge de tout équipement moderne. La cuisine était sans doute la pièce qu'on avait rénovée le plus récemment, et cela devait remonter aux années 1950.

Les journées avec Jonathan étaient également loin de ce qu'elle avait escompté. Il passait beaucoup de temps cloîtré dans son bureau, sur son ordinateur portable, ou pendu à son téléphone dans le jardin. Mais chaque fin d'après-midi, autour de six heures, quand la journée se rafraîchissait, il sortait marcher avec elle. Bras dessus bras dessous, ils faisaient le tour du parc silencieux, profitant du parfum des fleurs. Quelque chose avait changé chez Jonathan depuis le départ de sa femme : il était plus distant, moins loquace, mais il lui posait parfois d'étranges questions. Existait-il d'après elle des gens vraiment heureux dans ce monde ? Croyait-elle en un Dieu interventionniste ? Peut-être s'agissait-il là de sa véritable nature, qu'elle n'avait simplement jamais vue émerger durant leurs rendez-vous hebdomadaires. Il ne manifestait même plus l'envie de lui faire l'amour, même s'il semblait apprécier sa présence à ses côtés dans le grand lit à baldaquin. Il s'endormait une main posée sur la cuisse d'Alison, un roman ouvert sur son torse. Certaines nuits, des cauchemars lui tiraient des paroles incompréhensibles dans son sommeil. Une fois, alors qu'il gémissait, elle le réveilla et il la dévisagea comme s'il n'avait aucune idée de qui elle était.

Jonathan avait hérité la maison de ses parents et il venait ici depuis qu'il était enfant. Il y avait des photos de famille encadrées sur les murs du couloir à l'étage et de grandes peintures à l'huile dans le vaste salon, une représentant ses parents, et deux autres de Jonathan et sa sœur lorsqu'ils étaient petits – sans doute entre huit et dix ans. Elle lui posa des questions sur sa famille mais il ne s'étendit pas, lui confiant juste que personne n'était plus de ce monde et qu'il serait plus sage de sa part de vendre la maison – le plus tôt serait le mieux. Un après-midi sur deux, une femme du coin passait faire le ménage et Jonathan mettait toujours un point d'honneur à échanger quelques mots avec elle. Cinquante ans qu'il la connaissait, expliqua-t-il, autant dire depuis toujours. Elle ne s'attardait pas sur le ménage, faisait juste la poussière et passait l'aspirateur. Alison avait donc pris quelques initiatives dans la maison : essentiellement explorer les buffets et les placards en quête d'argenterie à polir, ou de nouvelles toiles à accrocher aux murs. Un jour, elle découvrit une collection de verres à cocktail gravés datant des années 1960 ; elle les lava et y servit un mélange de rhum et de jus de fruits à Jonathan à l'heure de l'apéritif. Mais sa plus belle trouvaille fut un vieil appareil photo Kodak Instamatic, datant probablement de la même décennie, ainsi qu'une boîte entière de pellicules. Elle décida de réaliser des clichés de la maison et du village, sans savoir si les pellicules étaient encore bonnes. Lorsque la première fut terminée, elle la fit développer dans une petite boutique à Hamilton. Les photos se révélèrent superbes. Alison décida alors d'utiliser les pellicules restantes, convaincue que le vieil appareil, et peut-être aussi la découverte de la vieille bâtisse et de cette nouvelle partie du monde avaient ranimé sa passion pour la photographie.

Il y avait une semaine et demie qu'ils étaient là quand Jonathan l'informa qu'il devait se rendre sur la côte Ouest pour affaires. Avant même qu'il termine sa phrase, un sentiment d'effroi la saisit. Elle ne voulait pas rentrer à New York. Son visage avait dû parler pour elle car il ajouta aussitôt :

— Reste ici si tu veux. Je ne serai absent qu'une petite semaine, ensuite je reviendrai ici avec toi.

Elle avait été soulagée, mais le jour du départ de Jonathan, il avait plu à verse tout l'après-midi, et le frisson rampant annonciateur d'un problème dans sa vie était revenu. Ce n'était pas véritablement une prémonition, mais elle percevait néanmoins une énergie négative jusque dans ses os. Cette nuit-là, allongée seule dans l'immense lit, les yeux fixés sur l'entrelacs de fissures courant sur le plafond jauni, elle essaya de dissiper son malaise en s'imaginant dans les eaux chaudes de l'Atlantique, mais chaque fois, le souvenir de Tobacco Bay cédait place à une autre image. Une mer grise et froide criblée par une pluie battante. L'étale. Un tournoiement de mouettes. Des rochers sombres festonnés de varech.

Elle sortit de son lit et déambula à travers l'étage, entrant finalement dans une chambre d'angle où se trouvait un lit d'une personne. Elle se glissa sous les draps empreints d'une discrète odeur de moisi. Le papier peint était orné d'un motif de petites fleurs bleues.

# 7

*Vendredi 14 octobre, 12 h 02*

L'AUTOMNE était maintenant bien installé – c'était la saison préférée de Caroline – et le trajet en voiture de chez elle jusqu'à la maison de sa mère de l'autre côté d'Ann Arbor avait été si tranquille que l'envie la démangeait d'annuler le déjeuner avec sa mère pour continuer sa route.

Elle écoutait un album de Lucinda Williams qu'Ethan lui avait recommandé ; la plupart des arbres s'étaient parés de leurs couleurs automnales, camaïeu de rouges, orange et jaunes, le ciel était d'un bleu froid et un vent constant faisait s'envoler des spirales de feuilles mortes. Elle aurait pu se maintenir indéfiniment dans ce moment, mais elle était attendue, et un agent de police surveillait chacun de ses gestes. Elle gara sa voiture derrière la Taurus maternelle et traversa la pelouse tapissée de feuilles jusqu'au seuil de la maison de plain-pied que sa mère avait achetée deux ans plus tôt, afin de se rapprocher de sa fille.

Le déjeuner consistait en une fricassée de poulet et une salade d'épinards agrémentée de noix et de grains de grenade. C'était le signe que sa mère allait bien. Dans ses périodes de déprime – de “cafard”, comme elle disait –, l'une des premières choses qu'elle cessait de faire était de mitonner de bons petits plats.

Caroline et Meg déjeunèrent dans la salle à manger, tandis que le vieux labracaniche de Meg dormait sous la table.

— J'ai rencontré quelqu'un, se surprit à dire Caroline.

— Oh, répondit Meg, son regard s'illuminant. Qui est-ce ?

— Je rectifie : j'ai fait la connaissance de quelqu'un de sympa mais je ne l'ai pas encore rencontré en personne. On se parle au téléphone. C'est un chanteur qui écrit ses propres chansons et qui habite au Texas.

— Intéressant. Et comment as-tu fait sa connaissance ?

Caroline envisagea de mentir, mais sa mère avait toujours eu le nez pour déceler ses mensonges.

— En fait, il figure lui aussi sur cette stupide liste. C'est comme ça qu'on a commencé à se parler.

Sa mère but une gorgée de riesling.

— Ils n'ont encore attrapé personne ? Ils te tiennent au courant au moins ?

— S'ils ont attrapé quelqu'un, ils ne m'en ont pas informée. Et puis il y a toujours ces policiers qui me suivent partout, donc c'est peu probable. En fait, je n'en sais pas plus que toi.

Meg se frotta la joue puis s'intéressa à son assiette.

— Je sais qu'ils te surveillent, mais j'espère que tu es quand même prudente. Je me fais beaucoup de souci…

— Je ne vois pas comment je pourrais être plus prudente. Tout ce que j'attends c'est qu'ils attrapent le type qui est derrière tout ça. Ils ne t'ont pas rappelée, à propos ?

— Qui ça ?

— Le FBI. Les policiers qui t'ont posé des questions. Ils ne t'ont pas rappelée, n'est-ce pas ?

— Ils vont me rappeler ? Je leur ai raconté tout ce que je savais, c'est-à-dire pas grand-chose.

Caroline avait déjà interrogé sa mère à propos des questions du FBI, et sa mère lui avait juré avoir répondu avec sincérité. Elle avait beau la croire, Caroline avait également des raisons de penser que sa mère refoulait certains souvenirs importants. Ça n'aurait pas été la première fois.

— Maman, tu te rappelles la première fois que papa et toi vous êtes séparés ? Juste après que Julius est parti pour la fac.

— Je me souviens quand Julius est parti pour la fac, oui. Il était si content de quitter la maison qu'on pensait ne jamais le revoir.

— Oui, mais te rappelles-tu avoir mis papa à la porte ?

— C'est à cette période qu'il est parti, non ? Il était censé prendre une chambre dans un hôtel, mais en fait il avait atterri chez cette étudiante avec qui il sortait à l'époque.

— C'est toi qui l'as mis à la porte, maman. Tu as fait changer les serrures et balancé tous ses livres par la fenêtre de son bureau. Quelques années plus tard je t'en ai reparlé, et tu m'as dit que tu ne t'en souvenais pas.

Meg prit une grande inspiration puis fixa son regard sur la grande baie qui donnait sur l'érable à sucre dans le jardin à l'arrière.

— J'ai vu un docteur il y a quelque temps, je crois que c'était le Dr Penny. Eh bien, elle m'a expliqué que l'un des points positifs de la dépression, c'est que très souvent, on oublie qu'on en souffre. Il y a des pans entiers de ma vie dont je ne me souviens plus du tout, et très souvent c'est parce qu'ils n'en valent pas la peine.

Malgré son humeur en dents de scie, Caroline n'avait vu sa mère pleurer qu'en une ou deux occasions. Mais Meg paraissait à présent au bord des larmes, elle avait la voix tremblotante et l'un de ses yeux brillait.

— Je suis désolée de te reparler de ça, dit Caroline. C'est juste que… il semble évident, il *me* semble évident en tout cas, que les agents qui enquêtent sur cette liste pensent que le lien entre les personnes de la liste se situe peut-être au niveau de leurs parents. C'est bien pour ça qu'ils t'ont contactée, non ? Ils t'ont demandé si tu connaissais une série de noms ?

— Je leur ai dit que je n'en connaissais aucun. Je t'assure, Caroline, tu peux me croire, si ç'avait été le cas, je leur aurais dit.

— Je sais, maman. Je ne t'accuse pas de cacher des choses, je me demande juste s'il n'y a pas un événement dans ton passé, peut-être même quand tu étais enfant, qui pourrait avoir de l'importance. Tu l'as sûrement oublié aussi, mais à certains moments, quand tu étais au fond du trou, tu m'as dit que tu le méritais, et un jour tu m'as même confié que tu avais été méchante étant petite et qu'aujourd'hui tu en payais le prix.

— Eh bien, c'est vrai que je ne suis pas certaine d'avoir été une enfant très sage. À en croire ta grand-mère du moins.

Meg piqua un morceau de poulet avec sa fourchette.

— Mais aucun événement précis ne te revient en mémoire ?

— Nous avions des voisins, je crois qu'ils s'appelaient Landry. Le petit garçon devait avoir trois ans de moins que moi et chaque jour il venait voir si je voulais jouer avec lui. Moi, évidemment, je ne voulais pas. Au début je disais à ma mère de répondre que je n'étais pas là, puis j'ai commencé à lui répondre moi-même chaque fois qu'il sonnait ; je lui disais de me retrouver au parc dans cinq minutes. Et bien évidemment, je lui posais un lapin. Le plus triste c'est qu'il revenait sans cesse à la charge.

Sa mère lui avait déjà raconté cet épisode pour illustrer la cruauté dont elle faisait preuve étant enfant.

— Le FBI ne t'a pas parlé d'un Landry, si ?

— Oh, non. Le seul nom qui me parlait vaguement dans le lot était celui de Jack Radebaugh, mais après coup je me suis rappelé que c'était l'auteur d'un livre que ton père avait dû acheter. Non, Holly, tu n'auras pas de poulet, dit-elle en voyant que la chienne s'était réveillée. Attends qu'on ait débarrassé.

D'ordinaire, elles seraient allées faire une petite marche digestive, surtout avec ce beau temps, mais à quoi bon prendre un risque inutile… Elles se contentèrent de boire un café sur la terrasse. Elles discutèrent de *Grey's Anatomy*, la série préférée de Meg, et parlèrent aussi de Julius évidemment, qui avait eu un accident de moto à l'autre bout du monde, en Mongolie ; il devait rester sur place le temps de se rétablir. Le ciel s'était couvert de nuages noirs et Caroline avait le bout des doigts blanchis par le froid, mais sa mère ne semblait pas le remarquer. Il y eut un silence dans la conversation. Caroline était sur le point de se lever pour qu'elles rentrent quand sa mère déclara de but en blanc :

— Il y a ce rêve horrible que je faisais quand j'étais petite, et qui me revient souvent aujourd'hui.

— Ah ? Raconte-moi.

— Tu vas trouver ça idiot, mais il avait l'air si réel que j'ai toujours les images en mémoire. Je crois qu'il m'arrive encore de le faire, tout comme il m'arrive encore de rêver que je suis à l'école et que j'ai oublié le code de mon casier.

— Parle-moi du premier.

— Eh bien, je dois avoir dix ou onze ans, et j'ai fugué de chez moi avec une bande de gamins. Mes amis sans doute, même si je ne saurais pas te dire leurs noms. Bref, on a tous fugué, on s'est débrouillés je ne sais trop comment pour voler un grand bateau imposant, et on navigue en mer. C'est un navire en bois avec deux mâts ; et une grande voile, comme les vieux bateaux de pirates, tiens. Et puis une planche bien sûr. Le détail du rêve dont je me souviens le plus clairement, c'est qu'on a décidé que l'un d'entre nous – un des gamins – doit monter sur la planche. J'ai peur d'être désignée, mais en fin de compte c'est une autre petite fille qui est choisie. On la ligote, et on lui explique qu'elle doit sauter du bout de la planche pour nous éviter de mourir.

Une bourrasque soudaine souleva un instant son écharpe devant sa bouche et Meg dut l'écarter pour pouvoir continuer.

— C'est tout. Le rêve s'arrête là.

— Et la petite fille saute ?

— Oui. On la ligote et elle pleure mais elle finit par sauter et disparaît au fond de l'eau. C'était un rêve abominable. Rien que d'y penser, j'en suis toute retournée.

— Tu ne te souviens pas de leurs noms ?

— Les noms des gamins dans mon rêve ? demanda Meg. Non. C'étaient juste des gamins comme ça.

— Qu'est-ce que ça peut bien signifier ?

Meg se leva, Caroline l'imita, et elles rentrèrent au chaud dans la maison.

— Les rêves n'ont pas toujours de signification, répondit Meg. C'était juste un cauchemar. Tous les gamins font des cauchemars.

# 8

*Vendredi 14 octobre, 18 h 09*

Le soir tombait quand Jack regagna sa maison à West Hartford. Aussitôt rentré, il fit le tour des pièces pour toutes les allumer. Il revenait de Summit, dans le New Jersey, où il avait déjeuné avec son avocat puis rendu une très brève visite à son épouse. Elle lui avait remis des documents qu'il lui réclamait et il était resté sur le perron.

— Tu as minci, avait-elle dit.

Il l'avait remerciée, mais elle lui avait répondu qu'il ne s'agissait pas d'un compliment.

Plus tard, alors qu'il remontait la voie rapide sous un ciel chargé de nuages, une meilleure repartie lui était venue à l'esprit. "Me voilà arrivé à l'hiver de ma vie." Il y avait un moment que cette expression – "l'hiver de ma vie" – lui trottait dans la tête. Et maintenant plus que jamais, tandis qu'il faisait le tour de sa maison d'enfance pour allumer les lampadaires et tirer les rideaux. Comme il n'était là que pour une nuit, il alla vérifier le contenu du réfrigérateur afin de voir s'il avait de quoi manger un morceau ou s'il devait dîner à l'extérieur. À la vue des légumes flétris, du fromage racorni et de la demi-douzaine d'œufs qui avaient très certainement dépassé leur date de péremption, il s'aperçut qu'il n'avait pas faim. Il était juste nerveux. Après avoir enfilé sa veste, il sortit marcher.

Il n'alla pas très loin, se cantonnant à faire le tour des rues voisines. La promenade se révéla intéressante. La nuit n'était pas tout à fait tombée et, dans les maisons déjà éclairées où l'on n'avait pas encore tiré les rideaux, les gens vaquaient à leurs occupations. Il vit une femme qui se versait un verre de vin dans sa cuisine, un homme pédaler sur son vélo d'appartement dernier cri équipé d'un écran de télévision, des gamins assis devant des dessins animés, et un jeune couple tendrement enlacé devant un écran géant diffusant les informations. De retour dans sa rue, il lança un coup d'œil vers la maison de ses voisins. Il se demanda si Margaret et son abominable mari, Eric, étaient là. Sans réfléchir, il longea l'allée qui séparait les deux maisons, puis se posta dans l'ombre d'une haute haie, d'où il avait vue sur leur solarium bien éclairé.

La salle était déserte, mais il distingua un verre d'eau sur la table basse devant le canapé, à côté d'un livre ouvert. Au bout d'un moment, Margaret apparut, un verre de vin rouge à la main. Elle reprit place sur le canapé, dégagea ses longs cheveux de son front et s'adossa contre un accoudoir, une jambe repliée sous elle. Il s'attendait à la voir reprendre son livre, mais elle se contenta de tenir son verre sans le porter à ses lèvres, le regard fixant l'obscurité. L'espace d'un instant, il paniqua à l'idée qu'elle l'ait vu. Mais son regard était dirigé légèrement sur le côté. En outre, il faisait beaucoup trop sombre à l'extérieur pour y voir quelque chose.

Le plus terrible avec la solitude, songeait-il parfois, c'est que la compagnie des autres ne vous en soulage pas toujours. C'était du moins ainsi qu'il le ressentait. Passer du temps en compagnie d'autres personnes, aussi chères lui soient-elles, ne faisait qu'augmenter son impression de solitude. Il avait toujours éprouvé ce sentiment, toute sa vie ou presque, depuis la mort de sa sœur en vérité, survenue il y avait des années de cela, et dont ses parents ne s'étaient jamais remis.

Il entendit le son d'une voiture et tressaillit quand le rayon des phares passa sur lui. Eric était de retour. Il tourna dans l'allée et éteignit aussitôt ses phares. Avait-il repéré Jack ? Ça paraissait peu probable, mais Jack se tint néanmoins aussi immobile que possible dans l'ombre profonde de la haie, en se demandant ce qu'il dirait si on le surprenait.

Margaret aussi devait avoir entendu la voiture car elle tourna la tête dans cette direction. Elle possédait un cou long et gracieux, et quelque chose dans sa posture, son verre de vin à la main, rappelait une peinture classique. Elle posa son verre et prit une longue inspiration ; son visage était comme un livre ouvert où se lisaient la tristesse, l'angoisse, et peut-être un soupçon d'amour sincère. Elle se leva pour aller retrouver son mari et Jack en profita pour longer le mur jusqu'à la porte.

Avant de rentrer chez lui, il entendit Eric lancer à Margaret :

— On dirait bien que ton petit copain est rentré au bercail.

Il fallut un moment à Jack pour réaliser qu'Eric parlait de lui.

# 9

*Samedi 15 octobre, 16 h 40*

MESSAGE de Madison. Deux phrases lâchées dans un souffle : “Appelle-moi tout de suite. J’ai une nouvelle incroyable à t’annoncer.” Il y avait aussi un texto. APPELLE-MOI, accompagné d’un émoji que Jay ne comprit pas tout à fait – un visage rougissant caché derrière des petites mains suivi d’un symbole de célébration. L’espace d’un instant, Jay crut qu’il allait rendre ses tripes. Madison avait de toute évidence décroché un contrat, et d’après ce qu’elle lui avait dit plus tôt – elle lui confiait absolument tout –, il s’agissait soit du spot de pub pour la chaîne locale (qui ne justifiait pas le message essoufflé), soit du bloc de trois épisodes de cette sitcom merdique pour FX qui venait d’être reconduite pour une seconde saison. C’était forcément la sitcom, et très franchement, il n’était pas sûr d’avoir la force de discuter avec Madison, de faire semblant d’être content pour elle, lui dire qu’elle le méritait. Merde. Il allait vomir, c’était certain.

Jay avait rencontré Madison à un cours de théâtre à Hollywood deux ans plus tôt. Il l’avait invitée à prendre un verre le soir du dernier cours. Puis il se l'était tapée dans le chalet de son copain Michael, en voyage à Londres. Madison partageait un studio avec une autre actrice, qui était chez elle ce soir-là, et pas question que Jay l'emmène chez lui et lui dévoile où il habitait. C'est ainsi qu'ils s'étaient retrouvés au chalet.

Il pensait ne jamais la revoir, mais six semaines plus tard, il l'avait croisée dans un bar et ils avaient bu quelques verres. Elle lui avait confié, d'une mine exagérément triste, qu'elle venait d'entamer une nouvelle relation avec un collègue barista du Starbucks où elle travaillait. Il avait été soulagé parce que l'idée de réitérer leur médiocre rencontre sexuelle ne l'intéressait pas du tout. Ils avaient cependant passé une bonne soirée. Jay appréciait le fait qu'elle soit idiote car cela lui permettait de lui expliquer des choses. Il appréciait encore plus le fait qu'elle soit une piètre actrice : aucune chance qu'elle décroche un rôle avant lui.

Or voilà qu'aujourd'hui, il allait devoir la féliciter pour avoir obtenu un rôle dans une foutue sitcom. Il ne pouvait pas l'encaisser. Plutôt que de repousser, il décida d'arracher le pansement d'un coup sec et de la rappeler sur-le-champ.

— Tu as décroché le rôle pour la sitcom ? demanda-t-il.

Elle confirma par un marmonnement désinvolte, avant de pousser un cri strident qui le força à éloigner le téléphone de son oreille.

Il la laissa parler pendant deux longues minutes – le maximum qu'il pût supporter – puis annonça :

— Je ne comptais pas t'en parler aujourd'hui, parce que je ne veux pas te gâcher cette journée, je suis tellement content pour toi, Madi. Mais je viens d'avoir ma mère au téléphone et elle m'a annoncé une très mauvaise nouvelle.

— Ah mince.

— On vient de lui diagnostiquer un cancer des poumons au stade 5. Phase terminale.

— C'est pas vrai !

— Eh si. Du coup il faut que je prenne des dispositions, tu comprends ? Préparer la suite. Alors je n'ai pas trop la tête à…

— Bien sûr, je comprends. Va t'occuper de ta maman, Jay. Et surtout dis-moi si tu as besoin de quelque chose.

— OK. Promis.

Une fois qu'il eut raccroché, Jay se mit à chercher un moyen de se débarrasser d'elle. Il envisagea de la rayer totalement de sa liste de contacts. Ça pouvait se faire. Il ne serait certainement pas le premier mec dans sa vie à disparaître dans la nature. Elle lui avait dit un jour qu'elle le considérait comme son "nouveau meilleur ami"…

Il pouvait aussi la tuer.

Cette pensée le remit aussitôt de meilleure humeur.

À tous les coups, Madison sortirait ce soir pour fêter ce nouveau bond dans sa carrière. S'il calculait bien son coup, il pouvait s'arranger pour l'attendre en bas de son immeuble… Quoique non, ça ne marcherait pas. Ils n'étaient pas des inconnus l'un pour l'autre. La première chose que la police ferait serait de vérifier son journal d'appel. Et puis même s'il avait toutes les raisons de croire que Madison deviendrait de plus en plus agaçante à mesure qu'elle décrocherait d'autres rôles, il n'aurait aucun plaisir à lui éclater la tête. Ce serait comme écrabouiller un oisillon. Trop facile et sans intérêt.

Il posa son téléphone sur l'accoudoir du canapé, les doigts blanchis de l'avoir serré si fort, se rendit dans la cuisine et but une longue rasade de la bouteille de Ketel One qu'il gardait au congélateur. Puis il fit un peu de tai-chi dans sa chambre pour essayer de se calmer. Après quoi, il s'abandonna à quelques fantasmes. Mais il s'arrêta rapidement. Imaginer ne lui suffisait plus, il avait besoin de passer à l'acte, il n'y avait qu'ainsi qu'il pourrait aller mieux.

Ce soir-là, il entra dans un petit bar du centre-ville, le genre d'endroit où il ne risquait pas de croiser Madison ou l'une de ses amies. Installé dans un box d'angle, il but une vodka-soda avec deux citrons verts en regardant les filles entrer et chercher dans la foule Brad ou Leonardo. Les pires étaient les gamines super jeunes en talons aiguille et minirobes qui poussaient des rires hystériques dès qu'un mec plus âgé disait quelque chose. Elles étaient si imbues d'elles-mêmes, persuadées d'être assez sexy pour faire carrière à Hollywood, buvant les paroles de cinéastes ratés leur parlant de leurs scénarios. Il finit par repérer la fille idéale : cheveux roux clair, jean et haut provocant, elle accompagnait une copine, mais la copine en question bavardait avec un mec et la rouquine commençait à en avoir marre. Elle n'arrêtait pas de fixer l'écran de son téléphone en sirotant très lentement une vodka-soda, tout en espérant que sa connasse de copine au rire de dinde finisse par la fermer. Jay savait qu'il n'aurait pas trop de mal à l'attirer à l'écart du troupeau. Mais à ce moment-là, les portes s'ouvrirent et la fille aperçut son rendez-vous. Retrouvant le sourire, elle se leva en secouant sa crinière et se faufila jusqu'au comptoir où elle fut rapidement rejointe par un abruti avec une moustache ironique.

Jay termina son verre et sortit. Il arpenta les rues sans but précis, puis trouva un autre bar avec terrasse d'où il pourrait observer les passants. Il s'assit pour un dernier verre.

Deux filles arrivèrent, commandèrent des Corona Light et s'installèrent à la table voisine. Elles avaient déjà un coup dans le nez et parlaient fort avec un accent provincial, jetant régulièrement des coups d'œil dans sa direction pour tenter de déterminer s'il était un acteur connu. Jay garda les yeux rivés sur l'écran de son téléphone, poussant le vice jusqu'à faire semblant de composer un texto pour donner l'impression qu'il attendait quelqu'un. Il imagina ce qui pourrait se passer s'il jetait son dévolu sur ces deux mochetés débarquées du Wisconsin, du Minnesota ou d'un autre trou, et leur racontait avoir décroché un premier rôle dans une série télé. L'une d'elles – les deux même – voudrait probablement baiser avec lui, et ça ne l'intéressait pas une seule seconde. Par contre, s'il parvenait à en prendre une à part…

— Excusez-moi, vous êtes acteur ?

La question venait de la plus âgée, celle aux grosses cuisses et à la teinture blonde.

— Non, répondit-il. Et vous, vous êtes actrices ?

Elles piquèrent un fou rire et répondirent qu'elles étaient simplement venues visiter Los Angeles. C'était leur première fois, et le matin même, elles avaient vu Josh Lucas traverser la rue et monter dans un SUV.

— Connais pas, répondit-il.

— Mais si. Il a joué dans *Fashion victime*, répondirent-elles presque d'une même voix.

— Je ne regarde pas de films, dit-il. Sûrement parce que je bosse dans le milieu et que je sais que tout est faux.

— C'est quoi votre métier ?

— Je chorégraphie les scènes de combats sur les plateaux de tournage. Je pourrais vous en raconter de belles sur vos stars préférées, mais je ne pense pas que ça vous plairait.

Elles l'invitèrent aussitôt à leur table en piaillant d'excitation. Il expliqua qu'il était en train de discuter d'un projet très important par texto et qu'il se joindrait peut-être à elles un peu plus tard. Il continua de fixer son téléphone en sirotant sa boisson. Qu'allait-il faire maintenant ? Il sentit une vague de dégoût monter en lui : dégoût à l'encontre de ces deux idiotes à la table voisine, dégoût envers la directrice de casting qui avait osé confier un vrai rôle à son amie Madison, dégoût pour cette ville stupide où il vivait, où les humains grouillaient comme des insectes. Jay termina son verre, se leva et partit. Il avait décidé de renoncer à son projet, de rentrer chez lui pour surfer sur Internet. Il avait espéré qu'il se passerait quelque chose, mais apparemment ce ne serait pas pour ce soir.

Un Uber s'arrêta le long du trottoir d'en face et une blonde en minijupe et débardeur dos nu en descendit. La fille hésita, jeta un coup d'œil à son téléphone, puis scruta la rue. Il crut d'abord qu'elle allait se diriger vers le bar, mais elle avança dans la direction opposée en titubant.

Le moment était-il venu ?

Elle tourna dans une rue transversale où il la suivit, gardant la tête baissée afin de dérober son visage aux éventuelles caméras de circulation. Il s'agissait d'un quartier résidentiel, constitué d'immeubles de style espagnol, autrefois chic, mais aujourd'hui remplis de toxicomanes et de nouveaux candidats pour Hollywood. La fille se trouvait à une vingtaine de mètres devant, mais elle s'arrêtait sans cesse pour regarder son téléphone, la lumière de l'écran éclairant un visage trop maquillé sous une crinière blonde en bataille. Son cœur s'accéléra. Il sentit dans la poche de sa veste en cuir le poids du couteau de chasse qu'il avait acheté un an plus tôt dans une brocante. Lorsqu'il enroula ses doigts autour du manche, une excitation presque sexuelle le saisit, une sensation de vertige pareille à celle que peuvent procurer les drogues les plus dingues. Il n'était plus qu'à dix mètres d'elle, camouflé dans l'ombre d'une rangée de palmiers desséchés. Il pressa le pas.

Le premier coup, porté avec une matraque en inox, l'atteignit sur l'oreille droite et lui fractura l'os temporal ; il s'écroula. Un bourdonnement assourdissant lui transperça le crâne et sa première pensée fut que la police venait de l'arrêter, bien qu'il n'eût encore rien fait. Il sentit alors un flot de sang chaud couler dans son cou et sous sa chemise. Il eut peur.

Le deuxième coup de matraque l'atteignit cinq centimètres au-dessus de l'oreille, avec beaucoup plus de force. Son corps s'avachit et son visage s'écrasa contre le trottoir. Ce coup suffit à le tuer – il se sentait déjà partir –, mais quelques coups supplémentaires s'abattirent encore sur son crâne avant que son assaillant s'éloigne à grandes enjambées en dépassant une fille ivre accrochée à son téléphone.

— Je suis juste devant, disait-elle. Comment ça, c'est trop tard ?

## QUATRE

Matthew Beaumont
Jay Coates
Ethan Dart
Caroline Geddes
Frank Hopkins
Alison Horne
Arthur Kruse
Jack Radebaugh
Jessica Winslow

# I

*Lundi 17 octobre, 16 h 40*

Cela faisait plus d'une heure que le Jay Coates de Decatur en Géorgie était assis dans la salle d'interrogatoire du commissariat. Personne n'était venu le voir pour lui proposer un verre d'eau ou lui expliquer la raison de sa présence ici. Deux policiers en tenue avaient débarqué sur son lieu de travail et l'avaient escorté jusqu'au commissariat. Il imaginait très bien ce que ses collègues pensaient désormais de lui et hésitait entre s'en offusquer ou s'en réjouir. Une chose était sûre : ça ne lui plaisait pas d'être assis dans cette pièce à attendre, et il regardait autour de lui en veillant à ne pas fixer le miroir sans tain en face, mais en se demandant qui était de l'autre côté.

Pour se calmer, il essaya d'évaluer les dimensions de la pièce et décréta qu'elle mesurait très exactement trois mètres de long sur deux mètres cinquante de large. Comme cela avait été trop facile, il décida de se livrer à un autre exercice de calcul mental et de compter le plus loin possible dans la suite de Fibonacci. Il se livrait souvent à ce petit jeu à l'université, quand il s'ennuyait en classe ou qu'il était nerveux. Il en était à 317811 quand la porte s'ouvrit violemment. Deux policiers en civil entrèrent – un homme en costume marron, aux longs bras et au front saillant, et une jeune femme aux cheveux coupés en brosse, qui alla directement s'asseoir sur le côté. L'homme au costume resta debout et fit quelques allers et retours derrière la chaise en face de Jay avant de parler :

— Je vais vous donner une chance, Coates, une seule. Si je me rends compte que vous me mentez, je vous fais inculper pour entrave à la justice. C'est compris ? (Jay ouvrit la bouche pour répondre mais le policier enchaîna.) Je veillerai personnellement à ce que vous fassiez un tour derrière les barreaux. Pas question de sursis, vu ? Et si vous vous avisez de me sortir un autre bobard dans l'heure qui vient, je vous jure devant Dieu que ça va chier. Et n'allez surtout pas me raconter que vous ne savez pas de quoi je parle…

Le policier n'arrêtait pas de secouer la tête de gauche à droite. Jay se tourna vers la femme sur sa chaise. Elle lui rendit son regard, impavide.

— Facilitez-nous les choses, Coates, reprit l'homme d'une voix plus conciliante. Je vais vous poser une question et je veux que vous me disiez la vérité.

Jay, qui sentait son corps se liquéfier, leva les yeux vers lui et sentit sa tête hocher d'elle-même.

— OK, Coates. Allons-y. Une question très simple : avez-vous oui ou non reçu une lettre le jeudi 15 septembre ? Une lettre contenant une liste de neuf noms, incluant le vôtre ? Réfléchissez bien avant de répondre car je ne vous le demanderai pas deux fois.

Jay tourna son regard vers la femme qui contemplait maintenant le dos de sa main, comme si toute cette procédure l'ennuyait.

— Pourquoi est-ce que vous la regardez? demanda le policier.

Jay se retourna vers lui et s'écria:

— Non. Non. Je n'ai jamais reçu aucune lettre.

L'homme et la femme échangèrent un regard, plus ou moins blasé, tandis que Jay éclatait en sanglots.

# 2

*Mercredi 19 octobre, 13 h 15*

Au moment où l'avion atterrit à Sarasota, Sam Hamilton, dans son siège à l'avant-dernier rang, tourna la page de son livre. Il n'était guère pressé de se courber sous les compartiments à bagages en attendant que tout le monde ait débarqué. Il relisait *Ils étaient dix* pour la seconde fois depuis le meurtre de Frank Hopkins. Après avoir réservé ce vol pour la Floride afin de rencontrer la sœur de Frank, il avait fait un saut dans l'unique librairie de Kennewick, une grange délabrée remplie de livres d'occasion et pompeusement nommée Les Pinces ruineuses. Sam avait su autrefois à quel poème l'enseigne devait son nom mais il l'avait oublié depuis des lustres. Après avoir salué Charles Montgomery, propriétaire des lieux et seul personnel qu'on n'ait jamais vu y travailler, Sam s'était dirigé vers la section romans policiers. Il y avait déniché une vieille édition poche d'*Ils étaient dix*. Il avait prévu d'emporter le roman avec lui en Floride et ne tenait pas à prendre le sien.

Sam n'était pas certain que cette nouvelle lecture fût très utile, mais c'était une manière pragmatique de tuer le temps. Et de garder l'esprit à son enquête. La question qu'il ne cessait de se poser, lui et probablement toutes les personnes chargées de l'affaire, était : qu'est-ce qui relie les neuf personnes de la liste ? C'était également une des questions au cœur du roman, en quelque sorte. Dix personnes sont conduites sur une île et assassinées l'une après l'autre. Elles ne se connaissent pas, ne se sont jamais rencontrées et sont pourtant contraintes d'affronter ensemble cette situation funeste. Pour Sam, le lien était évident : il se forgeait au moment précis où elles arrivaient ensemble sur l'île. Il en allait de même avec les neuf destinataires de la liste : ils avaient tous été désignés pour mourir.

Mais au fond pourquoi faisait-il une telle fixation sur le bouquin ? Le tueur n'avait peut-être jamais lu le roman, il n'en avait peut-être même jamais entendu parler. Si encore les neuf noms formaient une comptine… Et puis il y avait une autre différence majeure : dans le roman, les protagonistes déduisaient très tôt qu'étant seuls sur l'île, le tueur était forcément l'un d'entre eux. Ce n'était pas du tout le cas avec la liste des neuf. Néanmoins, Sam se demandait si le tueur, ou la tueuse, s'était ajouté à la liste. D'après Mary Parkinson, on n'avait toujours pas réussi à localiser Alison Horne. Ce détail avait-il une importance ? Son instinct lui disait que non.

Celui qui intéressait Sam, c'était Jack Radebaugh, tout simplement en raison de son âge. Sur les neuf personnes de la liste, six avaient autour de quarante ans et deux étaient septuagénaires. Sam n'y voyait encore qu'un détail sans importance, sauf que Frank Hopkins avait été tué d'une manière bien différente des quatre autres victimes. Son assassin s'était assuré qu'il voie la mort arriver. Frank avait ressenti la douleur, probablement même la panique. Tous les autres avaient été abattus ou attaqués par-derrière, ou asphyxiés dans leur sommeil. Mais pas Frank.

— Excusez-moi, monsieur.

Sam leva les yeux vers l'hôtesse qui venait de s'adresser à lui et s'aperçut qu'il n'y avait presque plus personne dans l'avion. Il s'excusa et sortit.

Une fois passé au bureau de location de voitures et arrivé à son motel à Siesta Key, Sam se rendit dans sa chambre pour se changer. Il enfila un chino léger et un polo bleu clair à manches courtes. C'était appréciable de retrouver pour une courte durée le climat tropical ; l'air lourd et chaud annonçait l'arrivée d'un orage d'après-midi. Sam avait parlé à deux reprises au téléphone avec Cynthia Hopkins, la sœur aînée de Frank, la première fois pour lui poser des questions et la seconde pour planifier sa visite. Elle lui avait expliqué qu'à cause de ses problèmes d'audition, elle n'entendait pas très bien au téléphone. Sam s'était alors décidé à faire le voyage. Ce serait sans doute une perte de temps, mais il avait tout de même posé deux jours de congés et réservé un aller-retour Portland-Sarasota incluant une nuit d'hôtel. Cynthia l'attendait pour quatre heures. Il était deux heures, et le motel était proche du domicile de Cynthia. Il décida de sortir marcher en direction de la plage.

À quatre heures précises, Sam sonna chez la sœur de Frank Hopkins. Elle habitait un pavillon aux murs couverts de stuc rose ; dans la cour laissée à l'abandon, quelques touffes d'herbe jaunie poussaient ici et là à travers la terre compactée. La porte s'entrebâilla d'une dizaine de centimètres et Cynthia Hopkins risqua un regard en plissant les yeux. Son visage rond était une masse de rides et le soleil lui avait abîmé la peau par endroits.

Ne sachant pas si elle se souviendrait de leur rendez-vous, Sam dit :

— Madame Hopkins, je suis l'inspecteur Sam Hamilton. Nous nous sommes parlé au téléphone.

— Je me souviens, répondit-elle en ouvrant grand la porte pour l'inviter à entrer. Je suis un peu dure d'oreille mais je ne perds pas la mémoire. Pas encore du moins.

Il suivit la femme à travers la maison, où régnait une chaleur étouffante, jusqu'à une terrasse protégée par une moustiquaire. Elle l'invita à s'asseoir sur une chaise en osier.

— Qu'est-ce que je vous sers ? demanda-t-elle.

— Rien, à moins que vous ne preniez vous-même quelque chose.

— J'aurais dû vous dire de venir à cinq heures alors. C'est l'heure à laquelle je bois mon gin tonic.

— Ne vous en privez pas pour moi. On n'a qu'à faire comme s'il était cinq heures.

— Non, je vais attendre. À mon âge c'est important d'avoir des rituels.

Elle prit place en face de lui sur une chaise identique et croisa les jambes. Elle portait un pantalon blanc et un chemisier à fleurs sous un gilet rose. Il lui trouva peu de ressemblance avec Frank : elle était plus grande que lui, le visage plus buriné, presque simiesque avec toutes ces rides.

— Toutes mes condoléances pour votre frère, dit Sam.

— Merci, répondit-elle d'une voix rocailleuse, et Sam songea que les crevasses sur son visage devaient sans doute autant au soleil de Floride qu'à une vie de cocktails et de cigarettes.

— Étiez-vous proches ?

— Non, nous n'avons jamais été proches, mais on ne se battait pas non plus cela dit. J'étais l'enfant discrète et studieuse et lui aimait la compagnie, à l'image de nos parents. Ils adoraient tous les trois s'occuper d'un hôtel alors que je ne voyais rien de plus insupportable. Imaginez-vous vivre dans une maison remplie en permanence d'invités. À la première occasion, je suis partie pour Boston et j'ai trouvé un travail chez Houghton Mifflin – une maison d'édition. C'est là que j'ai rencontré mon époux. Comme moi, il s'accommodait très bien d'une vie sociale plus réduite. Nous n'avons jamais eu d'enfants, mais une chose est sûre : nous avons lu un paquet de livres.

— Votre époux est… ?

— Il est décédé en 2003, quelques années seulement après que nous nous sommes installés pour de bon à Siesta Key. Frank m'a rendu son unique visite juste après le décès de Patrick. Il m'avait promis de redescendre un jour, mais je suppose qu'il n'a jamais trouvé le temps. C'est ça quand on dirige un hôtel… Avez-vous découvert qui a tué mon frère ?

Surpris par la soudaineté de la question, Sam répondit :

— Non. Mais le meurtrier de votre frère est en train de tuer d'autres personnes. Leurs noms figuraient tous sur une liste.

— Ah, tout s'explique. L'autre jour, j'ai bataillé pour suivre le fil d'une conversation au téléphone avec un de vos collègues policiers qui m'a interrogée au sujet d'une série de noms dont pas un ne m'était de près ou de loin familier.

— Puis-je vous interroger à mon tour ? demanda Sam.

— Au sujet des noms ? Faites, mais je doute que mes réponses aient changé.

Sam énuméra les noms, qu'il avait mémorisés. La femme prit le temps de réfléchir à chacun et lui répondit finalement qu'aucun ne lui disait rien.

— J'espère que vous n'avez pas fait tout ce chemin rien que pour ça.

— Du tout. J'aurais aimé que vous me relatiez l'histoire du Windward Resort, si vous vous souvenez de scandales qui auraient pu s'y produire. Tout ce qui peut sortir de l'ordinaire.

— Par "passé", vous entendez… ?

— Un événement qui serait survenu quand vous et Frank étiez enfants. Ou plus récemment.

— Laissez-moi réfléchir une minute. Vous savez quoi ? Exceptionnellement, je vais peut-être prendre mon gin tonic un peu plus tôt.

— Si vous me dites comment vous l'aimez, et où se trouvent les ingrédients, je serai ravi de vous le préparer pendant que vous réfléchissez.

— Préparez-en deux alors : un pour moi un pour vous.

— Avec plaisir, dit-il.

Elle lui indiqua la cuisine et Sam traversa le salon carrelé pour déboucher dans une alcôve lumineuse. Sur un plan de travail immaculé étaient posées une bouteille de gin Gordon et une autre de tonic Publix. Il dénicha deux grands verres et concocta deux cocktails qu'il emporta sur la terrasse.

— Je suis gâtée cet après-midi, dit-elle. J'ai un homme pour me servir mon cocktail.

Sam se carra au fond de son siège et but une gorgée. Il craignit un instant d'avoir eu la main lourde, mais Cynthia le goûta à son tour et le jugea très bon.

— Quelque chose vous est revenu ? demanda Sam.

— À propos de l'hôtel ? Deux événements, en vérité. Ils se sont tous les deux produits à l'époque où j'y habitais encore, donc je vous parle là de choses anciennes.

— Peu importe. Ça m'intéresse.

— Bon, dans ce cas, le plus gros scandale a eu lieu quand j'avais dix-huit ans, un peu avant que je parte pour l'université. Ça nous ramène à l'été 1961. Je me souviens de deux clients, un homme et une femme, qui s'étaient apparemment présentés comme un couple marié. Quand le scandale a éclaté, tout le monde a déclaré qu'ils n'avaient jamais été dupes. Je n'ai aucun souvenir d'eux, même si à l'époque il m'arrivait parfois de travailler à la réception. (Elle s'arrêta pour boire une petite gorgée. Elle parlait lentement, comme si elle faisait un gros effort pour se souvenir.) Ils devaient avoir une quarantaine d'années. Le jour de leur départ prévu, ils ne sont jamais sortis de leur chambre. La femme de ménage qui est entrée avec son passe les a trouvés morts. Aux dires des gens, tout laissait penser qu'il lui avait tranché la gorge avec un rasoir avant de se taillader les poignets dans la baignoire. Je me souviens que la police était là, ainsi qu'un troupeau de journalistes. Je me rappelle aussi que chacun avait sa théorie. On ne savait pas trop s'il s'était donné la mort après l'avoir assassinée, ou s'il s'agissait d'une espèce de pacte suicidaire. En revanche, je me souviens qu'il s'est avéré qu'ils étaient tous les deux mariés à d'autres personnes.

— Vous souvenez-vous de leurs noms ?

— Je savais que vous alliez me les demander. J'ai bien peur de ne pas m'en souvenir. Je me rappelle juste qu'ils s'étaient enregistrés sous des faux noms bien peu crédibles. Quelque chose comme John et Jane Smith. Par contre, j'ai oublié leurs véritables noms. Je me souviens cependant du numéro de la chambre : 22. Elle se trouvait dans l'ancienne partie de l'hôtel, celle qui a été ravagée dans les années 1970. Du reste, je crois qu'on n'a jamais plus donné cette chambre.

— Et vous êtes sûre que ça s'est passé en 1961.

— Oui, aucun doute là-dessus, car c'est l'année où je suis partie pour l'université.

— Vous avez parlé d'un autre incident.

— Celui-là a moins fait sensation. Et je crois que je m'en souviens seulement parce que j'étais encore enfant quand il s'est produit. (Elle but une autre gorgée et leva les yeux, comme pour rassembler ses pensées.) Là encore, je ne me souviens malheureusement plus des noms, mais quand j'avais douze ou treize ans, une fillette qui passait ses vacances au Windward est morte noyée. Elle s'était introduite à marée basse dans une cavité au pied du brise-lames.

— La connaissiez-vous ?

— Non. C'était Frank qui sympathisait généralement avec les gamins qui passaient l'été à l'hôtel. Moi je restais à lire dans ma chambre. Oh, c'est drôle, j'allais justement vous dire d'interroger Frank au sujet de cette petite fille, mais c'est évidemment impossible.

— Effectivement. (Sam attendit un moment que Cynthia prenne une position plus confortable dans son siège puis il demanda :) Qu'entendez-vous par "brise-lames"… ?

— La jetée sur la plage de Kennewick.

— Où Frank est mort…

— Ma foi oui. Je n'avais pas fait le rapprochement, mais c'est exact. Il a dû mourir à l'endroit même où cette fillette est morte des années plus tôt. Ça a été un événement horrible, évidemment. Bien plus horrible, d'une certaine façon, que le couple qui s'est tué dans sa chambre. Parce que c'était une enfant, et que sa mort résulte d'un accident. Si un tel accident se produisait aujourd'hui, j'imagine qu'on installerait une chaîne tout autour de la jetée, et qu'on placarderait des mises en garde. Mais à l'époque… La vie a repris son cours comme si de rien n'était.

Sam resta le temps de terminer son verre et ils parlèrent encore un peu de l'enfance de Cynthia au Windward. Elle avait une bonne mémoire et il aimait l'écouter raconter. Mais il avait faim et était impatient de retourner à son motel vérifier sur son ordinateur les deux histoires dont elle lui avait parlé. Alors il fila à la première occasion. Il s'arrêta en chemin dans un centre commercial et but un autre gin tonic dans un restaurant de fruits de mer en attendant qu'on lui prépare des tacos de mérou à emporter. Il rentra ensuite au motel, régla la climatisation au maximum et commença ses recherches afin de découvrir si Cynthia Hopkins avait vraiment une bonne mémoire.

# 3

*Vendredi 21 octobre, 20 h 22*

CAROLINE lui avait expliqué par texto qu'elle croulait sous le travail ; elle proposait qu'ils suspendent leurs échanges pour un soir. Le message fit à Ethan l'effet d'un coup de poignard dans le ventre. "Pas de souci. Travaille bien", répondit-il. Il sortit sa veste en jean d'un tas d'affaires et marcha jusqu'au casino El Camino. Ça faisait un bail qu'il n'y avait pas fichu les pieds, et ce fut exactement ce que Lauren, la barmaid, lui dit lorsqu'il s'assit et commanda un Moscow Mule.

L'agent de police Resendez lui avait demandé de limiter ses sorties dans les lieux publics, mais il ne lui avait jamais dit de s'enfermer chez lui. Et puis ce soir, il s'en fichait, même si la veille, en tapant Jay Coates sur Google, comme il le faisait chaque jour pour les noms qui restaient sur la liste, il avait découvert qu'un Jay Coates avait justement été assassiné à Los Angeles le week-end précédent. La liste se raccourcissait chaque jour un peu plus.

Ethan en était à son troisième cocktail quand il repéra deux femmes dans un box au fond du bar ; leurs visages ne lui étaient pas inconnus. Au bout d'un certain temps, il se souvint qu'elles étaient serveuses dans un club où il jouait avec les Buckets, un groupe éphémère dont il avait fait partie. Il déambula dans leur direction et elles l'invitèrent à leur table ; il commanda un pichet de Lone Star et se glissa sur la banquette. Une heure plus tard, un autre élément lui revint en mémoire : il avait couché avec la plus mignonne des deux – la potelée – deux ans auparavant, un soir après le concert. Elle s'appelait Alicia, mais découpait son prénom en quatre syllabes pour lui donner une sonorité plus exotique. Visiblement elle se souvenait de la nuit en question car elle n'arrêtait pas de lui faire du pied.

Ils partirent tous les trois à la fermeture du bar. Jennifer avait commandé un VTC et monta aussitôt à bord, le laissant seul avec Alicia. Tandis qu'ils marchaient jusqu'à l'appartement d'Ethan, il lui parla d'une nouvelle chanson qu'il avait écrite pour une voix féminine, et lui proposa d'en chanter un couplet pendant qu'il l'accompagnerait à la guitare. Il avait déjà utilisé cette technique, et il flippa soudain à l'idée qu'il l'avait peut-être utilisée sur Alicia la première fois qu'ils avaient couché ensemble. Si c'était le cas, elle n'en laissa rien paraître.

Arrivés chez lui, Alicia roula un joint pendant qu'il accordait sa guitare et imprimait les paroles de la chanson. Elle avait un beau brin de voix, et la chanson était moins mauvaise que dans son souvenir. Ils la chantèrent deux ou trois fois, avant de se peloter sur le canapé. Alicia lui demanda s'il se rappelait avoir déjà couché avec elle.

— À ton avis, pourquoi je suis venu te dire bonsoir ? répondit-il.

Alors qu'ils s'étaient déplacés sur le futon et avaient éteint les lumières, Ethan pensa à Caroline pour la première fois depuis qu'il était revenu à son appartement. Il éprouva soudain l'envie de se retrouver seul, pour pouvoir l'inviter à le rejoindre sur Skype. Il regarda Alicia ; le clair de lune qui pénétrait par la fenêtre éclairait assez son visage pour qu'il puisse distinguer ses yeux mi-clos. Elle avait l'haleine chargée d'alcool.

— Hé, Alicia, dit-il. Je vais aller mettre un disque. Tu t'endors pas, d'accord ?

— Ça risque pas, répondit-elle.

Il se leva et mit un disque de Rachael Yamagata, puis écouta deux chansons sur le canapé du salon. Lorsqu'il regagna la chambre, à pas de loup, Alicia était allongée sur le ventre, une jambe au-dessus des couvertures, et ronflait doucement, à son grand soulagement.

Sans perdre une seconde, il retourna sur le canapé, ouvrit son ordinateur et chercha le point médian entre Austin et Ann Arbor. Il repéra des chalets sympas au bord de la Shawnee National Forest… L'endroit en valait bien un autre. Il envoya un texto à Caroline :

    Tu m'as manqué ce soir. Ça te dirait
    qu'on se rencontre aux chalets de Rolling
    Brook à Makanda, dans l'Illinois ?

# 4

*Vendredi 21 octobre, 23 h 15*

CAROLINE lut le texto d'Ethan et répondit :

```
D'accord. Quand?

Je te laisse choisir la date. Moi je
suis toujours dispo.
```

Caroline ouvrit son agenda. Elle connaissait bien son emploi du temps : elle serait libre le week-end suivant – elle avait une tonne de copies à lire, mais elle venait d'en corriger une bonne partie durant la dernière heure et elle aurait largement le temps de terminer dans la semaine. À l'idée de rencontrer Ethan en chair et en os, elle sentait son estomac faire des nœuds, mais ce n'était pas une sensation désagréable. Elle se raisonna : s'il y avait un malaise, qu'ils n'éprouvaient aucune attirance physique ou autre, ils pourraient toujours rester amis. Ils s'étaient mis d'accord sur ce point.

Rdv vendredi ? écrivit Caroline.

Ça me va.

Caroline :
C'est le week-end d'Halloween.

Ethan :
Un week-end chargé pour les profs ? Tu préfères qu'on annule ?

Caroline :
Surtout chargé pour mes étudiants. Déguisements sexy en veux-tu en voilà.

Ethan :
Tu es invitée ?

Caroline :
Comme chaque année. J'ai une collègue qui organise une soirée le samedi avant ou après Halloween.

Ethan :
Tu préfères qu'on reporte ?

Caroline :
Mon Dieu, non. Au moins cette année je n'aurai pas à chercher en quoi me déguiser.

Ethan :
En Sylvia Plath, la poétesse dévergondée ?

Caroline :

Déjà fait il y a deux ans. Les gens s'en souviennent encore. Et toi ? Quelque chose de prévu ?

Ethan :

J'ai bien une soirée en tête, mais je préférerais largement aller dans l'Illinois.

Caroline :

C'est gentil. En quoi tu aurais été déguisé ?

Ethan :

En star du rock fauchée. Comme chaque année.

Ils continuèrent de converser par textos une heure de plus ; Ethan avait réservé un chalet pour les nuits du vendredi et du samedi.

Caroline se coucha en essayant de ne pas s'angoisser à l'idée de voir Ethan. Comment l'imaginait-il ? Que ressentirait-elle quand elle serait près de lui ? Elle s'inquiéta plutôt de savoir qui s'occuperait d'Estrella et de Fabuleux, et aussi du risque multiplié qu'il y avait à voyager dans un endroit qui les réunirait elle et Ethan, sachant qu'ils figuraient tous les deux sur la liste de cibles du même tueur. Cette idée de rencontre n'était peut-être ni plus ni moins qu'une énorme bêtise. Mais une partie d'elle n'y attachait pas d'importance, ou du moins pas une importance suffisante. L'émotion qu'elle éprouvait quand elle discutait avec Ethan, ou même quand ils échangeaient simplement des e-mails ou des textos, était si intense, si libératrice qu'elle avait absolument besoin de vérifier si cette émotion survivrait à un tête-à-tête. Il lui arrivait de se demander si elle avait déjà connu le véritable amour auparavant. Son seul vrai petit ami avait été Alec Gresham, qu'elle avait rencontré à Oxford lorsqu'elle y avait séjourné dans le cadre d'une bourse d'études Fulbright. Il l'avait ensuite rejointe aux États-Unis et ils avaient vécu deux ans ensemble tandis qu'elle terminait son doctorat à Ithaca. À la fin de son séjour, ils se sentaient meilleurs amis qu'amants. Quoique non… ce n'était pas exact. Elle l'avait aimé, et elle continuait de l'aimer d'une certaine manière. Mais elle n'avait jamais ressenti pour lui ce qu'elle s'était mise à éprouver pour Ethan. Une phrase du *Cœur et la raison* ne cessait de lui trotter dans la tête : "Ce n'est pas le temps, ni l'occasion qui doivent déterminer l'intimité – c'est le caractère seul. Sept années seraient insuffisantes pour que certaines personnes pussent se connaître l'une l'autre et sept jours sont plus qu'il n'en faut pour certaines autres." Était-ce cela qu'elle partageait avec Ethan… un caractère ? Une disposition réciproque ? Ou était-ce seulement le jeu des circonstances ? Elle voulait en avoir le cœur net.

Le lendemain matin, elle discuta avec Maeve, une professeur adjointe amoureuse comme elle des chats, qui accepta de s'occuper de Fabuleux et d'Estrella pour le week-end ("Je pourrais bien ne plus vouloir te les rendre.") Puis elle s'entretint avec l'agente Hanley. La policière chargée de sa protection lui dit qu'elle s'arrangerait pour faire poster des policiers à l'extérieur du chalet de Rolling Brook. Elles régleraient les détails plus tard.

— Ça fait loin pour un plan cul, glissa Liz à la fin de leur conversation.

Elle ponctua sa remarque d'un de ses éclats de rire habituels.

— C'est loin, oui…, répondit Caroline.

Elle se retint de lui dire qu'il ne s'agissait pas d'un plan cul, même si elle savait au fond que c'était bien le cas.

# 5

*Mercredi 26 octobre, 17 h 33*

JACK Radebaugh passa le coup de fil depuis le confortable lit de sa chambre d'hôtel grand luxe. Au bout de deux sonneries, une voix répondit.

— Ellen Mercer.

— Agente Mercer, bonjour. Je suis Jack Radebaugh. Nous nous sommes parlé après...

— Bonjour Jack, je sais qui vous êtes. Comment allez-vous ?

— Ça va. Tout va bien. Mais vous m'aviez demandé de vous contacter si je pensais à quelque chose, un lien possible entre...

— Tout à fait.

— Eh bien voilà, les autres noms sur la liste ne me disent toujours rien. En revanche, j'ai fait quelques recherches sur Google, et j'ai vu que Frank Hopkins était le propriétaire du Windward Resort. Est-ce exact ?

— Tout à fait.

— Eh bien, sauf erreur de ma part, je suis quasiment certain d'avoir séjourné là-bas. Ça se trouve à Kennewick, n'est-ce pas ? Dans le Maine ?

— Effectivement.

— C'était il y a une éternité. J'avais onze ans à l'époque. J'y ai séjourné avec ma famille presque tout l'été.

— Vous vous souvenez donc de Frank Hopkins ? demanda l'agente.

— Non. Enfin… je ne pense pas qu'il dirigeait déjà l'hôtel en 1956.

— Mais il y habitait. Ses parents tenaient l'hôtel avant qu'il le reprenne, et d'après nos informations, il a vécu toute sa vie là-bas.

— Ah.

— Il est donc très possible que vous l'ayez côtoyé durant votre séjour. Vous aviez à peu près le même âge.

Jack attrapa la bouteille d'eau minérale posée sur la table de chevet et en but un peu.

— Je suppose, oui. Il y avait un tas de gamins de mon âge là-bas, et je ne me souviens pas de leurs noms à tous.

— Évidemment, je comprends.

— Je suis sûr que ce n'est qu'une coïncidence, mais vous m'aviez dit…

— Oui, oui, tout à fait. Merci de m'avoir contactée. Toute information est bonne à prendre, même s'il s'agit d'une coïncidence. Et pour les autres noms ?

— Non, désolé, toujours rien.

— Eh bien, si vous pensez à autre chose…

— Je vous tiens au courant, promis.

— Une dernière chose, Jack : je voulais savoir si vous aviez reconsidéré notre proposition de vous fournir une protection policière. Ne serait-ce qu'une voiture banalisée garée devant chez vous à certaines heures de la journée…

— Je m'apprête à partir en voyage, répondit-il. Votre policier surveillerait une maison vide… Mais même sans cela, ma réponse n'a pas changé. Merci, mais non.

Il entendit un soupir à l'autre bout de la ligne.

— Bon, d'accord. Merci de nous avoir éclairés sur le Windward Resort. N'hésitez pas si quelque chose vous revient en mémoire. Quoi que ce soit.

Après avoir raccroché, Jack se demanda s'il avait eu raison de contacter le FBI. Et s'il aurait dû leur parler de ce qui était arrivé à sa sœur là-bas.

On frappa à la porte. Juste avant d'appeler l'agente Mercer, Jack avait passé une commande au service de chambre. Mais il était trop tôt pour que ce soit eux… Il descendit du lit avec précaution – le poids des années se faisait toujours un peu plus sentir lorsqu'il voyageait pour affaires – et marcha lentement jusqu'à la porte. Il l'entrouvrit, juste assez pour apercevoir un Latino de petite taille tenant un plateau sur lequel Jack reconnut sa commande: une salade Cobb et une demi-bouteille de vin. Jack déposa le plateau sur la table devant l'unique fenêtre de la chambre; trois vitres alignées dévoilaient un panorama de plaines agricoles à perte de vue. Des rayons de lumière pâle parvenaient encore jusqu'à eux, mais quelque part à mi-distance, il distinguait un nuage sombre sillonné de stries; au loin une tempête sévissait. L'espace de quelques secondes angoissantes, Jack fut incapable de dire où il se trouvait. Puis il se souvint: en périphérie d'Indianapolis.

Il s'assit et arracha le film plastique de sa salade. Tout était glacé, y compris le bacon et le poulet grillé. Pas étonnant qu'elle lui ait été livrée si vite : elle avait été préparée à l'avance et attendait dans un réfrigérateur. D'un geste vif, il déboucha la bouteille et se versa un verre de vin.

# 6

*Vendredi 28 octobre, 17 h 47*

De l'extérieur, les chalets de Rolling Brook ne payaient pas de mine, mais l'intérieur était luxueux. On les aurait crus sortis d'un catalogue LL Bean : mobilier en bois sombre, estampes de poissons sur les murs, lit revêtu d'une couverture blanche à rayures rouges, jaunes et vertes. Leur chalet était équipé d'une cheminée qui n'avait rien de décoratif, deux fauteuils capitonnés complétaient le tableau et la salle de bains était dotée d'une baignoire profonde.

Arrivé le premier, Ethan avait envoyé un message à Caroline pour lui dire qu'il avait pris possession de la chambre et qu'elle n'avait pas besoin de passer par la réception. Elle n'était plus qu'à une demi-heure de route. Il avait fait les cent pas dans le chalet en se demandant s'il avait le temps de prendre une douche rapide, et avait décidé que non. Ses pas le ramenaient sans cesse à la fenêtre, et il tirait le rideau pour la voir arriver. C'est à peine s'il prêtait attention au véhicule de patrouille, bien que le policier à son bord se fût dûment présenté à lui après qu'Ethan eut récupéré les clefs.

Il alla jeter un coup d'œil dans le réfrigérateur. Il contenait un plateau de fruits cellophané et une bouteille de vin blanc offerts auxquels il ne toucha pas. Dans son sac à dos, il avait glissé son one-hitter* chargé avec une variété d'indica assez forte. Mais il voulait avoir toute sa tête lorsqu'il rencontrerait Caroline. Ça lui semblait important, même s'il n'aurait su dire pourquoi.

On frappa à la porte et son cœur bondit dans sa poitrine. Caroline était là ; un peu plus grande qu'il l'imaginait, les joues rouges comme une pivoine, elle souriait.

— Je suis nerveuse, dit-elle.

— Moi aussi, répondit-il. Je ne sais pas pourquoi.

— Allez.

Elle posa son sac de voyage et ils tombèrent dans les bras l'un de l'autre. C'était si bon, et en même temps irréel, comme si une dimension venait de s'ajouter au monde. Ethan se sentait submergé par l'émotion.

— Et maintenant, on fait quoi ? demanda-t-elle.

— Qu'est-ce que tu as envie de faire ?

— J'ai posé la question en premier.

— Je pense qu'on devrait se mettre au lit, dit-il. On n'est pas obligés de faire l'amour, j'ai juste envie de m'allonger près de toi pour pouvoir te toucher et t'embrasser.

— Moi aussi.

Deux heures plus tard, ils étaient dans le lit à boire le vin et manger les fruits, immensément soulagés de constater

* Petite pipe discrète en verre ou en métal ne contenant qu'une seule dose de la substance à fumer.

que la proximité qu'ils avaient ressentie au cours des dernières semaines était intacte. De temps en temps, l'un des deux éclatait de rire, ou ils riaient ensemble.

— Si on nous voyait…, disait Caroline.

— Je m'en fiche. Je suis si heureux d'être ici avec toi.

— Moi aussi.

Une heure plus tard, ils étaient allongés face à face, les draps et les couvertures enserrant leurs corps nus. Tous les deux épuisés.

— Nous nous sommes rencontrés à la fin de la fête, dit Ethan.

Caroline resta interdite. Puis elle se mit à rire.

— Attends, tu me récites de la poésie.

— C'est le poème dont tu m'as parlé.

— Oui, dit-elle. Nous nous sommes rencontrés à la fin de la fête, à l'heure où les verres sont sales et les vins éventés.

— Tu connais le reste ?

— Quelques vers. Pas tout. J'ai passé l'âge de réciter des poèmes.

— Je suis content qu'on l'ait fait, déclara Ethan.

— Pense un peu à la manière étrange dont on s'est rencontrés.

— Je n'arrête pas d'y penser.

— Tu crois que c'était… prédestiné ? demanda Caroline.

Ethan marqua un silence avant de répondre.

— Non. Je ne crois pas en l'âme sœur, ni qu'il n'existe qu'un seul partenaire idéal pour chacun de nous en ce bas monde. Je crois qu'il y en a plein. Certains n'en rencontrent jamais aucun, tandis que d'autres peuvent en trouver deux, ou plus. C'est le hasard.

— Je suis d'accord. Moi non plus je ne crois pas en l'âme sœur. En revanche je crois aux dispositions.

— Ah bon ?

— Oui. Même si nous différons par certains aspects, nous partageons certaines dispositions. Je crois que c'est l'essentiel, et je suis très contente qu'on l'ait fait.

— Moi aussi. Ne serait-ce que pour le lit. Je n'ai jamais dormi dans un lit aussi confortable.

— Ah ah. Tu trouves aussi ?

Ils s'endormirent à poings fermés, avec l'aide de la benzodiazépine qu'on avait introduite dans le vin à travers le bouchon. Aucun d'eux ne se réveilla quand on leur injecta des doses plus fortes, puis d'autres, fatales, de morphine. Caroline, qui pesait quinze bons kilos de moins que l'homme dans les bras duquel elle dormait, convulsa légèrement quand son cerveau fut privé d'oxygène. Puis elle mourut.

# TROIS

Matthew Beaumont
Jay Coates
Ethan Dart
Caroline Geddes
Frank Hopkins
Alison Horne
Arthur Kruse
Jack Radebaugh
Jessica Winslow

# 1

*Samedi 29 octobre, 2 h 22*

VINGT minutes plus tard, Ethan Dart mourut de la même manière que Caroline Geddes.

# DEUX

Matthew Beaumont
Jay Coates
Ethan Dart
Caroline Geddes
Frank Hopkins
Alison Horne
Arthur Kruse
Jack Radebaugh
Jessica Winslow

# I

*Dimanche 30 octobre, 16 h 39*

LE match des Saints venait de débuter. Bien qu'il n'eût aucune intention de rester devant la télévision, Sam Hamilton s'ouvrit une bière dans son bureau, le volume assez fort pour ne rien rater d'un éventuel temps fort. Un pan de mur entier était recouvert de photos, de coupures de journaux et de ses propres notes manuscrites, toutes liées à l'affaire Frank Hopkins, ou comme il s'y référait, l'affaire de la "liste des neuf". Depuis qu'il s'était rendu en Floride pour rencontrer Cynthia, la sœur de Frank, Sam était obnubilé non seulement par l'enquête actuelle, dont il réclamait régulièrement des nouvelles à Mary Parkinson, l'inspectrice de la police d'État, mais aussi par les deux incidents survenus au Windward Resort que Cynthia avait évoqués. Et maintenant ses recherches venaient enfin de le mener à une découverte qui pourrait bien être la clé des événements.

Dans un premier temps, il s'était concentré sur le meurtre/suicide qui s'était produit en 1961. Un dénommé Bart Knapp, de Portland dans le Maine, s'était suicidé dans l'une des chambres de l'hôtel, après avoir tué sa maîtresse, une certaine Betsy Sturnevan. L'homme et la femme étaient tous deux mariés et travaillaient dans le même cabinet comptable de Portland. L'affaire ayant fait les manchettes nationales, il n'avait pas été trop difficile de trouver des détails. En l'absence de traces de lutte dans la chambre, et du fait de la présence de sédatif et d'alcool dans le sang des deux victimes, on avait conclu officiellement à un double suicide. On supposa que Betsy s'était tranché les poignets dans le lit, puis que Bart s'était tué dans la baignoire à l'aide du même rasoir. La famille de Betsy Sturnevan avait rejeté ce verdict, affirmant que Knapp avait traîné Betsy jusqu'au Windward Resort contre son gré, avant de lui administrer des sédatifs.

L'affaire avait fait sensation et Sam avait exhumé une quantité d'articles, la plupart tirés d'une ancienne gazette locale, le *Kennewick Star*. Aucun des policiers qui avaient pris part à l'enquête n'était plus en vie. Mais Bart Knapp et Betsy Sturnevan étaient tous deux parents de jeunes enfants à l'époque et Sam avait un instant envisagé d'essayer de les retrouver. Ils devaient avoir une soixantaine d'années aujourd'hui. Il s'était finalement abstenu car rien ne semblait relier les amants à l'un des noms de la liste. La piste était une impasse.

Restait donc l'histoire de la jeune fille qui s'était noyée près de la jetée. Lorsqu'il entra WINDWARD RESORT et NOYADE dans la barre de recherche, les seuls résultats qu'il obtint dataient de 2000 : un ado nommé Duane Wozniak s'était noyé en plongeant depuis la jetée. Il lut plusieurs articles sur le sujet, mais il s'agissait vraisemblablement d'un accident ; de plus, il n'avait trouvé aucun lien entre la famille de Duane et les noms de la liste. Il était bien plus intéressé par l'histoire que Cynthia lui avait rapportée. Cynthia avait quatorze ou quinze ans l'année où la fille s'était noyée, et puisqu'elle en avait dix-huit en 1961, cela plaçait les faits entre 1957 et 1958. Il semblait logique qu'il n'ait trouvé aucune mention d'une noyade survenue au Windward Resort durant ces années en cherchant sur Internet. La noyade accidentelle d'une gamine sur une plage du Maine était trop anecdotique pour intéresser les médias nationaux, les seuls archivés en ligne. En revanche, elle figurait probablement dans les gazettes locales. Sam avait donc passé les trois derniers jours à la bibliothèque municipale de Kennewick, à s'user les yeux devant les microfilms du *Kennewick Star* et du *Southern Maine Forecaster*, les deux journaux locaux en activité durant les années 1950. Alors qu'il était sur le point d'abandonner, il avait décidé d'élargir la période pour y inclure les années 1956 et 1959, et avait gagné la timbale en tombant sur un article du *Kennewick Star* rapportant la noyade tragique d'une certaine Faye Grant en juillet 1956. La victime, âgée de dix ans, passait ses vacances d'été au Windward Resort avec sa mère et son frère. Un inspecteur de police du nom de William Cable déclarait que la noyade avait été accidentelle : la fillette s'était vraisemblablement glissée dans une crevasse sous la jetée et s'était retrouvée bloquée quand la marée était montée.

L'un des articles mentionnait les noms de ses proches. Le père, John Grant, administrateur dans une compagnie d'assurances, habitait Hartford, dans le Connecticut. Le frère aîné de la victime portait sans doute le même prénom que son père car le journal précisait "le petit Jack Grant" ; enfin, la mère, née à Baltimore, s'appelait Lily Grant et son nom de jeune fille était Radebaugh.

En lisant cette information, Sam avait senti une décharge électrique lui traverser les bras et la nuque. Et si "le petit Jack Grant" se faisait aujourd'hui appeler Jack Radebaugh ? Ce serait alors le frère de Faye, et Sam tiendrait son lien avec la liste des neuf. La vengeance. Frank Hopkins vivait au Windward Resort à l'époque de la mort de Faye, et on l'avait noyé près de la jetée. En ce qui concernait les autres personnes de la liste, toutes trop jeunes pour avoir assisté à la mort de Faye, eh bien… Sam ne savait pas trop pourquoi elles avaient été ciblées. Le plus plausible était qu'elles aient eu un lien quelconque avec une personne que Jack estimait coupable. L'un ou l'autre de leurs parents, peut-être. Les dates concordaient.

Sam venait d'envoyer un e-mail à l'inspectrice Parkinson et à l'agente Ruth Jackson au FBI, accompagné de photos de tous les articles pertinents. Il étudiait à présent les notes qu'il avait prises sur les familles des victimes. Toutes les pièces du puzzle commençaient à se mettre en place. Il y avait davantage de similitudes entre les parents des victimes qu'entre les victimes elles-mêmes. Ils étaient tous blancs, issus des classes moyennes ou aisées et originaires d'une même zone en Nouvelle-Angleterre. Il y avait autre chose, un détail que Sam avait remarqué une semaine auparavant. La liste des neuf noms comptait six hommes et trois femmes. Il s'était demandé pourquoi. Si ce Jack Radebaugh – ou quelqu'un d'autre (ce n'était pas impossible) – s'était mis en tête d'assassiner l'un des enfants de tous ceux qu'il considérait complices de la mort de sa sœur, alors il essaierait peut-être de les tuer sans les faire souffrir, mais sans doute aussi ciblerait-il les fils plutôt que les filles. Certes la liste comptait trois femmes, mais Jessica Winslow était une enfant unique, et Caroline Geddes, elle, avait un frère, mais il vivait à l'étranger. Les neurones en effervescence, Sam alla se chercher une autre bière dans le frigo, sans accorder le moindre regard au match.

De retour dans son bureau, il songea à Alison Horne, qu'on n'avait toujours pas localisée. Était-elle déjà morte ? C'était peu probable, car dans ce cas il y aurait eu un rapport de police, un avis de décès ou une trace écrite qui aurait alerté le FBI. À moins que l'on n'ait pas encore découvert son corps. Mais dans ce cas, quelqu'un aurait signalé sa disparition… Non, Sam la supposait toujours en vie ; il se demanda où elle se trouvait et si elle était consciente du danger qui la guettait.

# 2

*Lundi 31 octobre, 15 h 03*

JONATHAN Grant avait prévu d'envoyer un texto à Alison depuis l'aéroport pour la prévenir qu'il était de retour aux Bermudes et serait à la maison d'ici trente minutes, mais il se ravisa. Il décida de lui faire la surprise, même s'il la connaissait suffisamment pour savoir qu'elle n'était pas friande des surprises.

— Ohé ? lança-t-il en s'essuyant les pieds sur le tapis dans l'entrée de sa demeure de Church Folly Lane.

La maison était silencieuse et il songea qu'Alison était sans doute descendue à Tobacco Bay ou sortie marcher. C'est alors qu'elle apparut dans l'escalier vêtue d'une longue chemise de nuit blanche ; l'espace d'un instant irréel, Jonathan eut l'impression de voir un fantôme.

— Je suis de retour, dit-il.

Elle descendit l'escalier et vint l'étreindre.

— Je suis contente que tu sois là, dit-elle, en ajoutant aussitôt : Tu aurais pu prévenir.

— Je voulais te faire la surprise. Tu as minci.

— Oh, fit-elle en se regardant à travers sa chemise de nuit légère. C'est sûrement le régime fruits et yaourts… Je suis vraiment contente que tu sois rentré.

— Donne-moi juste le temps de défaire mes bagages et de prendre une douche et nous sortirons manger si tu veux.

Ils dînèrent au Swizzle Inn, et Jonathan se plaignit, comme chaque fois qu'ils y étaient allés, que l'auberge était devenue un attrape-touristes : pour preuve, on y vendait des T-shirts et des verres fantaisie. Quoi qu'il en soit, ils avaient réussi à obtenir sa table favorite et commandé une chaudrée de poissons en hors-d'œuvre, puis du foie aux oignons. Alison avait demandé une salade.

— Alors ce voyage ? dit-elle. Raconte.

— J'en ai fini avec tout ça.

— Qu'est-ce que tu entends par là ?

— Les responsabilités, l'argent. Tout ça… Alors les Bermudes ? Comment c'est quand je ne suis pas là ?

Alison but une gorgée de son rosé.

— Je pensais m'y plaire, mais je ne suis pas sûre en fait. Je t'ai déjà parlé de mes capacités de perception extra-sensorielle ?

Jonathan fronça les sourcils.

— Je ne crois pas, non.

— Il n'y a pas de quoi en faire tout un plat, mais depuis que je suis gamine, je ressens une espèce de frisson prémonitoire chaque fois qu'une mauvaise chose va se produire. Ou parfois après qu'elle s'est produite.

— Continue. Ça m'intéresse.

Elle lui raconta la fois où elle avait pressenti la mort de sa grand-mère avant qu'elle survienne, et celle où elle avait senti la chaleur quitter subitement son corps lorsqu'elle avait croisé Missy Talbot dans le couloir du lycée, un vendredi après-midi. Le lendemain soir, Missy était morte : elle avait traversé le pare-brise quand son petit ami avait foncé dans le décor sur Pope Road, en rentrant d'une fête chez Brian Sherzinger. En revanche, elle ne dit pas à Jonathan qu'elle avait éprouvé ce même frisson la nuit où il lui avait proposé d'aller prendre un verre de vin après son service. Elle lui confia seulement que lorsqu'il était reparti il y a quelques jours en la laissant seule dans la maison des Bermudes, elle avait été assaillie de frissons et de pressentiments funestes.

— Ce n'était pas vraiment une prémonition. J'ai cru au début. Mais je pense que c'est la maison… le fait de m'y retrouver seule… peut-être qu'il s'y est produit des choses dans le passé…

— Tu ne m'apprends rien. (Il but une longue gorgée de son gin martini.) Cette demeure est chargée d'histoire. Celle de ma famille, et sans doute une histoire plus ancienne encore.

— Peut-être que je me sentais seule, tout simplement.

La serveuse vint débarrasser leurs assiettes. Elle donnait à Jonathan du "mon chou".

— Il y a longtemps que tu viens en vacances ici ? demanda Alison une fois la serveuse repartie.

— Depuis toujours. J'y venais déjà étant gamin. Ce restaurant ne date pas d'hier. Il a presque cent ans.

— Puis-je te poser une question personnelle ?

— Oui.

— Comme je te le disais, j'ai exploré un peu la maison cette semaine. En fouinant ici et là dans les placards, j'ai retrouvé d'autres photos qui pourraient t'intéresser. Je sais que ce ne sont pas mes affaires, mais j'ai remarqué une chose : sur toutes les photos où ta sœur apparaît, elle est très jeune…

— C'est parce qu'elle est morte étant enfant, expliqua Jonathan. Je ne t'en ai jamais parlé ?

— Tu m'avais dit qu'elle était décédée, mais sans préciser quand ni comment.

— Elle avait dix ans. Et moi douze. Ça remonte à très longtemps.

— Je suis désolée de l'apprendre, Jonathan. Comment s'appelait-elle ?

— Faye.

— Et comment est-elle morte ?

— Elle s'est noyée. À Kennewick, dans le Maine, où nous passions un mois de vacances en famille. Il y avait une jetée en granit qui partait de la plage, une sorte de rempart pour casser les vagues. À marée basse, on s'amusait à explorer les flaques de marée et les petites cavités accessibles entre les rochers. Faye s'est retrouvée piégée dans une de ces cavités à marée haute. Elle s'est noyée.

— Oh, c'est horrible.

— En effet, répondit-il, et quelque chose dans son intonation indiqua à Alison que le sujet était clos.

Une fois rentrés, ils prirent un digestif dans le salon, puis Alison contempla les portraits à l'huile de Faye et Jonathan au-dessus de la cheminée.

— Elle était jolie, dit-elle, presque pour elle-même.

— En effet.

Jonathan se tenait derrière la table à alcools, une carafe de whiskey à la main.

— Où aviez-vous posé pour ces portraits ?

— Pas ici. C'était à West Hartford, la ville où j'ai grandi. J'en ai gardé peu de souvenirs. Je me rappelle juste que ma mère avait insisté pour qu'on porte ces marinières. Je n'étais pas très âgé, mais assez pour avoir honte.

— Ma foi, je vous trouve à croquer dans vos tenues de marin. Et le petit Jonathan… ou Johnnie ? C'était quoi ton surnom quand tu étais enfant ?

— La plupart des gens m'appelaient Jack.

— Ah. Et pourquoi ont-ils arrêté ?

— Parce que je l'ai décidé, je crois.

— Quand j'étais petite, tout le monde m'appelait Ali. Tout le monde à part mon père. Lui m'a toujours appelée Alison. Je trouvais ça classe, ça me donnait le sentiment d'être une adulte. En arrivant à la fac, j'ai demandé à tout le monde de m'appeler Alison, et aujourd'hui, c'est le seul nom que j'utilise.

— C'est à peu près ce qui m'est arrivé, dit-il, sauf que moi, j'ai officialisé la chose. Après la mort de ma sœur, ma mère et mon père ont tous les deux perdu pied. Mon père s'est mis en tête que le mieux était de faire comme si Faye n'avait jamais existé. Je ne lui ai jamais pardonné d'avoir réagi ainsi, de s'être montré faible. Alors dès que j'en ai eu la possibilité, j'ai pris le nom de jeune fille de ma mère : Radebaugh. Certaines personnes me connaissent sous le nom de Jack Radebaugh, et d'autres, comme toi, sous celui de Jonathan Grant. Aujourd'hui, je n'attache plus aucune importance à ce détail. J'imagine que l'eau a coulé sous les ponts.

Jonathan reposa la carafe sur la table. Son verre était toujours vide.

— Et maintenant il faut passer l'éponge, dit Alison.

— Quoi ?

— Mon père disait toujours ça : “Quand l'eau a coulé sous les ponts, il faut passer l'éponge.”

— Eh bien, il avait raison. Il n'y a plus que ça à faire.

— J'ai déjà entendu ce nom quelque part, murmura Alison, le regard perdu sur le côté.

— Quel nom ? Le mien ?

— Oui, celui que tu viens de citer. Le nom et le prénom aussi… Jack Radebaugh.

— J'ai écrit un livre il y a un moment de ça. Publié sous ce nom.

— Quel genre de livre ?

— Un manuel de business. Il a plutôt bien marché mais…

— Non, je ne crois pas que ce soit ça.

Elle se laissa tomber dans un des fauteuils tapissés d'un tissu bleu brodé de petites ancres blanches.

Il l'observa attentivement : se rappellerait-elle où elle avait lu son nom ? Se souvenait-elle seulement avoir reçu une liste ? Finalement, après avoir bu une autre gorgée de vin, elle lança avec un sourire :

— C'est Halloween.

— Je sais. Que penses-tu de mon masque ?

— Quel masque ?

— Celui d'un homme à l'hiver de sa vie.

Elle avança sa lèvre inférieure en une moue dubitative.

— À l'automne peut-être, mais pas encore à l'hiver. Mon Dieu, je suis épuisée. Tu ne veux pas qu'on aille se coucher ?

— D'accord, allons-y.

# 3

*Mardi 1er novembre, 1 h 10*

JACK Radebaugh – l'homme qu'Alison Horne et une poignée de personnes connaissaient sous son nom de naissance, Jonathan Grant – traversa lentement le couloir pour empêcher le plancher de grincer et pénétra sans bruit dans la chambre qui, il y a une éternité de cela, avait été celle de son père. Ouvrant l'étroit placard aux odeurs de cèdre et de poussière, il saisit le fusil de calibre 22 tenu par deux clous. Il le décrocha, vérifia qu'il était bien chargé, puis continua son chemin vers la chambre. Alison était endormie sur le côté, une main glissée sous sa joue. Il se pencha au-dessus d'elle, un peu inquiet. Y avait-il un risque qu'une balle tirée à bout portant la fasse souffrir ? Il avait déjà entendu parler de balles ricochant sur un crâne, mais c'était exceptionnel. Il doutait qu'une telle chose se produise s'il visait correctement.

*J'aurais peut-être dû mettre de la drogue dans son verre pour être sûr qu'elle ne se réveille pas brusquement*, songea-t-il. Comme il l'avait fait pour Caroline Geddes et Ethan Dart.

Il se força à ne pas s'inquiéter. Il connaissait bien Alison Horne depuis le temps, elle avait le sommeil lourd. S'armant de courage, il approcha le canon du fusil à cinq centimètres d'Alison. Il ne l'aimait pas – il n'était pas sûr d'aimer un seul être vivant sur cette terre –, mais il ressentait tout de même un certain degré d'affection pour elle.

Il se souvint du soir où il était entré dans cet abominable grill où elle travaillait comme serveuse, il y a un an de cela, juste pour voir à quoi elle ressemblait. À l'époque, il avait déjà tout planifié de A à Z, mais il hésitait encore à mettre son plan à exécution. Il avait déjà établi la liste des neuf noms : neuf victimes potentielles, ignorant qu'elles avaient été désignées pour mourir. Le détective privé qu'il avait engagé pour recueillir des renseignements sur leur vie lui avait remis des dossiers complets sur chacun d'entre eux. D'une certaine manière, se rendre dans ce restaurant pour voir Alison Horne en chair et en os avait été un moyen de se tester dans le rôle du démiurge. Assis au comptoir dans son costume le plus chic, il l'avait observée en essayant d'imaginer ce qu'il ressentirait s'il mettait fin à sa vie. Ce soir-là, il avait pensé à Grace, sa fille unique, qui aurait eu à peu près l'âge d'Alison si elle n'avait pas été la victime d'un chauffard ivre un soir qu'elle rentrait du travail. À l'époque rien ne l'avait obligée à prendre cet emploi de serveuse dans un restaurant français. Elle venait d'obtenir son diplôme à l'université de Cornell et s'était vu offrir un poste de débutante dans le journal d'Ithaca où elle avait fait son stage de fin d'études. Du reste, Jack aurait été heureux de l'aider. Mais Grace avait toujours été indépendante et elle adorait le métier de serveuse depuis qu'elle avait décroché son premier petit boulot dans une entreprise de restauration du New

Jersey, l'année de son entrée au lycée. Il entendait encore Grace lui répéter qu'elle gagnait plus en une soirée au restaurant qu'en une semaine au journal.

Sa fille était d'une beauté sans commune mesure, et Jack imaginait les têtes des clients du Salt Bistro se tournant sur son passage. Il s'inquiétait quand elle terminait tard le soir et marchait seule jusqu'à sa voiture. Mais les catastrophes ne prennent jamais la forme qu'on imagine. Le chauffard ivre qui la percuta avait traversé quatre voies de circulation et évité plusieurs véhicules avant de heurter la Golf GTI de Grace, si violemment qu'elle défonça le rail de sécurité et réalisa deux tonneaux avant de retomber sur le toit au milieu d'un parking de supermarché. Elle se trouvait à moins d'une minute de son appartement.

Tandis qu'il observait Alison au restaurant, Jack s'était demandé si, comme Grace, elle aimait ce métier de serveuse. Il en doutait. Elle approchait la quarantaine mais restait assez sexy pour pouvoir se permettre de porter un crop top et une minijupe moulante en cuir. Surprenant son regard, elle lui avait décoché un grand sourire. Peut-être pouvait-il essayer de se rapprocher d'elle, ce n'était pas une mauvaise idée. *Puisque j'envisage de tuer cette femme,* s'était-il dit, *je devrais sans doute m'intéresser à elle, aussi bien pour des raisons pratiques que morales.* Il ne comptait pas développer ce type de relation avec toutes ses victimes, évidemment : mais les autres ne se trouvaient pas en face de lui, à distance d'un sourire.

Il était retourné plusieurs fois dans le restaurant avant de l'inviter à prendre un verre. Il lui avait alors proposé de devenir sa maîtresse. Ça s'était fait très naturellement. En dehors de son joli minois et de son travail de serveuse, rien chez Alison ne lui rappelait sa fille. Elle n'était qu'un être humain parmi d'autres, seule en ce bas monde comme nous le sommes tous. Ni particulièrement bonne ni particulièrement mauvaise. Il ne voulait pas lui faire de mal mais elle devait mourir. Elle n'était qu'un tout petit rouage dans un mécanisme incroyablement complexe qu'il devait régler. Il allait remettre d'équerre le karma de l'univers.

Pointant consciencieusement le canon du fusil contre la nuque d'Alison, il pressa la détente.

UNE

Matthew Beaumont
Jay Coates
Ethan Dart
Caroline Geddes
Frank Hopkins
Alison Horne
Arthur Kruse
Jack Radebaugh
Jessica Winslow

# 1

*Mardi 1er novembre, 15 h 45*

AU lieu de se rendre directement à Portland, dans le Maine, comme il l'avait initialement prévu, Jack Radebaugh avait échangé son billet et se trouvait à présent à bord d'un Airbus A320 à moitié rempli amorçant sa descente au-dessus de l'aéroport international de Bradley. Il savait qu'il commettait peut-être là une erreur calamiteuse, d'autant plus calamiteuse qu'il touchait au but, mais ça n'avait soudain plus la moindre importance. Il avait décidé de faire un crochet d'une heure, deux maximum, par West Hartford, avant de partir pour le Maine. Il pourrait ainsi prendre sa propre voiture.

Depuis quelques jours, un diaporama sur lequel il n'avait aucun contrôle défilait dans sa tête. Son esprit était envahi d'images, de pensées, d'obsessions, avec lesquelles il avait appris à vivre et qu'il contenait en partie. Savoir qu'elles s'éteindraient bientôt telles des bougies soufflées sur un gâteau d'anniversaire l'aidait également.

Un taxi le conduisit jusqu'à West Hartford. Il se déplaça rapidement à travers sa maison, enfilant une tenue plus adaptée au froid et aux rafales, sortit quelques affaires du bagage qu'il rapportait des Bermudes et descendit à la cave chercher deux ou trois accessoires qui lui serviraient pour s'occuper de son voisin. Il s'agissait de la véritable raison de son entorse au programme. Depuis qu'il avait dîné le mois dernier avec son adorable voisine Margaret et son salopard de mari Eric, il n'avait pas cessé de repenser à eux, d'imaginer ce qu'il pourrait faire à Eric. Peut-être qu'avec ses longs cheveux, son cou gracile et son caractère timoré, Margaret lui rappelait sa propre sœur… ou peut-être pensait-il simplement que c'était quelqu'un de bien, contrairement à Eric. Étant sur le point d'achever l'œuvre la plus importante de sa vie, il s'était dit qu'il pouvait bien rendre un ultime service à Margaret. Connaissait-il seulement son nom de famille ? Il n'avait pas le souvenir qu'elle le lui ait dit. En revanche, elle avait mentionné un emploi à mi-temps à la bibliothèque. "J'y travaille l'après-midi du lundi au mercredi, avait-elle expliqué, et le samedi toute la journée. C'est le pire des plannings." Peut-être l'avait-il mémorisé parce qu'il avait prévu de faire ça depuis le début.

Après avoir fermé, pour la dernière fois, la maison de son enfance, Jack marcha jusqu'à la demeure voisine et sonna à la porte. Et si c'était Margaret qui venait lui ouvrir, que lui dirait-il ? Simplement qu'il venait lui faire ses adieux car il partait pour un long voyage. Après quoi il s'en irait. Ça paraîtrait étrange, mais au fond personne ne s'arrêterait sur ce détail… Ce fut Eric qui lui ouvrit en l'occurrence. Il portait un short ample et un T-shirt sans manches. Sa peau luisait de sueur comme s'il l'avait dérangé pendant une séance d'exercice, mais il tenait une canette de bière à la main.

— Pardon de vous importuner, Eric, Margaret est-elle là ?

Eric cligna les yeux plusieurs fois et Jack supposa qu'il cherchait à se rappeler son prénom.

— Désolé, Jack, elle est au boulot. À la bibliothèque.

— Oh, tant pis alors. J'avais juste une question à lui poser, mais… (Jack marqua un silence puis reprit :) Peut-être pouvez-vous y répondre. Cela vous dérange si j'entre une minute ?

Eric hésitait. Jack attendait debout sur le perron, sans bouger ni s'excuser, impassible. Eric finit par répondre :

— Entrez, mon vieux. Je vous offre une bière ?

Jack s'avança dans le vestibule.

— Non, merci. Comme je vous le disais, ça ne prendra que cinq minutes.

Eric précéda Jack dans le salon et lui indiqua une chaise. Jack s'assit en remontant sa veste, de façon à pouvoir atteindre sa poche droite. Eric déposa sa canette sur la table basse entre eux puis s'assit à son tour, une drôle d'expression sur le visage. Il fallut un certain temps à Jack pour la déchiffrer : Eric ne savait tout simplement pas par quel bout le prendre. Ce Jack était-il un vieux bonhomme fini ? Ou quelqu'un d'encore influent, l'auteur d'un livre à succès qui avait gardé des relations ? Eric essayait de le cataloguer pour savoir comment se comporter avec lui.

— J'irai droit au but, Eric, dit alors Jack. Je ne veux pas vous faire perdre plus de temps, et j'ignore quand Margaret rentrera.

— Pas avant un bon moment.

— Donc voilà la question que je voulais lui poser, et que je vous pose à vous : comment se fait-il qu'une gentille fille comme Margaret se retrouve en couple avec un fils de pute de votre espèce ?

Un sourire mi-figue mi-raisin lézarda le visage d'Eric tandis qu'il s'efforçait de digérer la question.

— Vous êtes sérieux ? demanda-t-il finalement.

— Si je suis sérieux ? Eh bien oui, je suis curieux. Mon hypothèse est qu'elle vous rappelle votre mère, qui était sans doute la souffre-douleur de votre père, et vice versa peut-être… sans quoi je ne comprends pas pourquoi elle supporterait votre tête de con.

Eric devint soudain rouge cramoisi.

— Dites donc, Jack, lança-t-il. Il me semblait bien que vous en pinciez pour ma femme, aussi pathétique que ça puisse être, mais là j'ai plus aucun doute. Dégagez de chez moi, putain, avant que je vous foute moi-même à la porte.

Jack sourit. Plongeant la main dans la poche de sa parka, il en sortit son revolver, le magnum .44 Taurus avec lequel il avait tué Matthew Beaumont – il lui semblait que c'était des années plus tôt – dans une ville de la banlieue paisible de Boston. Il pointa le canon de l'arme contre le torse d'Eric.

— Quel est votre nom, Eric ? Je ne pense pas que vous me l'ayez dit.

Eric était figé, ses yeux ne quittaient pas le revolver et sa mâchoire tremblait légèrement, comme s'il mâchouillait quelque chose.

Il finit par laisser échapper un faible marmonnement.

— Simple curiosité, Eric. Je vais vous tuer, que vous me répondiez ou pas.

Le regard d'Eric se déplaça du revolver au visage de Jack.

— Mais… pourquoi ?

— Pourquoi je vais vous tuer ? Ou pourquoi je veux connaître votre nom ? Je vais vous tuer parce que vous êtes une brute et un lâche et que je ne vous aime pas. En outre il se trouve que vous êtes marié à une personne que j'apprécie. Donc si je vous élimine, je lui rends la vie plus facile, et à beaucoup d'autres gens par la même occasion. Je vous tue aussi parce que je suis devenu très bon à cet exercice, alors autant mettre à profit cette nouvelle compétence acquise sur le tard. Je devine à votre expression que vous ne comprenez pas tout alors je vais simplifier : vous allez mourir parce que je le veux.

— Écoutez Jack. Si c'est à cause de Margaret… si vous êtes amoureux ou autre chose, on peut s'arranger. Je veux dire… bon Dieu de merde…

L'espace d'un instant, Jack avait été tenté de prolonger la conversation, de raconter à cet homme toute l'histoire du projet qu'il avait mis sur pied durant les deux dernières années de sa vie. Et ses accomplissements. L'idée était tentante, comme le grand méchant d'un James Bond révélant ses plans dans un long monologue… mais Eric l'aurait écouté d'une oreille distraite. Il cherchait désespérément un moyen de sauver sa misérable vie, son corps probablement chargé d'adrénaline. Jack l'abattit d'une balle dans la poitrine, puis le regarda tomber à la renverse sur le canapé blanc immaculé, le visage figé dans une expression douloureuse et perplexe.

Jack se releva rapidement pour aller jeter un coup d'œil par la porte-fenêtre donnant sur la rue et s'assurer qu'aucun passant éventuel n'avait entendu la détonation. Il se pencha alors au-dessus du cou d'Eric et y posa deux doigts pour vérifier son pouls. Rien. Sur la table près de la canette, il vit le téléphone d'Eric. Verrouillé, mais ce n'était pas un problème, on pouvait se servir d'un téléphone verrouillé pour composer le numéro des urgences. Il glissa le téléphone dans sa poche de devant puis rangea le revolver dans son sac de voyage et ressortit de la maison, s'arrêtant brièvement devant une pile de courrier sur une table dans le vestibule. La première enveloppe était adressée à Margaret Hutchinson, la suivante à Eric Miles. Il se demanda si Margaret avait gardé son nom de jeune fille. Auquel cas cela lui faciliterait la procédure; elle n'aurait pas à refaire son permis de conduire ni à modifier ses comptes bancaires.

Quand il se fut éloigné d'un bon kilomètre de son ancien quartier à West Hartford, Jack s'arrêta à un feu rouge et appela le 911. Il leur communiqua l'adresse de Margaret Hutchinson et Eric Miles et signala qu'un homme avait été abattu à cet endroit. Il préférait épargner à Margaret la vision de son mari étendu mort lorsqu'elle rentrerait de la bibliothèque. Il balança le téléphone d'Eric par la fenêtre en rejoignant l'Interstate 84 en direction du nord.

C'était un mardi de novembre ordinaire pour la plupart des gens. Il songea à sa femme. Que faisait-elle en ce moment? Elle était sans doute assise avec une bouteille de chardonnay devant une de ses émissions favorites. *Jeopardy* peut-être, ou le journal de PBS. On ne manquerait pas de venir sonner à sa porte, une fois que tout le monde saurait ce qu'il avait fait. Et elle serait interrogée, peut-être même chercherait-on à savoir si elle l'avait aidé d'une manière ou d'une autre. Tout au moins, on chercherait à saisir les raisons qui l'avaient poussé à agir ainsi. Elle évoquerait peut-être son glioblastome, et le changement de personnalité qui avait suivi le diagnostic puis le début du traitement. Plus d'une fois elle le lui avait fait remarquer, elle en était convaincue : quelque chose avait changé en lui. Et c'était vrai. Cette épreuve l'avait bel et bien changé. Il avait pris conscience non seulement de sa propre insignifiance, mais de celle de chaque individu dans le monde. Et effectivement, c'était plus ou moins à cette époque qu'il avait commencé à concevoir le projet de tuer la progéniture des membres de la Société des pirates, à remettre le monde en ordre.

Il se demandait également si sa femme leur parlerait de leur fille unique, morte tragiquement l'année de son diplôme. Cet événement aussi l'avait transformé, mais c'était prévisible. Il avait découvert, pour la seconde fois, que le monde n'avait aucun scrupule à se débarrasser de ses jeunes et belles âmes. Il n'y avait pas d'ordre, rien que le chaos. Alors il avait rédigé cette liste pour ramener l'ordre. Mais jamais sa femme ne ferait le rapprochement. Il doutait que quiconque le fasse.

Il était tard lorsqu'il gara finalement sa voiture sur le parking à moitié vide du Windward Resort. Il sortit dans l'air froid et saumâtre et se sentit aussitôt écrasé sous le poids de la tristesse qui accompagnait l'odeur du bord de mer.

La jeune femme à la réception l'enregistra et lui sourit, avec un regard éteint qui rassura Jack sur le fait qu'elle n'avait reçu aucune consigne de signaler toute personne qui se présenterait sous le nom de Jonathan Grant. Il lui demanda si l'hôtel disposait d'un tableau des marées. Elle fouilla dans un tiroir de son bureau et finit par en trouver un.

— Vous êtes venu pêcher, monsieur Grant ? demanda-t-elle.

— Non. Je vais simplement à la plage.

— C'est très agréable à cette époque de l'année. La plage est quasiment déserte.

La jeune femme le regardait dans les yeux, mais durant une fraction de seconde, il vit son attention détournée vers un côté de son crâne. D'habitude, il se peignait de manière à cacher l'épaisse cicatrice blanche qu'il gardait de son opération du cerveau trois ans plus tôt, mais il avait omis de se recoiffer avant d'entrer dans l'hôtel.

Il monta l'escalier puis traversa le couloir miteux jusqu'à sa chambre. Étant enfant, il avait été ébloui par le luxe de l'endroit ; à moins que ce ne fût par la sensation de liberté que cette visite des lieux lui procurait : la salle à manger vaste et obscure, le bar tamisé et les couloirs sans fin. Aujourd'hui, l'hôtel semblait simplement triste et minable. Les couloirs sentaient la soupe en boîte et le désinfectant.

L'odeur dans la chambre était pire ; il étudia le tableau des marées, qui confirmait une marée basse à 1 h 49 et une marée haute à 7 h 53. C'était parfait. Cela lui laissait peu de temps pour mettre son projet à exécution, mais ça suffirait. Il décacheta une bouteille de Macallan 25 et versa une dose dans le verre à eau qu'il était allé chercher dans la salle de bains. Puis il s'assit au bureau et rédigea sa lettre.

Un peu après minuit, il versa ce qui restait du whiskey dans une flasque en argent qu'il avait depuis l'université et sortit par l'accès donnant sur le parking à l'arrière. Un vent froid continuait de souffler sur l'asphalte désert. Jonathan portait des bottes étanches et un jean doublé de flanelle, ainsi qu'un gros chandail de pêcheur sous sa parka. Il avait toujours détesté le froid, et malgré ce qu'il comptait faire, il ne s'en inquiétait pas moins pour les températures. Il coiffa son bonnet en laine puis traversa Micmac Avenue d'un pas déterminé avant de se diriger vers la jetée.

La nuit était claire, le ciel piqueté d'étoiles et la lune gibbeuse. Il trouva sans mal son chemin à travers la plage plongée dans l'obscurité, en dépit du vent humide qui fouettait sa parka. Arrivé devant la jetée, il alluma prudemment sa torche électrique afin de repérer l'endroit où sa sœur avait été abandonnée à la mort cinquante ans plus tôt. Il avait effectué une reconnaissance quelque temps auparavant, le jour où il avait attendu Frank Hopkins. Il n'était pas sûr à cent pour cent qu'il s'agissait de l'endroit exact, mais ce n'était pas loin. La crevasse au pied du mur de pierre était juste assez grande pour qu'un adulte s'y faufile. Il l'étudia de plus près, à la lueur de la lune qui se reflétait dans une flaque de marée ; une petite créature fila lorsqu'il posa son pied dans le sable humide.

Il extirpa les pilules de la poche avant de son jean et les avala avec le reste de whiskey. Puis il s'agenouilla afin de s'introduire entre les rochers tapissés d'algues, jusqu'à trouver une position qui, sans être vraiment confortable, ne le faisait pas souffrir ; il n'était pas si mal. Niché dans l'obscurité, il sentait l'eau glacée qui entrait puis ressortait, éclaboussant par moments son visage. Le goût du sel sur ses lèvres. Soudain, l'eau s'engouffra en mugissant dans la moindre anfractuosité autour de lui. Il sentit quelque chose lui frôler le cou, peut-être un crabe. Il ferma alors les yeux et pensa à Faye. Une immense fatigue l'envahit, et le bruit de l'eau qui entrait et ressortait… entrait et ressortait, arrivait presque à l'apaiser.

Il pensait qu'il aurait plus froid, mais non. Peut-être parce qu'il était à l'abri du vent. Ou que le whiskey et les somnifères commençaient à agir. Il trichait évidemment en cherchant à perdre connaissance avant que la marée monte. Faye n'avait pas eu ce luxe. Mais il n'était pas un homme parfait. Il ne l'avait jamais été.

PLUS PERSONNE

Matthew Beaumont
Jay Coates
Ethan Dart
Caroline Geddes
Frank Hopkins
Alison Horne
Arthur Kruse
Jack Radebaugh
Jessica Winslow

# I

*Vendredi 2 décembre, 17 h 13*

SAM Hamilton s'assit au bar de l'hôtel Windward et commanda une Shipyard IPA.

— Ah tiens, salut Sam, dit Shelly en levant les yeux de la tireuse. Ça fait plaisir de voir une tête familière. Cette année, la saison touristique tombe en décembre.

— Ah oui ?

— Les curieux débarquent en force.

— Et tu leur dis quoi ?

— Ça dépend de mon humeur. En général, la vérité : que je ne l'ai pas vu au bar ce fameux soir. Mais de temps en temps, juste pour rigoler, je fais croire à deux ou trois pèlerins qu'il est venu et qu'il a payé tournée sur tournée. C'est vrai, quoi, ç'aurait été la moindre des choses vu qu'il s'apprêtait à aller se noyer au bout de la jetée.

— Ç'aurait été généreux de sa part.

— Exactement. Comme je dis toujours : on t'enterre pas avec ton argent, donc autant le claquer pour payer quelques verres à ton prochain. Tu dînes ici ?

— J'ai pas encore décidé, répondit Sam.

— Eh bien, prends ton temps. On a du bar en plat du jour, et il est plutôt bon d'après Thomas.

Shelly alla servir des verres de vin à un couple entre deux âges à l'autre bout du comptoir. À son retour, Sam lui demanda :

— Shelly, corrige-moi si je me trompe, mais la bibliothèque de l'hôtel existe toujours, non ?

— Une bibliothèque ? Ici ?

— Oui, une pièce où on peut déposer et emprunter des livres gratuitement.

— Ah ! Je vois. Oui, oui, au deuxième étage.

Sam but une longue gorgée de sa bière. Il lui tardait soudain de monter fourrer son nez dans cette bibliothèque. Il s'était souvenu récemment de cette pièce, remplie du sol au plafond de livres donnés au fil des années. C'était le fondateur du Windward Resort, Murray Hopkins, le père de Frank, qui en avait eu l'idée – sur la porte, une pancarte manuscrite à moitié effacée indiquait d'ailleurs : LE COIN DES BOUQUINS D'ONCLE MURRAY. Sam connaissait son existence parce qu'il y a deux ou trois ans de cela, il lui arrivait de passer la nuit à l'hôtel avec une agente immobilière divorcée de York, en Angleterre. Elle refusait systématiquement de dormir chez lui – pour des raisons qu'il n'avait jamais bien comprises – mais acceptait de le retrouver à l'hôtel, pour une heure, avant de l'abandonner pour la nuit dans une chambre dont il n'avait plus l'utilité. C'est ainsi qu'il avait découvert la bibliothèque d'oncle Murray, une collection de livres initiée à une époque où le Windward ressemblait un peu plus à un complexe hôtelier, et où les familles restaient un mois, voire tout l'été.

Durant la dernière nuit de sa vie, après être entré dans la chambre 207, tout indiquait que Jack Radebaugh avait rédigé une lettre, ou un mot, car on retrouva un stylo ainsi que quelques feuilles blanches sur le bureau. Jusqu'ici, on n'avait cependant pas retrouvé le moindre écrit. La thèse, pour l'instant, était qu'il s'était noyé avec la lettre et qu'elle avait été emportée par le courant. Mais Sam avait longuement réfléchi à cette théorie et pour lui, elle ne tenait pas la route. S'il avait écrit une lettre – des aveux, peut-être –, pourquoi ne pas l'avoir laissée dans la chambre ? À moins bien sûr qu'il n'ait ressenti le besoin d'expliquer le pourquoi et le comment de ses agissements, puis qu'à l'instar du tueur d'*Ils étaient dix*, il ait décidé de cacher la lettre dans une bouteille et de la jeter à la mer. Jack Radebaugh avait-il agi de même ? Ou bien avait-il trouvé une autre cachette ?

Sam, qui avait relu deux fois le roman d'Agatha Christie dans les dernières semaines, se rappelait que le tueur était partagé entre son désir de partir en laissant derrière lui une énigme parfaite et celui de voir le monde reconnaître son œuvre. La question le taraudait. Il en avait appris beaucoup sur Jack Radebaugh depuis qu'on avait découvert son corps sans vie coincé sous la jetée de la plage de Kennewick. Ses victimes, à l'exception de Frank Hopkins, avaient été les enfants de personnes ayant séjourné au Windward Resort et, bien que toutes les dates n'aient pu être confirmées, ces séjours avaient eu lieu quand elles-mêmes étaient enfants, l'année où la sœur de Jack, Faye, s'était noyée. C'était Daniel Horne, le père d'Alison Horne, qui se souvenait le mieux de la noyade de Faye. Il avait parlé aux agents fédéraux en charge de l'enquête d'un groupe d'enfants qui s'étaient baptisés la "Société des pirates", dont Jack et Faye faisaient tous les deux partie.

— La même chose ? demanda Shelly, la main sur la tireuse.

— Pas pour l'instant, mais je repasserai. Il faut que j'aille jeter un coup d'œil à la bibliothèque. Elle n'est pas fermée à clé ?

— Logiquement non. Qu'est-ce que tu veux qu'on y vole ? Des livres ?

Effectivement, la porte de la bibliothèque n'était pas verrouillée. Sam chercha à tâtons l'interrupteur. Une seconde plus tard, la pièce prit forme devant ses yeux : c'était une pièce aveugle, pas plus grande qu'une chambre d'hôtel classique. Une moquette bordeaux couvrait le sol et quelques fauteuils club en vinyle occupaient l'espace. Ça sentait le moisi – à cause des vieux livres et surtout de la moquette.

Sam décida de procéder dans le sens des aiguilles d'une montre. Il n'était pas sûr de ce qu'il cherchait au juste, mais il le saurait quand il le verrait, espérait-il. Un livre qui parlait de noyade peut-être… ou de pirates. Rien n'était moins sûr, mais peut-être que Jack Radebaugh avait bel et bien écrit ses aveux puis décidé de les cacher quelque part où on ne risquait pas de les trouver.

La première section, comme l'indiquait une étiquette manuscrite à moitié effacée, regroupait les romans grand format. Les livres étaient classés par ordre alphabétique d'auteur, et il s'agissait en grande partie de fictions historiques en vogue il y avait quarante ou cinquante ans. Beaucoup de titres de James Michener et de Leon Uris. Ceux de Catherine Cookson occupaient toute une étagère. Par endroits, on trouvait des choses un peu plus modernes : pas mal de romans de John Grisham et une tonne de Stephen King.

Il passa à la catégorie histoire, puis aux biographies. Venait ensuite une large section de livres de poche, essentiellement du thriller et de la romance. Parmi les Ross Macdonald, il remarqua une édition de *Noyade en eau douce*, il la feuilleta. Rien.

Il songea alors à Agatha Christie. Après avoir cherché un moment, il trouva une douzaine de ses romans sur une étagère du haut. Et un en particulier : *Dix petits Indiens**. Il tira le petit livre de son emplacement. La couverture bleue montrait une statuette d'Indien en bois avec une hache sous le cou. Il secoua le livre puis le feuilleta. Rien là non plus.

La dernière section regroupait des livres jeunesse, du moins sur les étagères du bas. Sam s'accroupit et parcourut les titres. Beaucoup d'*Alice détective*, *Les Frères Hardy*, et même quelques titres des *Bobbsey Twins*. Les romans illustrés avaient le dos si mince qu'on peinait à lire les titres et Sam en fut bientôt rendu à simplement les survoler. Beaucoup de titres lui étaient familiers – il les avait lus dans son enfance –, dont *Le Club des cinq et le trésor de l'île* d'Enid Blyton, qui le transporta des années en arrière, dans la maison de sa grand-mère dans le Yorkshire – elle possédait une vaste collection de livres d'Enid Blyton. Comment celui-ci avait-il atterri ici ? Sam se mit à le feuilleter. Il se laissa même prendre par l'histoire, puis se rappela pourquoi il était là. Pour une certaine raison, il se disait que si cette hypothétique lettre d'aveux n'était pas dans le roman d'Agatha Christie, elle avait peut-être des chances de se

* Titre d'une édition américaine du roman parue en 1964.

trouver dans la section jeunesse. Si l'événement déclencheur de cette série de meurtres était la noyade de Faye Grant, alors son frère Jack n'avait que douze ans au moment du drame. Sam continua de chercher.

Il avait feuilleté plusieurs bouquins – tous ceux qui pouvaient se trouver là en 1956 – et était sur le point d'abandonner lorsqu'il aperçut le dos d'un livre qu'il connaissait bien. *Walt Disney présente: Peter Pan*, lut-il. Un de ses cousins d'Alabama en possédait un quand Sam était gamin. Il s'agissait d'une adaptation du dessin animé et à l'époque Sam raffolait de tout ce qui avait trait à Peter Pan. Et ça parlait de pirates... Non seulement ça, mais dans l'un des passages dont Sam s'était toujours souvenu, le Capitaine Crochet essayait de tuer Lily la Tigresse en la noyant dans la marée montante. Sam sentit son cœur s'accélérer au souvenir de ce détail.

Il tira le livre de l'étagère et l'ouvrit. Trois feuilles de papier pliées glissèrent d'entre les pages pour tomber à ses pieds.

À qui lira ceci,

Je suppose qu'un jour, quelqu'un lira cette lettre. Ce premier lecteur sera peut-être un agent du FBI ou un policier astucieux, ou peut-être que quelqu'un la trouvera dans plusieurs années, une mère qui aura acheté ce livre dans un vide-grenier et découvert cette page d'histoire oubliée.

Qui que vous soyez, je m'excuse par avance, à la fois pour mon écriture et pour le sujet abordé, mais je tenais à éclaircir les raisons de mes actes. Peut-être pour expliquer aux gens pourquoi j'ai agi comme je l'ai fait, ou simplement pour me l'expliquer à moi-même. Je suppose que j'écris ces mots en espérant que quelqu'un les lira un jour. Si personne ne les lit, je n'en saurai rien.

Mais commençons.

En 1956, ma mère nous emmena passer, ma sœur Faye et moi, les mois de juillet et août au Windward Resort. À l'époque nous habitions Hartford, et en général mon père venait nous rejoindre pour le week-end. En ce temps-là, les longues vacances étaient encore habituelles chez quelques familles, mais c'est une pratique qui ne tarderait pas à passer de mode. De nos jours, une famille dans laquelle les deux parents travaillent à temps plein ne peut plus se permettre de prendre deux mois de vacances.

Faye et moi étions au paradis. L'hôtel était en bord de mer et nous étions libres de vagabonder, tant que nous retrouvions notre mère pour le déjeuner et le dîner. Il y avait plusieurs autres enfants qui passaient l'été au Windward et nous n'avons pas tardé à former un groupe très soudé. Plus que des détails du quotidien, je me souviens des émotions que m'évoque cette période de ma vie. J'étais un gamin de douze ans qui n'avait jamais eu beaucoup d'amis. Et voilà que j'en avais à présent une dizaine.

Nous formions une sacrée équipe. Évidemment, je n'aurais jamais pu me souvenir de leurs noms, enfin pas de tous, sans le journal qu'en bon petit rat de bibliothèque j'avais pris l'habitude de tenir. Il s'agissait plutôt d'un carnet en fait, rempli de dessins, de listes et de plans. Cet été-là, je devais l'avoir avec moi quand nous nous retrouvions après dîner dans la petite bibliothèque au deuxième étage de l'hôtel, moi et les membres de la Société des pirates, la bande que nous avions formée, car c'est là que j'avais écrit leurs noms :

Société des pirates du Windward Resort

Jack Grant
Meg Gauthier
Danny Horne
Gary Winslow
Deborah MacReady
Wayne Coates
Art Kruse
Paula Shepherd
Frank Hopkins

Juste en dessous, j'avais sauté une ligne puis écrit le nom de ma sœur, Faye Grant, suivi du mot "apprentie". Les membres de la Société des pirates étaient peu disposés à accorder le statut de membre à part entière à une gamine de dix ans.

Je ne me rappelle plus si nous avions choisi le nom de notre bande avant ou après qu'un de nous avait sorti le livre de *Peter Pan*. Toujours est-il que nous nous trouvions un peu trop grands pour le terme "pirates", alors nous avions ajouté le mot "société" pour faire plus sophistiqué. Je me souviens aussi que certains parmi nous avaient feuilleté le livre, et Wayne avait menti en disant qu'il avait vu le dessin animé l'été précédent, alors que nous savions tous qu'il ne passait plus au cinéma depuis des années.

Ce que j'ai oublié, en revanche, c'est qui a suggéré l'idée de ligoter Faye dans la grotte secrète sous la jetée, à marée basse, en guise d'initiation dans notre société. Sans doute l'un de nous en lisant le livre de *Peter Pan*, car c'est ainsi que le Capitaine Crochet essaie de tuer Lily la Tigresse. Je n'ai jamais oublié l'illustration de

Lily s'efforçant de garder la tête hors de l'eau tandis que Peter Pan et le Capitaine Crochet s'affrontent à l'épée. Cette image est gravée pour toujours dans mon subconscient.

Toujours est-il que quelqu'un l'a suggéré.

Si, comme Lily, Faye parvenait à survivre à la marée haute, alors elle deviendrait un membre à part entière de la Société des pirates.

Et tous autant que nous étions, nous sommes convenus que c'était un plan parfait. Nous le lui avons expliqué durant un de nos rendez-vous secrets dans la bibliothèque, et elle a accepté de passer le test sans hésiter. Je crois – ou plutôt je suis certain – qu'elle n'aurait reculé devant rien pour faire partie de notre bande.

Dans ma mémoire, tout cela s'est déroulé au cours de la même journée, mais en réalité je ne suis pas sûr que ce soit le cas. Je sais en revanche que Wayne Coates disposait d'un tableau des marées, grâce auquel il nous avait dit qu'il y aurait une marée basse au milieu de l'après-midi, entre le déjeuner et le dîner, à l'heure où nous avions quartier libre sur la plage. Dans mon souvenir, le temps était couvert, il pleuvait quelques gouttes et nous avions la plage pratiquement pour nous seuls. Danny avait apporté un morceau de corde qu'il avait trouvé enchevêtré sur un casier à homards à demi immergé, mais Faye avait refusé de se faire ligoter. L'une des filles – et je tiens à préciser qu'il s'agissait de Meg – expliqua à Faye que la corde n'était pas obligatoire, et que pour réussir le test, elle devait simplement rester dans la grotte jusqu'au dernier moment, quand l'eau monterait au-dessus de sa tête; alors seulement elle serait autorisée à quitter la grotte.

— Si tu ressors une minute avant, on le saura et tu seras jamais pirate.

Je me rappelle parfaitement ces paroles, je me souviens que chacun de nous les lui avait répétées, encore et encore, et je revois la pauvre Faye debout devant nous, les yeux écarquillés, les bras et les jambes comme des petites baguettes sortant de son maillot de bain une pièce mal ajusté, ses longs cheveux plaqués contre ses frêles épaules, hochant vigoureusement la tête dans son désir d'être acceptée par les gamins plus âgés.

Rassemblés en cercle autour d'elle, nous lui rappelions à l'unisson que si elle remontait trop tôt, si elle paniquait et quittait la grotte avant que la marée l'atteigne, nous ne lui adresserions plus la parole du reste de l'été.

Aucun de nous ne lui avait laissé entendre un autre son de cloche.

Personne ne lui avait dit que ce n'était qu'un jeu.

Personne, dans mon souvenir, ne lui avait adressé ne serait-ce qu'un sourire ou un clin d'œil, afin qu'elle comprenne que rien de tout cela n'était vrai.

Nous l'avons tous regardée s'introduire dans la grotte, où l'eau commençait déjà à s'infiltrer et à former des flaques au pied du mur. Elle s'est allongée sur le dos, les mains le long du corps.

Après cela nous sommes repartis en riant et nous n'avons plus pensé à elle. À ce moment-là, la pluie avait commencé à s'intensifier, alors nous sommes allés dans la salle de jeux de l'hôtel et nous avons passé l'après-midi à jouer à des jeux de société.

C'est seulement à l'heure de l'apéritif que ma mère m'a demandé si je savais où était Faye. Je lui ai répondu que non, évidemment, et me suis dépêché de faire passer la consigne aux autres pirates de ne pas parler du tour que nous avions joué à ma sœur. Je suppose qu'à ce stade, j'ai commencé à m'inquiéter pour Faye, mais sans doute me disais-je qu'elle allait bien ; peut-être était-elle partie se cacher ailleurs pour qu'on se fasse disputer.

La nouvelle de la disparition de Faye s'est répandue très vite, et plusieurs adultes se mirent à sa recherche, en se déployant autour du complexe et sur la plage. J'ai rassemblé ma bande dans la salle de restaurant à moitié vide et nous avons tous juré de garder le silence.

La nuit était tombée quand ils retrouvèrent son corps à l'intérieur de la petite grotte. La mer commençait déjà à se retirer.

Cet événement s'est produit il y a soixante ans, mais jamais je n'ai oublié ce que moi et les huit autres enfants lui avons fait. Certes nous ne lui avions pas attaché les mains dans le dos comme prévu, mais nos paroles avaient suffi.

Toute ma vie je n'ai jamais cessé de repenser à Faye dans ses derniers instants, et à ce qu'elle avait dû ressentir en mourant seule dans la marée montante. Avait-elle tenté de s'extraire de sous la jetée ? Ou avait-elle attendu jusqu'à la dernière seconde, déterminée à impressionner ses aînés qui l'avaient déjà oubliée ? À moins qu'elle n'ait eu si froid, étendue là dans l'eau glacée de l'océan Atlantique, que ses muscles se soient tétanisés, l'empêchant de bouger ? Je me demandais à qui elle avait pensé au moment de mourir. À nos parents, j'imagine. À notre mère. Ou peut-être à moi, son grand frère, qui savait où elle se trouvait. Peut-être attendait-elle que je revienne la sauver ?

Il y a deux ans, j'ai engagé un détective privé pour retrouver les membres de la Société des pirates. À ma surprise, j'ai découvert qu'ils étaient tous encore en vie, et qu'à l'exception de Frank Hopkins, ils avaient tous eu des enfants. J'ai commencé à échafauder un plan. J'étais assez âgé pour savoir qu'il n'y a pas de justice en ce bas monde. Les personnes mauvaises échappent toujours à la punition. Et les innocents souffrent injustement. Mes parents n'ont plus jamais été les mêmes, plus du tout, après la mort de Faye. Ils perdirent foi dans le monde, et je pense qu'aucun d'eux n'a plus jamais ressenti de réelle joie. J'ai décidé que la meilleure punition – la seule valable – pour ceux qui étaient responsables de la mort de ma sœur était qu'ils perdent eux aussi un enfant.

Ce n'était pas qu'une question de vengeance, j'avais le sentiment que c'était beaucoup plus que cela. Le karma peut-être... J'avais l'argent, et j'avais la détermination suffisante pour faire ce que le monde naturel ne ferait jamais. Je pouvais remettre de l'ordre dans ce monde, à mon tout petit niveau.

Était-il juste que ces gens perdent un enfant à cause d'une seule bêtise commise lorsqu'ils avaient dix ou onze ans ? Bien sûr que non. Mais rares sont les gens pour qui la vie est juste. Elle n'a pas été juste pour mes parents qui ont perdu leur fille chérie, et elle n'a pas été juste pour moi non plus. J'ai moi aussi perdu ma fille dans la fleur de l'âge, alors qu'elle avait tout pour être heureuse, et aujourd'hui mon cerveau s'est retourné contre moi, de bien des façons. Je suis certain que mon ex-femme s'empressera de tout vous raconter.

Je n'ai pris aucun plaisir à tuer ces huit personnes innocentes, mais j'en étais arrivé à la conclusion qu'il n'y avait pas d'autre solution. Au regard de la longue histoire de la présence humaine sur cette planète, mon acte de rétribution est minuscule, j'en suis conscient, mais il a tout de même eu son utilité. À ceux qui disent qu'une injustice n'en répare pas une autre, je répondrai que vous n'avez sans doute jamais été victime d'une injustice.

Je commence à avoir des crampes à la main et il est minuit passé, alors je ne m'attarderai pas sur le reste.

Quand on a gagné plusieurs millions de dollars au cours de sa vie, beaucoup de portes s'ouvrent à vous. Je ne dévoilerai aucun nom, mais mon argent ne m'a pas seulement obtenu des informations, il m'a aussi permis de mettre mes cibles sous surveillance. Je savais à l'avance où elles seraient, et quand. Je connaissais leurs forces et leurs faiblesses. Et j'ai ainsi pu leur offrir des morts indolores. À tous excepté Frank Hopkins. Lui, je l'ai noyé tout près de la tombe aquatique de Faye, et j'ai murmuré le prénom de ma sœur à son oreille pendant qu'il mourait.

Matthew Beaumont était le fils de Debbie MacReady. Debbie était une fillette timide qu'on n'entendait presque jamais. En revanche je me souviens de son rire quasi hystérique, en particulier quand elle a regardé Faye se faufiler sous le rocher qui deviendrait sa tombe.

Matthew aussi était relativement riche, et j'ai pensé qu'il engagerait peut-être un garde du corps pour assurer sa protection après avoir reçu la liste, c'est pourquoi je l'ai éliminé assez tôt. J'étais là, à Dartford, caché dans les bois, c'est moi qui l'ai abattu d'une balle dans le dos. Il semblait assez paisible, étendu sur son tapis d'aiguilles de pin orangé.

Arthur Kruse Junior, lui, était le fils d'Art Kruse, et d'après mes sources, Art l'avait déjà rejeté parce qu'il était gay. Ça ne m'étonne pas, car dans mon souvenir, le jeune Art était le plus zélé des petits fascistes de la Société des pirates. Il avait été vivement déçu quand notre bande avait décidé de ne finalement pas attacher Faye. Apparemment, son fils Arthur semblait être un type bien. J'ai presque envisagé à un moment de tuer le père plutôt que le fils, mais ç'aurait été dévier de mon plan, or s'il y a une chose à laquelle je tiens dans ma vie, c'est l'ordre. Je me suis toutefois assuré qu'Arthur ait une mort douce, en partant dans son sommeil, pendant que la police surveillait sa maison. Une source dont je tairai le nom m'avait procuré la bonbonne de monoxyde de carbone et l'ingénieux système de minuteur.

Après avoir tué Arthur Kruse, je me suis rendu à Albany; j'avais prévu de fixer un explosif à la voiture de Jessica Winslow. Mais dès mon arrivée, j'ai tout de suite vu que sa maison et sa voiture avaient été mises sous étroite surveillance. Elle était agente du FBI après tout… Je me suis rendu compte que j'avais fait une erreur. J'aurais dû la tuer plus tôt.

Jessica était la fille adoptive de Gary Winslow, qui était le membre le plus âgé de la Société des pirates. J'avais souvent pensé qu'en tant que tel, il aurait dû nous empêcher de faire ce qu'on a fait. Lui ou moi, évidemment. Mais tout le monde écoutait Gary, et je me souviens qu'il avait dit un jour – à moins que ce soit un souvenir erroné – que même si nous étions des pirates, nous étions de bons pirates.

Ma carrière réussie dans les affaires et comme consultant m'a enseigné bien des leçons, et l'une d'elles est qu'on ne peut pas tout faire par soi-même. Il faut parfois engager des spécialistes. C'est ce que j'ai fait pour supprimer Jessica. J'ai un peu honte de l'admettre, mais j'ai sous-traité sa mort; je savais qu'elle avait quitté la ville et que mes chances de pouvoir la trouver et la tuer sans qu'on m'en empêche ou qu'on m'arrête étaient minces. J'ai payé très cher pour que ce soit bien fait.

En comparaison, tuer Jay Coates fut un jeu d'enfant, et je m'en suis chargé moi-même. J'en savais suffisamment sur son compte pour comprendre qu'il n'était pas tombé très loin du nid, et de son psychopathe de père. Je me souviens de la jubilation de Wayne Coates quand nous avons organisé le rituel d'initiation de ma sœur. Je me souviens aussi que sa jubilation a perduré plus tard dans cette funeste journée, quand il est devenu évident pour nous tous qu'il s'était passé quelque chose de très grave.

Le FBI n'a jamais réussi à localiser le bon Jay Coates. Je me demande même s'il a reçu la liste car j'ai appris qu'un autre Jay Coates s'était manifesté en Géorgie auprès des autorités, en prétendant avoir reçu une liste. Peu importe, toujours est-il que ça m'a rendu la tâche des plus faciles. Un samedi soir, j'ai suivi Jay dans les rues de Los Angeles, guettant le bon moment. Et à moins que je me sois fait des idées, il s'avéra que lui aussi traquait quelqu'un – une jeune femme ivre qu'il avait suivie à la sortie d'un bar. Peut-être qu'en tuant Jay j'ai sauvé la vie de cette jeune femme. Que mon action pour restaurer le karma dans le monde portait déjà ses fruits.

Caroline Geddes était la fille de Meg Gauthier (mon premier baiser, ce même été), et Ethan Dart le fils de Paula Shepherd, la plus discrète de toute la bande. Quelle ironie que ma liste ait permis à Caroline et Ethan de se rencontrer juste avant la fin…

Organiser leurs morts n'a pas été simple. Mais je savais d'avance qu'ils se rejoignaient à Makanda, dans l'Illinois. Dès lors, il a suffi de deux bons gros pots-de-vin, l'un à un agent de la police locale et l'autre à un employé des chalets Rolling Brook qui m'a procuré un passe. Le plus pénible fut de rester allongé sous le lit et de les écouter partager ce moment, qui serait leur dernier. Comme pour Arthur Kruse, je me suis assuré que ni l'un ni l'autre ne souffre. Et je suis bien placé pour savoir combien ils étaient heureux dans leurs derniers instants. Peut-être leur ai-je rendu service, finalement, en mettant un terme à leur vie. Je me demande ce que je leur ai épargné ? Le chagrin d'une rupture ? L'amertume d'un divorce ? La perte d'un enfant ? Je suis certain de leur avoir épargné quelque chose. Le bonheur est un état qui ne dure pas.

Enfin, Alison Horne était évidemment la fille de Danny Horne. Danny avait non seulement contribué à orchestrer la mort de Faye quand il avait douze ans, mais par la suite, il avait abandonné sa famille pour une sordide histoire d'amour. Je me demande ce que Danny pensera de tout ça s'il apprend que son vieux copain d'enfance a eu une liaison avec sa fille avant de l'assassiner aux Bermudes.

J'avais évidemment des scrupules concernant Alison. Ce fut un vrai plaisir de passer du temps avec elle aux Bermudes. Il y avait des années que je voulais y retourner, et c'était bon de revoir notre ancienne maison, avec tous ses fantômes, à travers ses yeux. C'était aussi bon de pouvoir lui parler de ma sœur et de ce qui lui était arrivé. J'imagine que les psychologues expliqueront que cela avait été mon but depuis le début, que tout mon plan n'était qu'une manière élaborée de parler au monde de ma sœur. Ils diront que je cherchais à ce qu'on m'arrête, et peut-être bien que c'est vrai.

Je sais que j'ai laissé certaines questions en suspens, que je n'y ai pas répondu dans cette lettre. Par exemple : pourquoi je me suis donné la peine de m'envoyer la liste à moi-même puis de renseigner le FBI sur le Windward Resort ? Je n'ai pas de réponse à cette question, si ce n'est que ça me semblait la chose à faire. J'ai également ma part de culpabilité dans la mort de ma sœur, et je méritais de figurer sur la liste, tout comme je mérite ce qui va m'arriver.

Vous vous interrogerez peut-être aussi sur la raison qui m'a poussé à rédiger cette liste en premier lieu, et à l'envoyer aux victimes. Cela m'a compliqué la tâche, et a rempli leurs dernières heures d'angoisse, mais encore une fois, ça m'avait semblé la chose à faire. Par leur mort, je tentais de ramener de l'ordre dans un monde chaotique, et la liste elle-même faisait simplement partie de cet ordre. Le fait de figurer sur cette liste leur rappelait seulement une réalité dont ils auraient dû être conscients : la mort viendra pour chacun de nous.

Et pour Eric Miles, mon voisin à Hartford ? Tout ce que je dirai de lui c'est qu'il méritait de mourir, plus que la plupart d'entre nous. Vous n'avez qu'à me voir comme un éboueur qui se contente de faire son boulot : ramasser les sacs d'ordures qui jonchent le trottoir. Eric n'était qu'une ordure parmi tant d'autres qui traînait sur mon chemin. Balancer un sac de plus dans mon camion ne me demandait pas un grand effort.

Je crois que mon heure est venue, alors je vais cesser de vous ennuyer avec mes réflexions. Je vais cacher cette lettre dans un endroit approprié, puis je partirai sur la jetée avec ce qui me reste de whiskey. Bientôt j'irai rejoindre Faye. Je ne parle pas du paradis car je ne crois pas qu'un tel endroit existe. Je parle de l'autre endroit. Le néant froid qui nous attend tous quand nous quitterons ce monde.

Puissent vos dieux avoir pitié de vos âmes, à tous.

Sincères salutations,

Jack Radebaugh né Jonathan Borland Grant
21 juin 1944 – 2 novembre 2014

UNE

Matthew Beaumont
Jay Coates
Ethan Dart
Caroline Geddes
Frank Hopkins
Alison Horne
Arthur Kruse
Jack Radebaugh
Jessica Winslow

# I

*Dimanche 19 mars, 5 h 14*

Il y avait si longtemps qu'elle entendait des voix – certaines familières, d'autres pas – qu'elle ne leur prêtait plus attention. Et puis un jour, certaines voix se firent plus nettes et l'une d'elles dit :

— Elle vient d'ouvrir les yeux.

Ou peut-être avait-elle rêvé.

L'obscurité l'entourait à nouveau. Mais il y avait eu un peu de lumière.

Une des choses qu'elle aimait dans l'obscurité, c'était qu'il n'y avait plus de douleur.

Soudain elle entendit une voix familière – celle de sa mère –, des mots vinrent flotter dans sa tête, et elle se souvint qu'un jour elle avait ouvert les yeux. Alors elle tenta de les rouvrir et cette fois, il n'y eut plus que l'obscurité et le bruit des machines. Ceux de la pièce où elle se trouvait, les bruits qu'une pièce fait habituellement.

Quand des voix résonnèrent à nouveau, elle sentit une main posée sur son bras ; elle rouvrit les yeux et cette fois, distingua un visage qui la regardait. Il ne lui était pas familier, mais il lui souriait. C'était celui d'une femme. Son front était parsemé de taches brunes et une fine cicatrice lui entaillait le menton.

— Bonjour, ma belle, dit-elle.

Bientôt, il y eut tellement de visages autour de son lit d'hôpital que le simple fait de les regarder la rendait à la fois heureuse et lasse. Sa mère était à son chevet et lui tenait la main.

— Est-ce que je suis morte ? demanda-t-elle d'une voix éraillée, qui ne ressemblait pas à la sienne.

Tout le monde dans la chambre éclata de rire ; certains pleuraient aussi.

— Eh bien, vous n'êtes pas passée loin, lui répondit quelqu'un. (Il s'agissait de son médecin.) De quoi vous souvenez-vous ?

Elle secoua lentement la tête de gauche à droite tandis qu'elle cherchait les mots pour expliquer.

— Je travaille pour le FBI, dit-elle après un long silence.

— C'est exact, mon cœur, lui répondit sa mère.

Bien plus tard, deux personnes avec qui elle se rappelait avoir travaillé au FBI lui rendirent visite. Ce fut un après-midi agréable ; les souvenirs abondaient dans son esprit et un soleil d'été lui réchauffait les jambes.

La femme se nommait Ruth Jackson ; elle avait le visage rond et la voix grave. L'homme s'appelait Aaron Berlin et se balançait nerveusement sur ses pieds. Elle savait qu'ils avaient été plus que de simples coéquipiers. Sa mémoire ne cessait de lui renvoyer quelques images en désordre : elle et l'homme s'extirpant d'entre les draps en riant aux éclats, l'homme sur le pas de sa porte, tambourinant comme un diable pour qu'elle le laisse entrer.

— Tu as bonne mine, dit Ruth Jackson.

Une poignée de pensées sarcastiques lui traversèrent l'esprit, mais elle choisit de les ignorer et répondit :

— Merci. Vous aussi. J'aime bien votre tailleur.

Ruth sourit. À côté d'elle, Aaron, les mains dans les poches, redoublait de nervosité.

— Aux dires de ton médecin, tu te rappelles de plus en plus de choses.

— Pas plus tard que ce matin, toute mon année de sixième m'est revenue en bloc. L'horreur.

Ruth eut un rire, et Jessica se rappela alors combien elle aimait faire rire les gens.

— Je compatis, dit Ruth. Tous tes souvenirs remontent à cette période ?

— Vous ne voulez pas vous asseoir tous les deux ? demanda Jessica. Je suis heureuse qu'on puisse parler mais Aaron, tu vas me rendre folle à trépigner comme ça.

Les deux agents lâchèrent un rire, derrière lequel elle devina une part de soulagement. Ils prirent place sur des chaises en plastique moulé, Ruth tout près, Aaron un peu plus loin.

— Te rappelles-tu comment tu t'es retrouvée ici ?

— Je sais qu'on m'a tiré dessus. Mais j'ai oublié pourquoi.

— Je vois, dit Ruth en prenant un air grave. (Elle leva les yeux vers le plafond, semblant hésiter sur la question à poser.) Te rappelles-tu quoi que ce soit au sujet d'une liste ?

— Je me souviens qu'on m'a interrogée à propos d'une liste… mais c'était ici, et j'étais dans ce lit. Quelqu'un d'autre m'a posé des questions, mais je ne me rappelle plus qui.

— Ce devait être moi. J'ai dû t'interroger alors que tu n'étais pas encore prête. C'est en partie à cause de cette liste que tu es ici.

— Ah oui ? Dans ce cas, expliquez-moi. Personne ne me dit rien. Je n'arrête pas de me dire que j'ai fait une grosse bêtise.

— Tu n'as rien fait de mal.

Elle se redressa dans son lit, juste un peu, mais ce léger mouvement suffit à la faire cligner des yeux rapidement.

— Racontez-moi l'histoire de cette liste et expliquez-moi pourquoi je suis là. Je veux savoir.

— Tu en es sûre ?

— Certaine.

— D'accord. Je vais t'expliquer dans les grandes lignes. Dis-moi si tu fatigues ou si tu perds le fil.

Elle sentait un picotement dans ses bras et prit une longue inspiration.

— Allez-y, dit-elle. J'ai besoin de savoir. C'est une histoire qui finit bien ?

— Pas vraiment, je le crains, répondit Ruth.

— Elle ne se termine pas si mal, laissa échapper Aaron en s'avançant sur le bord de sa chaise.

Les yeux de Jessica naviguaient rapidement d'un visage à l'autre. Elle était impatiente d'entendre leur récit, mais dans le même temps elle le redoutait.

— Effectivement, admit Ruth. Pas si mal. Bref, je vais arrêter de la commenter et me contenter de te la raconter. Ce sera à toi d'en juger.

REMERCIEMENTS

MARTIN Amis, Jane Austen, Danielle Bartlett, Lawrence Block, Angus Cargill, Agatha Christie, Caspian Dennis, Victoria Dillman (merci pour le titre), T. S. Eliot, Bianca Flores, Joel Gotler, John Grindrod, Kaitlin Harri, David Headley, David Highfill, Tessa James, Weldon Kees, Philip Larkin, John D. MacDonald, Louis MacNeice, Sara Paolozzi, Sophie Portas, Josh Smith, Nat Sobel, Muriel Spark, Virginia Stanley, Sandy Violette, Judith Weber, Dave Woodhouse, Adia Wright, et Charlene Sawyer.

| | |
|---|---|
| NEUF | 15 |
| HUIT | 57 |
| SEPT | 117 |
| SIX | 165 |
| CINQ | 251 |
| QUATRE | 307 |
| TROIS | 341 |
| DEUX | 345 |
| PLUS PERSONNE | 375 |
| UNE | 395 |
| Remerciements | 403 |

## DERNIÈRES PARUTIONS

Giulia Caminito, *La Grande A*
Chris Offutt, *Les Fils de Shifty*
John Gierach, *Le Paradis d'un fou*
Craig Johnson, *Le Pays des loups*
James Crumley, *Folie Douce*
Blake Crouch, *Upgrade*
Pekka Juntti, *Chien Sauvage*
David Vann, *La Contrée obscure*
Sarai Walker, *Les Voleurs d'innocence*
Piergiorgio Pulixi, *Le Chant des innocents*
Edward Hoagland, *Journal d'un siècle disparu*
Julia Glass, *En ces temps de tempêtes*
Ted Flanagan, *Tout ce qui est secret*
Corrado Fortuna, *Le Dernier Loup*
Erin Swan, *Parcourir la Terre disparue*
Dennis Lehane, *Le Silence*
Kim Zupan, *Trop loin de Dieu*
Maren Uthaug, *Une fin heureuse*
Doug Peacock, *Itinéraire d'un éco-guerrier*
Tess Gunty, *Écoutez-moi jusqu'à la fin*
Peter Farris, *Le Présage*
Henning Ahrens, *Les Péchés des pères*
Andy Davidson, *La Fille du batelier*
Jennifer Haigh, *Mercy Street*
William Boyle, *Éteindre la Lune*
Cedar Bowers, *Astra*
John Gierach, *Debout dans la rivière*
James Crumley, *La Contrée finale*
Craig Johnson, *Le Cœur de l'hiver*
Paul Tremblay, *Le Chant des survivants*
Barry Lopez, *À ciel ouvert*
Lizzie Pook, *La Fille du pêcheur de perles*
Andrew J. Graff, *Le Radeau des étoiles*

*Cet ouvrage a été imprimé sur du papier*
*dont les fibres de bois proviennent*
*de forêts durablement gérées*

IMPRIM'VERT®

CET OUVRAGE A ÉTÉ COMPOSÉ PAR ATLANT'COMMUNICATION (VENDÉE)

ACHEVÉ D'IMPRIMER SUR ROTO-PAGE
PAR L'IMPRIMERIE FLOCH À MAYENNE
EN NOVEMBRE 2023
POUR LE COMPTE DES ÉDITIONS GALLMEISTER
13, RUE DE NESLE
75006 PARIS

DÉPÔT LÉGAL : JANVIER 2024
1re ÉDITION
N° D'IMPRESSION : 103531
IMPRIMÉ EN FRANCE